MAIN KRIMI

Peter Freudenberger, Jahrgang 1960, ist fest in der Main-Spessart-Region verwurzelt. Er arbeitet seit dem Abitur für Zeitungen in Würzburg, Miltenberg und seiner Heimatstadt Aschaffenburg. Sein Credo: Ein Journalist darf die Menschen seines Verbreitungsgebietes durchaus etwas lieben. Der humor- und liebevolle Blick auf die Region spiegelt sich (trotz aller Spannung) in den Figuren seines ersten Kriminalromans.

*»Seit dreißig Jahren versuche ich nachzuweisen,
dass es keine Kriminellen gibt, sondern
normale Menschen, die kriminell werden.«*
George Simenon

*»Maigret suchte, erwartete, belauerte vor allem den Riss.
Mit anderen Worten: den Augenblick, in dem hinter dem
Spieler der Mensch zum Vorschein kommt.«*
George Simenon, »Maigret und die Zwillinge«

# 1

Wolfi Schreck war als Busfahrer nicht zimperlich. Aber er hätte nie gedacht, dass er jemals einen Fahrgast ins Jenseits befördern würde.

Sicher, Schüler-Schreck nannten ihn die Kollegen. Meine Güte, seit einunddreißig Jahren saß er hinterm Steuer, fuhr die immer gleichen Linien ab, an denen sich höchstens mal die Nummern änderten, wenn es den hohen Herren der Stadtwerke einfiel. Seit einunddreißig Jahren alle drei Wochen Frühschicht. Schülerverkehr. Jeder Lehrer hätte sich da schon einen Herzinfarkt genommen. Aber ein Busfahrer kann das nicht bringen. Er muss ruhig bleiben und im Rückspiegel zugucken, wie die Blagen auf den Sitzen herumturnen, die schmutzigen Schuhe auf die Polster legen. Wie sie die Scheiben beschmieren, mit Filzschreibern die Lehnen bekritzeln. Immer sind sie laut und frech. Neuerdings spucken sie. Ekelhaft.

Als er anfing, hatte Schreck noch Probleme damit, sich anpöbeln zu lassen und dabei ruhig zu bleiben. Aber die Gören haben Eltern, die sich beim geringsten Vorfall bei den Stadtwerke-Herren beschweren. Da bekommt ein Fahrer nie recht. Man muss so einen Rotzlöffel nur mal an der Jacke festhalten, wenn er sich vorne aus dem Bus zwängen will und die Leute beim Einsteigen anrempelt. Schon hat man eine Körperverletzung am Hals. Mein Gott, vorne ist eben der Einstieg! Vorschrift ist Vorschrift. Aber nein, ein Fahrer bekommt nie recht.

Er durfte noch nicht mal laut werden, ihnen die Meinung sagen: »He, lass das Spucken, oder ich komm hinter!« Manchmal wuchtete er sich an den Haltestellen trotz seiner hundertzwölf Kilo bedrohlich flink aus dem Fahrersessel, sprang mit einem wilden Satz in den Gang und stemmte die Fäuste in die Hüftringe. Er hätte einen guten Clown abgegeben mit seinem Haarkranz und der Kegelform seines Körpers. Aber die Blagen kriegen ja gleich Depressionen, können nicht mehr lernen, brauchen teure Behandlungen. Und die Stadtwerke sollen zahlen. Im dritten Stock in der Werkstraße 2 stapeln sich die Briefe mit Schadensersatzforderungen. Hinter dem Stapel sitzen die hohen Herren und drohen mit einem Höflichkeitsseminar für Busfahrer. Für die Fahrer, nicht für die Schüler etwa! Jesus Maria, sollen sie halt spucken. Wolfi Schreck sagt nichts mehr.

Mit den Jahren fand er seinen Weg, sich zu wehren. Ein Ruck beim Anfahren, einen Tick zu schnell in die Kurve, an der Ampel scharf bremsen. Beim Wolfi Schreck im Bus halten die sich schön fest. Wenn's die ein paarmal gegen die Lehnen und Haltestangen gebeutelt hat, dann vergeht ihnen schon das Herumalbern. Ganz still werden die und klammern sich an Schlaufen und Griffe. Außerdem freut's die drei Bankleute, die immer oben auf der Schweinheimer Höh' einsteigen und auf der Plattform hinten am Ausstieg stehen, wenn ihnen die Mädels von der Maria-Ward-Schule in die Arme fallen. Schüler-Schreck – gar nicht mal so schlecht.

An jenem Montag, an dem Schreck seinen ersten Fahrgast ins Jenseits befördern sollte, hatte er den Schülerverkehr schon hinter sich. Es war an diesem Morgen besonders übel gewesen. Ein trüber Novembertag, ein kalter, feiner Regen. Beschlagene Scheiben. Wenn's regnet, kommen natürlich noch mehr Schüler auf die Idee, sie müssten mit dem Bus fahren. Das Schlimmste aber ist der Geruch. Heiliger Strohsack, ein Bus voll nasser Schüler, das stinkt wie Hundepisse.

Aber es war vorbei. Geschafft für heute. Er konnte seinen eigenen Motor wieder drosseln. An der Endhaltestelle in Schweinheim nahm er sich einen Kaffee aus der Thermoskanne, einen mit viel Zucker. Er sollte den Zucker besser weglassen, dachte Schreck und sah an sich hinunter auf seinen Bauch, der beim Sitzen so weit vorsprang, dass er die Tasse darauf abstellen konnte. Aber ein süßer Kaffee in der ersten Pause nach dem Schülerverkehr – gleich ging's ihm wieder besser. Nur seine Musik fehlte noch. Er schaltete das Radio ein. Volltreffer: Die Wildecker Herzbuben sangen »Wir sind rund, na und«.

Bis zur Rückfahrt in die Stadt ließ er die Türen offen, damit sich der Gestank verziehen konnte. Der Wind trieb Regen in den Bus.

Im Rückspiegel betrachtete er die Fahrgäste, die schon eingestiegen waren. Ein gutes Dutzend, meist Stammkunden. Natürlich die beiden Erlöserschwestern aus der Gutwerkstraße auf dem Weg zur Betsingmesse in der Sandkirche. Wie jeden Morgen, selbst bei diesem Wetter, Grundgütiger. Dann ein paar »Spätberufene«, wie er diejenigen nannte, die wohl erst nach acht zu arbeiten anfingen. Wenn sie arbeiteten. Seit Neuestem gehörte der Veterinär aus dem Landratsamt zu den Stammkunden der Linie 4. Schreck grinste. Der hatte seinen Lappen weg. Noch sechs Wochen. Kommt in den besten Familien vor. Bloß einem Busfahrer darf das nicht passieren. Auf keinen Fall.

Auf der Plattform, dem Ausstieg gegenüber, hatte sich ein schlaksiger Jugendlicher ans Fenster gelehnt, Typ FH-Student. Stöpsel im Ohr, rhythmisches Kauen. Ekelhaft, wenn jemand mit offenem Mund auf einem Kaugummi knatschte. Aus dem Radio jodelten die Zillertaler »Glaub net, dass du was B'sondres bist«. Schreck drehte lauter. Der Schlaksige auf der Plattform starrte ungerührt in den Regen hinaus und kaute.

Gleich hinter der Plattform, wo man die Beine bequem ausstrecken kann, saß ein Fremder. Ein hagerer Mann, markantes Gesicht mit scharfen Linien. Furchen fast. Gebrochene Nase. Der hat's auch nicht immer leicht gehabt. Jetzt zog er den Mantel am Kragen zu und warf vorwurfsvolle Blicke abwechselnd zur Seite auf die offene Tür und nach vorne zum Fahrer. Er hustete ein paarmal. Liebes bisschen, was musste der sich auch genau da hinsetzen? Trotzdem drückte Schreck auf den Knopf und schloss die Tür, es ging ja jetzt los.

Er lächelte beim Starten sogar in den Rückspiegel, obwohl das von hinten kaum zu sehen war und ohnedies nichts brachte. Nach einunddreißig Jahren machte er sich nichts mehr vor. Noch nie ist einer gekommen und hat gesagt: »Danke, dass Sie mich gesund und lebendig von hier nach da gebracht haben.« Im Vorjahr hatten ihm die Stadtwerke-Herren eine Karte geschrieben – dreißig Jahre unfallfrei. Mehr Anerkennung durfte ein Busfahrer nicht erwarten. Die Karte kam im blauen Umschlag. Eine Sekunde lang war er erschrocken, hatte befürchtet, es sei die Kündigung. Sie hatten den Busbetrieb gerade in eine

GmbH umgewandelt, fünf Kollegen mussten gehen. Das ist der Lohn.

»Nächste Haltestelle: Hensbachstraße«, verhieß die verführerische Stimme vom Band. Noch einmal lächelte Schreck in den Rückspiegel, als er die Busbucht ansteuerte. Der Schrecken über die vermeintliche Kündigung hatte nur eine Sekunde gewährt. Immerhin ein Vorteil, mit einunddreißig Dienstjahren war er praktisch unkündbar. Wenn er nicht gerade einen Fahrgast ins Jenseits beförderte.

Genau in diesem Augenblick stieg die Alte ein.

Er sah sie, als die Tür aufschwang, und wusste: Es würde Ärger geben. Die Alte gehörte zu den Stammkunden auf dieser Linie. Jeden Montag fuhr sie von Schweinheim über den Hauptbahnhof zum Waldfriedhof im Stadtteil Leider. »Leider/Waldfriedhof« hieß die Endhaltestelle dort. Einunddreißig Busfahrerjahre hin oder her, das brachte ihn noch immer zum Schmunzeln. Dieser bedauernde Unterton. »Leider/Waldfriedhof«, das klang, als wär's auf dem Dämmer Friedhof besser. Oder im Strietwald, da liegt die Endhaltestelle am Knast. Oder die Haibacher Linie, die führt über das Klinikum. »Leider/Waldfriedhof?« »Nein, Lieber/Geburtsklinik.«

Die Alte fuhr jeden Montag einmal durch die Stadt bis zum Waldfriedhof. Leider. Denn es gab meistens Ärger mit ihr. Sie suchte ihn. Das ging schon los, wenn sie beim Einsteigen nicht die Erste war. Ungeduldig zischte und schnaufte sie den Vorderleuten ins Ohr, klopfte ihnen mit dem Knauf ihres Stockschirms auf den Rücken, schwang ihnen die Einkaufstasche in die Kniekehlen, trat ihnen auf die Fersen. Sie war weit über siebzig, aber drahtig. Zäh und zänkisch. Wehe, ihr Stammplatz, der Einzelsitz vor der Fläche am Ausstieg, war besetzt. Sie zeterte so lange, bis sie sich durchgesetzt hatte – buchstäblich. Selbst wenn noch zig andere Plätze frei waren. Auf dem Weg nach hinten herrschte sie Fahrgäste an, die im Gang standen und nicht rasch genug den Bauch einzogen. Egal, ob einer nach links oder rechts auswich, garantiert wollte sie sich auf dieser Seite vorbeischieben. Dabei heißt die Regel: rechts gehen, links stehen!

Alle paar Wochen beschwerte sie sich bei den Stadtwerke-Herren: Einmal hatte der Bus vier Minuten Verspätung, ein andermal war er ihr vor der Nase weggefahren, zwei Minuten zu früh nach ihrer Uhr. Dann wieder sei er an ihr vorbeigefahren, habe sie einfach stehen lassen. Es stimmte ja, manche Kollegen machten sich diesen Spaß mit unbequemen Kunden, wenn es keine Zeugen gab, Schreck wusste das. Er nie. Er hielt nach Vorschrift.

Diesmal sah er sie und wusste, er hätte sie stehen lassen und weiterfahren sollen. Schwarz lagen ihre Augen in den Höhlen, das gelbliche Haar, feucht vom Regen, stand ihr zerzaust vom Kopf ab, der Schirm baumelte ungeöffnet am linken Handgelenk. Die Rechte krallte sich in die billige Einkaufstasche, die sie ihm hinstreckte, als könne er durch das abgewetzte Kunstleder hindurch die Seniorenkarte entdecken, die sie sonst unendlich langsam herauszukramen pflegte, umso langsamer, je mehr Fahrgäste hinter ihr warteten. Ihr brauner Wollmantel war an der Brust aufgerissen, offensichtlich fehlte ein Knopf, der Schal hing herunter. Sie zitterte.

»Er will mich umbringen!«, schrie sie Schreck entgegen. Obwohl sie schwankte, war sie doch mit wenigen Schritten an seiner Seite. Eine zähe Alte! Sie hielt vor der Kasse, stützte die Schirmhand auf den Sperrbügel und stierte in den Bus, als wollte sie eine Ansprache an die Fahrgäste halten. Aber sie schnaufte schwer, pfeifend holte sie Atem.

»Mein Schwiegersohn ... Er will mich umbringen.«

Im Anfahren blickte Schreck seitlich zu ihr hinauf, sah die weiten, schwarzen Pupillen, den weißen, schaumigen Speichel auf ihren Lippen. Schweiß rann ihr über die Stirn und die knochigen Wangen. Sie musste getrunken haben. »Almenrausch«, sangen die Kastelruther Spatzen wie auf Bestellung.

»Aus dem Weg!«, herrschte die Alte die junge Mutter an, die ihr Kind auf den Sitz hinter der Fahrerkabine gehoben und sich daneben in den Gang gestellt hatte.

Wieder schwankte sie, als der Bus durch den Kreisel an der Rhönstraße fuhr, klammerte sich mit der Schirmhand an der Schulter eines Spätberufenen fest, der sie ansah und die Stirn runzelte. Ihre Rechte ließ die Tasche nicht los. Dann wankte sie weiter nach hinten.

»Er hat mich gestochen!« Sie schrie noch immer, war aber doch kaum zu verstehen. Ihre Zunge schien ihr nicht mehr zu gehorchen. »Geschochen, von hin-nen.« Wieder rang sie nach Luft.

Im Rückspiegel sah Schreck, wie der Veterinär den Kopf hob. Wollte er den Samariter spielen? Da brauchte er sich keine Hoffnungen zu machen: Egal, wer die Alte von hinten gestochen hatte, sie würde sich niemals von einem Tierarzt helfen lassen!

»Nächste Haltestelle: Altenwohnheim«, hauchte die Stimme vom Band. Ein merkwürdiger Kontrast zum schrillen, atemlosen Gekreische der Alten: »Er ha' mir wa' Schpisses in'n Arm geschochen!«

Etwas Spitzes in den Arm gestochen, reimte sich Schreck zusammen. Er ließ die Augen nicht mehr vom Rückspiegel, entgegen allen Vorschriften. Die Alte hatte die hintere Plattform erreicht. Der hagere Fremde erhob sich, packte sie an den Schultern und schob sie auf den Sitzplatz, den er frei gemacht hatte. Sie schüttelte den Kopf, sagte etwas zu dem Mann, das vorne nicht zu hören war. Als er sich abwenden wollte, hielt sie ihn mit der Linken am Ärmel fest. Er machte sich frei, fast sanft, und stieg gerade noch aus dem Bus, bevor sich die Tür wieder schloss.

»Schwieger'ohn! Umbringe'!«, gurgelte die Alte. Ihre Augenlider hingen nach unten. Unvermittelt übergab sie sich. Wie blankes, grünes Wasser ergoss sich das Erbrochene auf den Boden. Der Schlaksige auf der Plattform schaute weg und kaute weiter.

Hundsverreck! Wer würde das aufwischen? Schreck wusste nicht, was er tun sollte, er starrte nur in den Spiegel, achtete kaum noch auf die Straße. Wie in Zeitlupe rutschte die Alte jetzt vom Sitz. Krampfartig zog sich ihr Körper am Boden zusammen, bäumte sich noch einmal auf, sank zurück und blieb bewegungslos liegen.

»Da!«, rief die junge Mutter hinter dem Fahrer entsetzt und

wies mit dem Finger nach vorne. Schreck löste den Blick vom Rückspiegel, sah durch die Scheibe, erkannte gerade noch die Bremslichter des Wagens, der vor ihm stand. Er reagierte sofort, trat das Bremspedal so kräftig durch, dass ihm der Knöchel schmerzte. Die Erlöserschwestern schrien auf, das Kind auf dem Sitz hinter der Fahrerkabine stieß gegen die Plexiglasscheibe, die junge Mutter klammerte sich an die Halteschlaufe, durch die sie ihre Hand gesteckt hatte. Im Radio sang Hansi Hinterseer »Schön war die Zeit mit dir«.

Und dann sah Schreck im Rückspiegel die Alte kommen. Auf dem Rücken liegend, den Kopf voran, schlitterte sie durch den Gang nach vorne. Die Erlöserschwestern schrien erneut auf und bekreuzigten sich. Fast wäre der rutschende Körper der jungen Mutter mit voller Wucht in die Beine geschossen, doch sie zog sich in letzter Sekunde wie eine Turnerin an der Schlaufe hoch. Die Alte rauschte ungebremst unter ihr hindurch und prallte mit einem dumpfen Schlag gegen die Radiokonsole. Hansi Hinterseer verstummte. Plötzlich herrschte Stille im Bus. Schreck hörte nur noch das Kind hinter sich schluchzen.

Zu seinen Füßen lag die Alte auf dem Rücken. Völlig reglos, selbst ihre Brust hob und senkte sich nicht mehr. Ihr Körper wirkte seltsam verkrümmt, ihre Augen waren wieder weit aufgerissen. Fäden von Erbrochenem rannen ihr aus den Mundwinkeln. Die Einkaufstasche war unter ihren Arm gerutscht, die rechte Hand hatte endlich losgelassen und wies anklagend auf Wolfi Schreck. Es gab keinen Zweifel: Sie war …

»Tot«, murmelte er verstört, »ich hab sie umgebracht! Ich habe einen Fahrgast ins Jenseits befördert.«

# 2

Er dachte: Ich brauche nur einen guten Einstieg, und es läuft von allein. Paul Stiller hatte seine Gedanken schon nach wenigen Minuten aus der Redaktionskonferenz verabschiedet und ihnen erlaubt, über dem Artikel zu grübeln, den er nachher schreiben wollte. Es ging um den geplanten Neubau des Hauptbahnhofs. Irgendetwas lief da zwischen dem Investor und der Stadtverwaltung.

Die Hälfte der Kollegen war längst weggetreten, schätzte er. Es war eine dieser typischen Morgenkonferenzen: unverbindliches Gerede, keine greifbaren Ergebnisse, im Grunde nur ein Podium für die Selbstdarsteller. Die hatten im Augenblick Konjunktur. In einem guten Jahr würde der stellvertretende Chefredakteur das Feld räumen. Das war kein Posten, den die Verlagsleitung ausschreiben würde. Sie würde einen Nachfolger ausdeuten – einen, der auffiel. Darum ging es hier. Auffallen, aber nicht anecken.

Paul Stiller fühlte, wie seine Gedanken – ganz gegen ihre Gewohnheit – in den Raum zurückkehrten. Sie verweilten kurz an der Zimmerdecke und musterten den ovalen Konferenztisch, um den sich gut zwei Dutzend morgenmüde Redakteure versammelt hatten. Bis auf wenige junge waren es vorwiegend Männer in den mittleren Jahren, wie Stiller, oder älter. Seine Gedanken konzentrierten sich auf Chefredakteur Rex Bausback, der seinen Platz am einen Ende des Ovals hatte, hörten seine scheinbar beiläufige Bemerkung und wussten plötzlich, dass sie heute bleiben würden.

»Da wir gerade bei der Blattkritik sind«, Rex Bausback fuhr sich mit der Hand durch sein blondes, wie immer leicht struppiges Haar, »was fällt Ihnen eigentlich zum Thema ›Die gute Nachricht‹ ein, Frau Saalbach?«

Die Themen der Konferenz hingen gewöhnlich vom Zufall ab. An diesem Montag trug der Zufall einen Namen: Fenia Saalbach. Die Volontärin der Landkreisredaktion war dem Hinweis eines Lesers auf unlautere Geschäftspraktiken des BMW-Hauses Kleespieß nachgegangen. In der aktuellen Ausgabe stand zu lesen, was sie an unangenehmen Fakten zusammengetragen hatte.

»Ich – ich verstehe nicht …« Sie wirkte überrascht, nicht ängstlich.

Warum auch? Ihr Artikel war erstaunlich professionell. Dabei hatte die Volontärin, wie Stiller vermutete, von den älteren Kollegen außer ein paar Telefonnummern kaum Hilfe bei der Recherche bekommen.

»Sie verstehen nichts von guten Nachrichten?« Bausback riss die Augen auf. Das sollte Verzweiflung darstellen. Stillers Gedanken kringelten sich an der Zimmerdecke. »Etwas in dieser Art hatte ich heute Morgen bei der Lektüre Ihres Beitrags schon befürchtet!«

Heute Morgen. Also hatte einer der Kleespieß-Brüder den Chefredakteur schon beim Frühstück angerufen. Das BMW-Haus war der zweitwichtigste Anzeigenkunde des Blattes, es hatte Niederlassungen im gesamten Verbreitungsgebiet der Zeitung.

»Die Familie Kleespieß leistet einen unschätzbaren Beitrag zur wirtschaftlichen Bedeutung unserer Region.« Bausback hatte den Ton eines Fremdenführers. »Das sind Fakten, die darstellungsrelevant sind.« Das Wort »relevant« in allerlei Kombinationen war eine seiner Lieblingsfloskeln, Stiller hatte es sich angewöhnt, die Wortschöpfungen zu notieren. »Doch davon lese ich bei Ihnen keine Silbe. Stattdessen nur Gewerkschaftslyrik. Wie sind Sie überhaupt an dieses Thema gekommen, Frau Saalbach?«

»Ich hatte den Auftrag …«

Stiller senkte den Kopf. Es genügte ihm, dass seine Gedanken dieses Schauspiel mit ansehen mussten. Wie kam das schwächste Glied der Redaktion an diesen Stoff? Blöde Frage. Wer sich einmal die Finger verbrannt hat, hält sich beim nächsten Mal lieber fern und schaut zu, wie andere die schmerzhafte Bekanntschaft mit heißen Eisen machen.

Fenia Saalbach hatte dann ja auch voll hingelangt. Entweder

war sie höchst mutig oder zutiefst naiv. Es ging hier nicht um Erfahrung! Auch wenn sie mit ihren vierundzwanzig Jahren gerade erst der Uni entschlüpft war: Kein erwachsener Mensch legt gleich die flache Hand auf die Herdplatte, um festzustellen, ob sie glüht. Er weiß, dass zunächst eine Fingerspitze genügt. Das tut vielleicht ein bisschen weh, aber wenn man sich daran gewöhnt hat, lässt sich wunderbar nachlegen – bis am Ende doch die ganze Geschichte im Blatt steht.

»Sie hätten mit mir sprechen müssen, Frau Saalbach. Und zwar bevor dieser Text blattrelevant wurde.«

Wieder suchte sie sich zu verteidigen. »Ich habe den Artikel von zwei Kollegen gegenlesen lassen. Mein Redaktionsleiter hat ihn abgesegnet.«

Naiv? Der Leiter der Landkreisredaktion nannte sie »Röschen«. Natürlich hintenrum. Stiller wusste gar nicht, wie sie zu diesem Namen kam. Er erkannte nichts »Röschenhaftes« an ihr, nichts, was er dafür hielt. Dass sie schön war, blieb ihm nicht verborgen: schwarze Haare, dunkle Augen, sinnlicher Mund – sicher ein Erbe ihrer Mutter, die aus Italien stammte. Aber sie plante keineswegs, ihre Karriere mit dem Aussehen zu betreiben, das hatte sie in den ersten Monaten ihres Volontariats gezeigt. Sie war fleißig, intelligent und kritisch. Eher mutig. Vielleicht machte das anderen Angst.

Stiller hatte sich leicht über den Notizblock gebeugt, den er immer bei sich trug, und kritzelte das Wort »blattrelevant« auf das Papier. Plötzlich spürte er ihren Blick, hielt in der Bewegung inne und biss sich auf die Unterlippe. Suchte sie Hilfe?

Wieso gerade bei ihm? Es saßen Redakteure am Tisch, die weitaus größeren Einfluss hatten als er. Der wabbelige Blattmacher der Politik mit seiner schorfigen Halbglatze, den Hängebacken, dem Doppelkinn und den Schuppen auf den Schultern des schwarzen Rollkragenpullovers war ein Schwager des Chefredakteurs. Als Bausbacks rechte Hand, vielleicht auch mehr, galt die Kulturchefin. Die Fleisch gewordene, oder besser: die Haut-und-Knochen-gewordene Intellektuelle. Selbst dieser Ringertyp, der die Landkreisredaktion leitete und dem Landrat die Reden schrieb, die er hinterher breit im Blatt abfeierte, hatte

Gewicht bei Bausback, weil er nie widerborstig war. Ohnedies wäre es seine Aufgabe gewesen, sich vor die Volontärin zu stellen, da sie seiner Redaktion zugeteilt war.

»Es ist eine grundsatzrelevante Regel, auch die andere Seite zu hören, das sollten Sie eigentlich wissen, Frau Saalbach.« Bausback lehnte sich zurück, steckte den Daumen der rechten Hand unter das Revers seines Cordsakkos. Er trug Cordsakkos mit ledergeschützten Ellenbogen, das hatte er sich wohl bei den Journalisten in amerikanischen Siebziger-Jahre-Filmen abgeguckt. Mit der Linken strich er über den sauber gestutzten Kinnbart und fuhr nach der Kunstpause fort: »Audiatur et altera pars.«

»Ich habe den Brüdern Kleespieß angeboten, zu den Vorwürfen Stellung zu nehmen.« Fenia Saalbach klang zornig. »In einem eigenen Artikel! Aber sie haben das abgelehnt.«

Stiller machte sich klar: Mit der »anderen Seite« war kein Kleespieß, sondern die Anzeigenabteilung im eigenen Haus gemeint. Als er »grundsatzrelevant« notierte, schaute sie wieder zu ihm herüber, er fühlte es. Er sah auf, wollte ihr ein aufmunterndes Lächeln zuwerfen, aber sie hatte den Blick bereits wieder gesenkt.

Er fragte sich, wie sie ihn sehen mochte.

Für einen Mittvierziger hatte er sich ganz gut gehalten, bildete er sich jedenfalls ein. Gut, er lief immer leicht zerknittert herum, kämpfte ständig mit dem Bauchansatz. Er trug bevorzugt Schwarz, was ihn schlanker, zugleich aber stets etwas düster wirken ließ. Früher hatte er ein breites Kreuz, die Frauen standen darauf, doch neuerdings ließ er die Schultern ein wenig hängen. Er lachte gern und nahm die Falten in den Augenwinkeln dafür als Zeugen. Die Falten störten ihn nicht – mit einer einzigen Ausnahme: Die senkrechte Furche über der Nasenwurzel, denn sie war erst mit dem Ärger in der Redaktion gewachsen.

Immer häufiger gab es Streit, ohne den vielleicht auch sein Haar noch so schwarz wie einst wäre. Doch er verstand sich mit dem Grau recht gut, zumal seine Frau mehrmals angemerkt hatte, es mache ihn »gefährlich interessant«. Er wusste allerdings ihren schelmischen Unterton nicht genau einzuordnen. Nicht anfreunden wollte er sich mit einer neuen Veränderung: Sein Haar begann schütter zu werden. Beim Friseur weigerte er sich neuerdings, sich den Haarschnitt im Spiegel von hinten zeigen zu lassen. Der Gedanke, er könnte eines Tages herumlaufen wie der Blattmacher der Politik, erschreckte ihn. Der hatte den Kampf gegen die Natur nicht einfach nur verloren. Er hatte vor dem Ergrauen, dem Haarausfall und dem Übergewicht bedingungslos kapituliert.

Gequält krümmte der Chefredakteur seinen Oberkörper über den Konferenztisch, streckte sein Gesicht in die Richtung der Volontärin, die ihm am anderen Ende des Ovals gegenübersaß. »Das ist nun schon Ihr dritter Beitrag in Folge, in dem Sie Ihre negative Weltsicht ausbreiten.« Scharf, als schneide er die Worte mit einem Seziermesser aus der Luft, schob er nach: »Frau Saalbach!«

Stiller sah zu ihr hin. Sie wirkte unbeteiligt, als ginge es gar nicht um sie, wie sie da saß, den Kopf leicht geneigt hielt und sich eine Haarsträhne aus dem Gesicht strich. Dann hob sie die Augen und warf ihm erneut einen Blick zu – diesmal blieb kein Zweifel. Eine Sekunde nur, aber es entging ihm nicht: Um ihre Lippen spielte Spott.

Galt das ihm? Er verstand selbst nicht, weshalb er so gleichgültig geworden war. Vor zwanzig Jahren war er wie sie gewesen: fleißig, scharfzüngig, mutig. Das hatte ihn weit gebracht, er trug die Verantwortung für die Lokalredaktion Aschaffenburg. Doch inzwischen erdrückten ihn die Routine, der Verwaltungskram, der ihm zunehmend die Zeit fraß, die Oberflächlichkeit, die wachsende Einsicht, dass er weder den Beruf noch die Welt verbessern konnte.

Vielleicht sah sie deshalb zu ihm herüber. Die Machtdemonstration galt ihr – stellvertretend für die älteren Kollegen, die geblieben waren oder bleiben wollten wie sie. Nur nicht anecken: Bausback hatte mehr Angst vor einer klaren, eindeutigen Stellungnahme als die Politiker und Anzeigenkunden, die er im Golfclub traf. Daher zog er alles Oberflächliche der tiefgründigen Recherche vor. Das verstand er unter »guten Nachrichten«.

Als habe er Stillers Gedanken gelesen, kam Bausback zum

Punkt: »Wo bleibt das Positive, Frau Saalbach?« Zweifelsohne hatte er im Germanistik-Studium Kästner gestreift. »Die guten Nachrichten sind auflagenrelevant, nicht die schlechten.« Wieder lehnte er sich zurück. »Die Leser suchen Positives in der Zeitung. Dass die Welt schlecht ist, das wissen sie von alleine. Sie erwarten die gute Nachricht.«

Stiller schaute zu Fenia Saalbach hinüber, gespannt, ob sie seinen Blick erwidern würde. Über ihre Schulter hinweg sah er, wie die Tür hinter ihr aufflog und die Redaktionssekretärin in den Konferenzraum eilte. Sonja Wagner störte aus einem bedeutenden Grund, das ließ nicht nur die Eile erkennen. Sie hatte vor Aufregung rote Flecken auf den Wangen – was aufgrund ihrer langjährigen Berufspraxis nur selten vorkam. Schweigend durchquerte sie den Raum und legte einen Zettel vor Rex Bausback ab.

Der betrachtete das Papier, sah dann verwirrt in die Runde und erklärte: »Ich lese hier, es gibt eine Tote ... In einem Stadtbus der Linie 4 ... Mutmaßlich Mord ... Könnte sich um einen Giftanschlag handeln.«

Zum ersten Mal an diesem Morgen kam Leben in die Konferenz. Stiller achtete nicht darauf. Ein Giftmord, sagte er sich. Das ist doch wirklich eine gute Nachricht! Instinktiv hob er die Hand und sagte laut: »Ich mach das.« Dann sammelte er seine Gedanken, die ihn vorwurfsvoll betrachteten: Zu allem auch das noch. Als müsse er sich entschuldigen, fügte er hinzu: »Die Stadtredaktion ist ja wohl zuständig.«

Er erhob sich, ohne darauf zu warten, dass der Chefredakteur die Konferenz für beendet erklärte. Fenia Saalbach ließ ihm ihren Blick folgen, während er das Oval umrundete und der Tür zustrebte.

Röschen! Er hasste Mobbing. Und er hasste Resignation. Er würde diesen Mordfall übernehmen, er hatte seit Jahren keinen Mord mehr gehabt. Und er würde die Volontärin aus der Landkreisredaktion herausholen. Augenblicklich.

»Fenia«, wandte er sich unter der Tür zu ihr um, »ich brauche Sie später.«

»Moment mal!«, fuhr der Landchef auf.

Stiller wandte sich ihm ruhig zu. »Tut mir leid! Aber Mord kommt hier nicht so oft vor, das ist ausbildungsrelevant.«

Er lächelte, als die Tür hinter ihm und der Sekretärin ins Schloss fiel, und fügte für sich selbst hinzu: »... und absolut leserrelevant!«

»Was haben wir an Informationen?«, fragte Stiller, als er mit Sonja Wagner den Gang entlang zum Treppenhaus lief.

»Nicht viel mehr als das, was ich aufgeschrieben habe«, sagte sie. »Eine Frau stirbt im Bus der Linie 4. Es sieht so aus, als sei sie umgebracht worden. Möglicherweise mit Gift.«

»Weiß man, wer die Frau ist?«

»Leider nein. Als ich den Anruf bekommen habe, war die Polizei noch gar nicht da.«

»Wer hat überhaupt angerufen?«

»Ein Bekannter von mir. Fährt neuerdings mit dem Bus zur Arbeit. Er möchte nicht ...«

»Schon gut.« Stiller hielt ihr die Glastür zum Treppenhaus auf. »Verraten Sie mir nur eines, Sonja: Ist er vertrauenswürdig?«

Ihre großen hellblauen Augen funkelten ihn durch ihre Brille an. Ihr fast weißes Haar erinnerte ihn daran, wie lange sie schon im Sekretariat arbeitete. Sie wusste, worauf es ankam – besser als mancher Redakteur. Stiller merkte, dass er sie verletzt hatte.

»Ich hab ja nur gefragt«, fuhr er freundlich fort. »Ich meine, woher will er denn wissen, dass die Frau möglicherweise umgebracht wurde?«

»Er ist eine Art Arzt«, sagte sie. »Ein lieber Freund!« Sie errötete. »Mehr darf ich aber wirklich nicht ...«

»Was hat er sonst noch gesagt?«

»Der Bus steht genau auf der Kreuzung Schweinheimer Straße und Ringstraße. Es gibt einen Mordsstau.« Sie kicherte. Trotz ihrer neunundfünfzig Jahre hatte sie sich einen kindlichen Humor bewahrt. »Mordsstau – klingt das arg unpassend?«

Stiller antwortete nicht, musste aber grinsen. »Wie lange ist das her?«

»Der Tod? Das weiß ich nicht.«

»Dass er angerufen hat.«

»Fünf Minuten vielleicht. Wieso?«

Sie waren ein Stockwerk tiefer, Stiller legte die Hand auf den Türgriff und hielt kurz inne. »Da kennen wir schon den möglichen Todeszeitpunkt. Der Anruf ist fünf Minuten her, die Polizei war noch nicht vor Ort – es könnte also gegen halb neun gewesen sein.« Er stieß die Tür auf und ließ sie wieder vorgehen. »Ich prüfe das gleich alles nach. Welcher Fotograf hat denn Dienst?«

»Zwei«, sagte sie, »Peter Kleinschnitz und Jürgen Breunig.«

»Ich will das mit Peter machen«, sagte Stiller und blieb stehen. Sie waren vor seinem Zimmer angekommen. »Also gut, Sonja.« Er rieb sich über die Schläfe. »Ich rufe kurz bei der Polizei an und lasse mir die Tote bestätigen. Würden Sie Peter Kleinschnitz auftreiben und ihn bitten, dass er hier vorbeikommt und mich mitnimmt? Wir fahren mit seinem Wagen.« Er wies auf die Fensterfront entlang dem Gang, über die sich ein Netz aus Wasseräderchen spannte. Es regnete, und er war mit dem Rad da.

»Und wenn schon alles weggeräumt ist, bis Sie hinkommen?« Sie sah fast ängstlich zu ihm auf. »Nicht dass Sie mir ... oder meinem – Bekannten ...«

»Keine Sorge!«, beruhigte er sie. »Ich kenne die hiesige Spurensicherung. Die ist gründlich.« Wieder schmunzelte er und sah, wie das Lächeln auf sie übersprang. »Wenn es um Mord geht, wird sie nicht abziehen, bevor sie ein gründliches Verkehrschaos angerichtet hat.«

# 3

Konnten sich die Leute kein besseres Wetter aussuchen, wenn sie schon unter ungeklärten Umständen aus dem Leben scheiden mussten? Mike Staab fröstelte, obwohl er den Allwetter-Anorak trug. Der Regen war in der letzten halben Stunde immer feiner geworden, aber er hörte nicht auf. Die Tröpfchen vereinten sich auf der grünen Uniform zu Rinnsalen, und wenn er, wie eben, den Kopf nach hinten legte, floss ihm kaltes Wasser von der Dienstmütze in den Kragen. Er kniff die Augen leicht zusammen und sah zum Himmel. Grau. Kein Lichtblick. Ein ungesundes Wetter. Eigentlich genau das richtige für einen mysteriösen Todesfall. Die alte Frau hatte sich das sowieso nicht ausgesucht.

Er fühlte sich langsam zu alt für diesen Dienst, sah sich auch schon nach etwas anderem um. Hatte kürzlich wegen einer Abordnung zur Kripo nachgefragt. So gesehen bot ihm dieser Fall eine Gelegenheit: Wie immer im November lagen einige Innendienstler krank im Bett. Und hier hatte Hauptkommissar Strobel die Leitung übernommen. Er war bekannt dafür, bewährten Kollegen eine Chance zu geben.

Staab war immer wieder verblüfft, woher all die Menschen kamen. Und wie rasch. Es konnte passieren, was wollte, in wenigen Minuten wimmelte es von Schaulustigen. Selbst bei einem Wetter wie diesem blieben sie zäh kleben, wenn sie erst einmal da waren, und lockten andere an. Es waren vielleicht schon zwanzig, als er keine fünf Minuten nach dem Notruf mit seinem Partner Norbert Syndikus eintraf, die erste Streife, kurz bevor dann die Kripo mit Strobel kam. Sie sperrten sofort den Gehsteig auf der Seite des Stadtbusses. Die Gaffer hielten sich an die Sperrung. Aber hier, auf dem Gehsteig gegenüber, standen inzwischen mehr als fünfzig herum, schätzte er – in kleinen Grüppchen, paarweise oder einzeln. Sie gestikulierten, schüttelten die Köpfe oder glotzten einfach nur den Bus an. Die meisten würden erst gehen, wenn die Leiche weggebracht war.

Das waren beileibe nicht nur Rentner, die sich morgens langweilten und hier eine Chance sahen, die Zeit bis zum Frühschoppen totzuschlagen. Es gab mehrere Grüppchen dieser Frauen um die vierzig, die sich dreimal die Woche zum Prosecco-Frühstück treffen – vermutlich in dem neuen Café am Südbahnhof. Mütter mit kleinen Kindern waren dabei, was Mike Staab besonders verwerflich fand, Studenten der nahen FH, Arbeiter, die gerade aus der Nachtschicht der Airbag-Fabrik schräg gegenüber kamen, Beamte der staatlichen Baubehörde weiter unten, zu erkennen an den altmodischen dunkelblauen Mänteln, ein Haufen Bürokaufleute mit kurz geschnittenen Haaren, glatt rasiert. Bleiche Wangen, wie gepudert. Ein paar von ihnen hatten Mobiltelefone am Ohr – oder sie hielten sie vor sich hin, um Bilder vom Bus zu schießen. Schwarze Schirmkuppeln wölbten sich über ihnen.

Die meisten Gesichter stellten Betroffenheit zur Schau. Mike Staab mochte das nicht leiden. Sollten sie doch offen dazu stehen, was sie wirklich hier hielt: Neugier. Sensationslust. Sie sehnten sich nach diesem Schauer, den viele Menschen erleben, wenn sie das Leid und Unglück anderer betrachten. Sie empfanden die Macht der Ohnmächtigen – zu sehen, dass es noch Schwächere, noch Armseligere gibt. Das Mitgefühl auf ihren Mienen war jedenfalls unecht. Staab musste schon Schaulustige befragen, die tatenlos zugesehen hatten, wie mitten in der Fußgängerzone ein Mensch zusammenbrach und hilflos liegen blieb, bis nach Minuten endlich der Strauß-Apotheker hinzusprang.

Mike Staab zog ein Duplo aus der Brusttasche des Anoraks, packte es aus und schob es auf zwei Bissen in den Mund. Seit er nicht mehr rauchte, brauchte er diese Schokoriegel. Die Uniform spannte schon. Er knüllte das Papier zusammen, ließ es durch den Rost eines Gullys fallen und näherte sich einer Mutter, die ein weinendes Kleinkind im Buggy sitzen hatte.

»So gehen Sie doch weiter«, sagte er. »Ihr Kind friert. Hier gibt es gar nichts zu sehen!«

Sie schaute ihn kurz an, verärgert über die Störung, schob dann den Buggy um die Gruppe der Bürokaufleute herum und hielt wieder.

Er regte sich nicht auf. Solange sie auf dem Gehsteig blieben und niemanden behinderten, waren ihm die Hände gebunden. Trotzdem: Die alte Frau hatte sich nicht nur ein unpassendes Wetter ausgesucht zum Sterben, sondern auch einen unpassenden Ort. Sicherheitstechnisch gesehen. Der Bus stand auf der Brücke, die über die Ringstraße führt. Er blockierte die Fahrspur von Schweinheim stadteinwärts. Hinter ihm parkten ein Sanka und ein Leichenwagen, zwischen die der Notarzt noch seinen Golf gequetscht hatte. Er hatte das Blaulicht eingeschaltet, ebenso wie die beiden Streifenwagen, die den stehenden Konvoi an den Enden einrahmten. Das blaue Licht zuckte über den nassen Asphalt und gab dem düsteren Novembermorgen und den Gesichtern der Zuschauer etwas Gespenstiges.

Die Kollegen aus den Streifenwagen waren damit beschäftigt, den Verkehr im Wechsel auf der Gegenfahrbahn vorbeizuleiten. Natürlich gab es einen gewaltigen Stau, zumal die meisten Fahrer ihre Autos nur rollen ließen, um ihre Sensationslust zu befriedigen. Gaffer hinterm Steuer – eine gefährliche Kombination. Norbert Syndikus und ein anderer Beamter schirmten den Bus ab, er selbst hatte nur darauf zu achten, dass die Passanten nicht auf die Straße liefen.

Zwischen den Schaulustigen hindurch warf Mike Staab einen Blick auf die Ringstraße unter der Brücke. In Tieflage fraß sie sich parallel zur Bahnlinie Aschaffenburg-Miltenberg im Halbkreis von Süd nach Nord um die Stadt. Bis zur Schießhausbrücke im Osten war sie schon vorgedrungen, es fehlten nur noch ein paar hundert Meter bis zum Ringschluss im Norden. Auch da unten floss der Verkehr dicht und langsam. Das lag an den notorischen Nörglern. Um das Chaos auf der Brücke nicht zu vergrößern, waren die Ausfahrtsrampen gesperrt, die vom Ring zur Schweinheimer Straße hinaufführten. Aber immer wieder hielten Autos an der Sperre, diskutierten die Fahrer mit den Verkehrspolizisten. Hinter ihnen mussten alle anderen anhalten: Auch der Ring hatte nur eine Spur in jede Richtung.

Weiter hinten erkannte Staab den roten Amischlitten, der sich langsam in Richtung Brücke schob. Sein Gesicht hellte sich auf. Das Auto war so bekannt wie sein Fahrer, Peter Kleinschnitz. Dieser Zeitungsfotograf hatte eine Schwäche für die Benzinschlucker der siebziger Jahre. Staab kannte ihn von zahlreichen Einsätzen. Bei großen Sachen war er gewöhnlich mit einem Schreiberling unterwegs, den Staab von Zeit zu Zeit im Schachcafé traf: Paul Stiller. Die beiden waren als Duo legendär. Sie hatten diese Spitznamen ...

Mike Staab hob das Funkgerät und rief die Streife unten an der gesperrten Abfahrt. »Bei euch hält gleich ein feuerroter Buick ›Park Avenue‹. Es müssten zwei Reporter drinsitzen. Ihr könnt sie durchlassen.«

»Durchlassen?«, schnarrte es aus dem Funkgerät. »Sind die was Besonderes?«

»Stimmt genau«, sagte Staab. »Es sind sozusagen zwei Heilige, zwei Zeitungsapostel. Sankt Peter und Paul.«

*

Das Gespräch im Buick hatte wenig Heiligmäßiges.

»Wir hätten besser dein Rad nehmen sollen!« Peter Kleinschnitz stierte so eindringlich auf die Wagenkolonne vor sich, als wollte er sie mit den Augen wegschieben. Er hatte immer Angst, zu spät zu kommen, das beste Motiv zu verpassen.

Stiller saß auf dem Beifahrersitz und grinste. »Du wolltest doch nicht im Ernst auf meinem Gepäckträger sitzen. Oder auf meiner Stange ...«

Der Fotograf bleckte seine großen Zähne. »Na ja, wenn du zwanzig Jahre jünger wärst, Süßer.«

»Schade, dass du mir das damals nicht gestanden hast. Aus uns hätte was werden können.«

Der Wagen schob sich leise vorwärts, der Scheibenwischer übertönte das sanfte Brummen des Motors. Die Federung quietschte, wenn Kleinschnitz beschleunigte oder bremste. An der Ausfahrt der Ringstraße versperrte ihnen ein Streifenbeamter den Weg und hob die Hand. Kleinschnitz kurbelte das Seitenfenster herunter.

»Presse. Fragen Sie mich jetzt bloß nicht, wo ich meinen Ausweis ...«

»Ich weiß schon«, sagte der Beamte grinsend und musterte die beiden Journalisten, als vergleiche er sie vor seinem inneren Auge mit den Fahndungsfotos entsprungener Zuchthäusler. »Sie werden da oben erwartet.«

Kleinschnitz ließ das Fenster offen und gab Gas. »Der Mann hat gelacht!« Er schüttelte den Kopf. »Da oben liegt eine Tote. Es ist kalt. Es regnet. Wie kann dieser Mann lachen?«

»Es ist mir ein Rätsel«, sagte Stiller. »An deinem Charme liegt es jedenfalls nicht. Der ist zum Weinen.«

Sie kannten den bärigen Polizisten, der sie oben empfing: Mike Staab. Er warf einen zweifelnden Blick auf den breiten Buick und beugte sich zum Fahrerfenster herab.

»Du kannst hinter dem Streifenwagen parken«, sagte er zu Kleinschnitz. »Pass halt auf, dass der Schlitten nicht zu sehr im Weg steht, sonst gibt's Ärger.«

»Keine Sorge. Das passt schon.« Kleinschnitz nickte in Richtung Bus. »Ist die Tote noch drin?«

»Ich hab sie nicht rauskommen sehen.«

Kleinschnitz fuhr den Wagen rasch zur Seite, stellte ihn ab, kurbelte das Fenster hoch und griff die Fototasche, die er auf der Sitzbank zwischen sich und Stiller abgestellt hatte. Während der Fahrt benutzte er sie als Armlehne.

»Schließ du bitte ab, vergiss es nicht.« Kleinschnitz hatte immer eine zweite Kamera-Ausrüstung im Wagen hinter der Sitzbank – und höllische Angst, dass sie ihm jemand während eines Termins aus dem Auto holen könnte. Die Tür fiel mit einem satten Geräusch ins Schloss, und er rannte zum Bus.

Stiller sah ihm nach. Von hinten hatte Kleinschnitz eindeutig Ähnlichkeit mit Otto Waalkes. Das lange, schon schüttere, graublonde Haar, die eher schmalen Schultern, der hopsende Gang, wenn er es eilig hatte. Selbst an diesem kalten Vormittag trug er nur eine ärmellose Regenweste über dem Hemd – eine gefütterte allerdings mit vielen Taschen, in denen er das Fotozubehör verstaute.

Stiller zog den Schlüssel ab und verschloss den Buick. Er schlenderte zu Staab, der gerade versuchte, eine Gruppe junger Bürokaufleute zum Gehen zu bewegen.

»Man wird Sie sicher schon vermissen.« Er blickte sie streng an. »Außerdem gibt es hier gar nichts zu sehen!«

Der Satz war üblich, aber wie üblich stimmte er nicht ganz. Hinter den Scheiben des Busses tauchten immer wieder die Köpfe und Rücken des Notarztes und der Sanitäter auf, um gleich wieder zu verschwinden, wenn sie sich bückten. Die Tote lag wohl vorn beim Fahrersitz. Die Männer der Spurensicherung sahen zu. Sie konnten im Moment wenig tun, nahm Stiller an. Eine Gruppe von Leuten im hinteren Teil des Busses hielt er für Fahrgäste. Hauptkommissar Strobel stand bei ihnen. Stiller erkannte den neuen Leiter des Kommissariats 1 an seiner hünenhaften Figur. Er galt als äußerst fähig. Im Augenblick notierte er etwas, nahm Personalien auf oder ließ sich den Vorfall schildern.

Kleinschnitz erschien auf der gegenüberliegenden Seite des Busses im vorderen Türrahmen und fotografierte sofort. Blitzlicht zuckte. Einen Polizeibeamten der Spurensicherung erinnerte das offensichtlich an seine Pflicht, er hob selbst eine Kamera ans Auge und schoss ein paar Bilder. Dann wandte er sich dem Fotografen zu und führte ihn nach einer kurzen Diskussion aus dem Bus.

Sie würden ohnehin kein Bild drucken, auf dem die Leiche zu sehen war. Die Beamten wussten das, Kleinschnitz wäre sonst nie in den Bus gelangt. Aber er wollte das Bild dennoch, es war eine Berufskrankheit. Obwohl er es nie veröffentlichen oder an die Boulevardblätter verkaufen würde, deren Angebote nicht ausblieben, wenn ein Fall spektakulär genug war. Als er in den Achtzigern fotografiert hatte, wie die nackte Leiche einer Vierzehnjährigen aus dem Gebüsch an der Straße nach Darmstadt geborgen wurde, hatte ihm »Bild« mehr als ein Monatsgehalt geboten. Er war standhaft geblieben. Immerhin nahm ihm die Deutsche Presseagentur für ein kleines Zubrot ein paar Standardfotos vom Schauplatz ab.

Fotos, wie er sie jetzt wieder schoss. Aufnahmen vom Bus, möglichst so, dass durch die Fenster hindurch etwas von der Arbeit der Sanitäter und der Spurensicherung sichtbar wurde. Hin und wieder in den Varianten »Angeschnittener Sanka im Vordergrund« oder »Bestürzte Beobachter im Hintergrund«.

Plötzlich kam Bewegung in die Schaulustigen auf dem Gehsteig, etliche Gaffer zogen davon.

»Aufs Bild wollen die natürlich nicht«, schnaubte Staab.

Stiller schwieg und sah zum Bus hinüber. Er kannte Mike Staab gut. Sie hatten zur selben Zeit in Aschaffenburg angefangen, liefen sich seitdem immer wieder beruflich über den Weg und sahen sich privat in der Schachecke im Café Fischer. Schachspieler lernten einander gut kennen, aber selbst einem Freund bei der Polizei würde Stiller nicht anvertrauen, was er in diesem Moment dachte: Nichts unterschied Journalisten am Schauplatz einer Katastrophe, eines mysteriösen Todesfalls, eines Unglücks von den Gaffern am Straßenrand. Schlimmer noch! Er und der Fotograf bedienten hier sogar den Voyeurismus derjenigen, die das Spektakel nicht mit eigenen Augen betrachten konnten.

»Was ist hier genau passiert?«, fragte Stiller.

»Ich darf dir offiziell nichts sagen, das ist dir doch klar.« Staab zog zwei Duplos aus dem Anorak und reichte eines davon Stiller. Sie traten ein paar Schritte von der Menschenmenge auf dem Gehsteig zurück.

»Das heißt, du weißt nur nichts. Sei doch ehrlich, mein lieber Mike.«

»Deine psychologische Kriegsführung war auch schon besser«, gab Staab zurück. »Ich muss vorsichtig sein. Strobel ist da. Ich hab das Gefühl, er holt mich diesmal in sein Team.« Er kaute genüsslich sein Duplo, drehte dann dem Bus den Rücken zu. »Damit du dich nicht blamierst, wenn du ihn nachher offiziell fragst, werd ich dir trotzdem ein paar Infos geben.«

Stiller ließ den Stenoblock stecken. Er wollte dem Bekannten keinen Ärger einhandeln – und das Papier würde im Regen ohnehin nur aufweichen.

»Die Tote ist Mitte siebzig, wohnt keinen Kilometer von hier im Stadtteil Schweinheim und heißt Hedda Kunkel.« Staab hob die Brauen. »Den Namen hast du aber wirklich nicht von mir.«

»Willst du mich beleidigen? Sag mir lieber, was los ist.«

»Nach allem, was man hier heraußen so hört, ist sie in den Bus gestiegen und hat herumgeschrien, ihr Schwiegersohn wolle sie töten. Dann hat sie gekotzt, ist zusammengebrochen und verschieden.«

»Und der Schwiegersohn?«

»Ich erzähle dir hier nur, was ich an Fakten habe. Ich bin der Polizist, der Dichter bist du.« Staab schob Stiller noch ein paar Schritte weiter von den Leuten am Straßenrand weg und sah kurz über die Schulter zum Bus.

»Davon machst du bitte keinen Gebrauch, bevor du es nicht offiziell hast. Es darf vielleicht nicht an die Öffentlichkeit, weil das für die Vernehmungstaktik schlecht wäre.«

Stiller nickte.

»Der Schwiegersohn soll sie irgendwie gestochen haben.«

»Gestochen? Entschuldige ...« Stillers Handy meldete sich. Wie in einem schlechten Krimi: Im spannendsten Moment wird das Gespräch unterbrochen und später nie mehr fortgesetzt. Er warf einen Blick aufs Display und lächelte. Die Redaktion. Er klappte das Mobiltelefon auf und sagte: *»Pronto?«*

»Herr Stiller?«

Es war die Sekretärin. Er ertappte sich dabei, dass er einen Augenblick gehofft hatte, es sei Fenia Saalbach.

»Bei der Arbeit«, brummte er.

»Ich dachte, das interessiert Sie vielleicht«, sagte Sonja Wagner. »Es ist jetzt offiziell. Die Pressestelle der Polizei hat eine Mail an alle Medien verschickt. Eine Tote im Stadtbus, vermutlich ein Tötungsdelikt. Die Kripo ermittelt. Vor Mittag gibt es keine Auskünfte, am Nachmittag eine Pressemitteilung. Oder eine Pressekonferenz, sofern es die Staatsanwaltschaft beschließt.«

»Irgendetwas Näheres?«

»Nein. In der Mail gibt es nicht mal einen Hinweis, wo der Bus steht. Aber der Lokalsender meldet einen Stau am Knoten Ringstraße und Schweinheimer Straße – wegen eines defekten Stadtbusses.«

»Mist!« Stiller biss sich auf die Unterlippe. Der Lokalfunk überließ die teure Redaktionsarbeit zwar billigen Praktikanten, doch selbst die konnten zwei und zwei zusammenzählen. Den Schauplatz hätte er gerne für seine Zeitung allein gehabt. Aber das war ohnehin eine kindische Hoffnung. Er sah zu den Bürokaufleuten hinüber. Einer von denen würde seine Handybilder schon verkaufen, egal wie schlecht die Qualität war.

»Kann ich noch was für Sie tun?«, fragte Sonja Wagner.

»Ja.« Er warf einen schnellen Blick auf den Polizisten, doch der war ein paar Schritte zur Seite getreten und sprach auf eine Frau mit einem weinenden Kind im Buggy ein. »Suchen Sie mir bitte die Adresse einer gewissen Hedda Kunkel in Schweinheim heraus.«

»Ich hoffe, Sie planen da nichts Unanständiges.«

»Wir haben alle unsere kleinen Geheimnisse. Ciao.«

Er wollte sich gerade wieder Mike Staab zuwenden, da klingelte sein Mobiltelefon erneut. Seine Frau. Er meldete sich unverzüglich. »Hallo, Schatz! Ich denke, du musst unterrichten!«

»Schatz?«, lachte sie. »Ich merk schon, du Schauspieler, du bist nicht allein!«

»Stimmt, die halbe Stadt ist hier versammelt. Ich stehe vor einem Stadtbus, in dem eine Tote liegt, und hoffe im Augenblick, dass man sie wegbringt, bevor meine Freunde vom Amateurfunk aufkreuzen.«

»Stadtbus?« Sie schien verblüfft. »Deshalb rufe ich an, sozusagen.«

»Sag schon.«

»Jan hat seinen Turnbeutel im Bus liegen lassen. Er hat von der Schule aus angerufen. Ich dachte, ob du vielleicht ...«

Stiller seufzte. Ständig etwas anderes mit Jan, dem Jüngsten. Und stets, wenn es am wenigsten passte. Manchmal beneidete er die kinderlosen Kollegen, die sich unbekümmert ihrer Karriere widmen konnten. Die Singles brachten es am weitesten. Beim Thema Single fiel ihm sofort der wabbelige Blattmacher der Politik ein, der immer nach Buttersäure roch. Er schob die düsteren Gedanken beiseite. Im Grunde hatte er es gut getroffen mit Ruth und den drei Kindern, die ihn auf Trab und am Leben hielten.

»Welcher Bus?«, fragte er ergeben.

»Der Einser. Sieben Uhr neunzehn ab Klarastraße.«

»Jan hat Glück«, sagte Stiller. »Ich bin keine dreihundert Meter vom Busdepot der Stadtwerke weg.«

»Na, da hast du doch auch Glück«, gab sie zurück. »Mein Töpferkurs rückt an. Danke, Paul!« Weg war sie.

Stiller stöhnte erneut. Montags und mittwochs unterrichtete seine Frau zu Hause ältere Damen im Töpfern. Wenn er abends heimkam, war immer eines der Waschbecken verstopft, ob auf der Gästetoilette, im Bad oder in der Küche, und er durfte das Problem lösen.

Staab sah ihn an und hob die Brauen. »Ist was passiert?«

Stiller steckte das Mobiltelefon weg. »Du weißt nicht zufällig«, brummte er, »ob dieser Bus da heute früh auf der Linie 1 unterwegs war?«

# 4

»Ich kann nichts tun, solange sie die Fahrgäste da drin festhalten.« Stiller hatte die Straße überquert, den Bus umrundet und war zu Peter Kleinschnitz gestoßen.

»Im Sanka«, sagte der und deutete nach hinten.

»Wie bitte?«

»Im Sanka«, wiederholte Kleinschnitz. »Da sitzt der Busfahrer.«

»Der kommt mir wie gerufen«, sagte Stiller und zog los.

Der Mann sah mitgenommen aus, stand aber nicht unter Schock. Die Flügeltür des Krankenwagens stand offen. Der Busfahrer saß wie ein schmelzender Schneemann auf einem Sessel gleich hinter dem Fahrersitz. Er hatte dunkle Ringe unter den Augen, die traurig in den grauen Novembermorgen schauten. Die Malteser-Zivis hatten ihm eine Kolter übergeworfen, wie sie Stiller seit seiner Kindheit nicht mehr gesehen hatte: braun mit schwarzem Mäander-Muster an den Rändern. Der Busfahrer hielt sie mit den Händen vor der Brust zusammen.

»Ich dachte, diese Art von Decken wäre längst in irgendwelche Erdbebengebiete geliefert worden«, grinste Stiller und streckte dem Busfahrer die Hand hin. »Paul Stiller. Ich komme von der hiesigen Zeitung.«

»Wolfgang Schreck«, murmelte der Busfahrer und dachte nach. »Ich kenne Ihren Namen.« Er klang wie im Halbschlaf. »Sie schreiben samstags immer die lustigen Glossen.«

»Danke«, sagte Stiller. »Freut mich, dass sie Ihnen gefallen. Ich weiß, Ihnen geht es nicht gut.« Der Mann schlotterte unter der Decke. »Es wäre schön, wenn ich trotzdem ein paar Auskünfte von Ihnen bekäme.«

»Ich hab sie nicht umgebracht!« Schreck sah ihn flehend an.

»Das weiß ich ja.« Stiller stieg in den VW-Bus. »Aber wer hat sie umgebracht?«

»Es war ihr Schwiegersohn. Sie hat es selbst gesagt.«

»Sie konnte also noch reden?«

»Lallen, würd ich es nennen. Sie hat gelallt und herumgeschrien.«

Stillers Stift hielt inne. »Haben Sie eine Ahnung, was der Schwiegersohn gemacht hat? Wie hat er sie denn umgebracht?«

»Mit Gift. Das sagt jedenfalls der Veterinär, der mit im Bus war. Der hat so was wohl schon mal gesehen, kennt sich jedenfalls damit aus. Ich hab gedacht, sie wär betrunken. Jesus Maria, sie sah völlig elend aus, als sie eingestiegen ist. Irgendwann lag sie dann am Boden. Als ich plötzlich bremsen musste, ist sie durch den Gang gerutscht und mit dem Kopf gegen die Radiokonsole geknallt. Aber davon ist sie nicht gestorben, da war sie schon tot. Der Tierarzt hat sie sich gleich angesehen und ist sich sicher, es war Gift.« Schreck beugte sich vor, flüsterte fast, sein Atem roch nach Kaffee: »Ihr Schwiegersohn hat sie vergiftet, glauben Sie mir das!«

»Er hat sie nicht erstochen?«

»Erstochen?« Schreck fuhr zurück und warf ihm einen erstaunten Blick zu, dann dämmerte es ihm. »Meine Güte, nein, das ist ein Missverständnis. Sie hat geschrien, er hätte sie *ge*stochen. Nicht *er*stochen. Wahrscheinlich hat er ihr das Gift gespritzt.«

Gar nicht so dumm, dachte Stiller. Dann ließ er sich der Reihe nach alles schildern, was der Busfahrer erlebt hatte und über die Frau wusste.

»Ich hab schon gemeint, ich hätte sie umgebracht«, schloss Schreck. Er blühte sichtlich auf, jetzt, da er sich die Geschichte noch einmal von der Seele geredet hatte.

»Sie sehen mir nicht aus wie ein Busfahrer, der einen Fahrgast ins Jenseits befördert«, lächelte Stiller. Schreck blieb ernst. Das Wortspiel hatte offensichtlich schon einen Bart.

»Ich gebe Ihnen meine Karte«, sagte Stiller, »falls Ihnen noch etwas einfällt.«

Schreck hatte aufgehört zu zittern. Er bedankte sich überschwänglich. »Normal weiß man ja nicht, wie die Leute aussehen, deren Namen unter dem Artikel stehen«, sagte er. »Und Sie schreiben wirklich gut.«

»Dafür verstehe ich nichts vom Busfahren«, gab Stiller zurück. »Oder von Busfahrplänen.« Eine geschickte Überleitung, wenn auch nur zufällig. »Da fällt mir noch etwas ein: Wie kann ich feststellen, wo sich ein bestimmter Bus zurzeit aufhält?«

»Ein bestimmter Bus – wie meinen Sie das?«

»Zum Beispiel der Bus, der heute Morgen auf der Linie 1 unterwegs war, sieben Uhr neunzehn ab Klarastraße. Wo könnte der jetzt fahren?«

»Ach so.« Schreck hielt die Decke nur noch mit einer Hand zusammen, mit der anderen polierte er die Schädelkuppel, die aus dem Haarkranz ragte. »Das kann aus dem Kopf keiner wissen. Das wechselt. Ich selbst habe mit demselben Bus ganz früh immer die Linie 6, Nilkheim. Später dann die Schweinheimer 4. Am besten fragen Sie in der Stadtwerke-Zentrale nach. Bei der Fahrdienstleitung.«

Stiller verabschiedete sich und stieg aus dem Rettungswagen. Kleinschnitz schnitt ihm von Weitem Grimassen. Er sollte schleunigst kommen.

»Was gibt es denn?«

»Du hast versäumt, wie sie die Leiche aus dem Bus geschafft haben.«

Das hatte er nicht. Als er im Rettungswagen saß, hatte er über die Schulter des Busfahrers hinweg durch die Frontscheibe beobachtet, wie zwei Sanitäter die Bahre aus dem Bus hoben. Die Leiche war in eine graue Plastikplane gehüllt. Stiller stellte sich alte Frauen immer leicht vor. Dennoch hatten die Sanitäter schwer zu schleppen, bis sie die Bahre in den Leichenwagen schoben.

»Mit der Toten spreche ich später«, witzelte er. »Wichtiger sind die Leute hinten im Bus. Es muss ein Tierarzt dabei sein.« Als Schreck ihn erwähnt hatte, war Stiller sofort klar gewesen, wer die Redaktionssekretärin angerufen hatte und was ihr schüchterner Satz »Er ist eine Art Arzt« bedeutete. Mit etwas Glück konnte er von der amourösen Beziehung Sonjas profitieren.

Schnell schritt er durch den Nieselregen zurück zu Staab. Der Polizist sah durchnässt aus, aber entspannt. Der Gehsteig leerte sich zusehends, seit die Leiche aus dem Bus gebracht worden war.

»Woran erkennt man denn einen Tierarzt?«

Staab wies mit dem Kinn auf den Bus. »Wenn du mich fragtest, würde ich sagen, es ist der Grauhaarige mit der Nickelbrille und dem Pferdeschwanz. Ich dürfte dir dann allerdings keine Auskunft geben.«

Ein Tierarzt, der sich mit Gift auskennt, sein graues Haar lang wachsen lässt und zum Pferdeschwanz bindet: Stiller bewunderte Sonja Wagners Geschmack und brannte darauf, mit dem Mann zu reden.

»Wenn du ihn erwischen willst, musst du dich beeilen«, sagte Staab. »Er steigt aus.«

Paul Stiller stapfte los. Wie zufällig lief er dem Tierarzt in die Arme, der gerade die Straße überquert hatte.

»Oh«, rief er und nahm es in Kauf, dass er wie ein schlechter Schauspieler klang, »schön, dass ich Sie hier treffe.«

Der Tierarzt sah ihn durch die runde Brille aus großen Augen an. »Sollte ich Sie kennen?«

»Paul Stiller. Ich bin ein Kollege von Sonja.«

»Ja richtig«, sagte der Tierarzt. »Ich glaube, sie hat Ihren Namen einmal erwähnt.«

# 5

Gab es nicht eine Vorschrift, die es den Busfahrern verbot, mit der Presse zu reden? Schuldgefühle nagten an Wolfi Schreck. Er hätte den Tierarzt nicht erwähnen sollen. Presseauskünfte jeglicher Art waren den hohen Herren der Stadtwerke vorbehalten. Liebe Güte, er hatte heute schon gegen so ziemlich jede Vorschrift verstoßen. Da kam es auf die eine mehr sicher nicht an.

Schreck hatte sich umgewandt und beobachtete durch die Windschutzscheibe, wie sich der Tierarzt mit Stiller unterhielt. Kurz vorher hatte er den Leichenwagen losfahren sehen, der hinter dem Bus geparkt war. Wahrscheinlich hatten sie die Alte mitgenommen. Die drei Sanitäter, die zu dem Wagen gehörten, in dem er saß, standen auf dem Gehsteig und rauchten. Der Notarzt war bei ihnen. Sie lachten.

Am liebsten hätte Schreck die Decke abgeworfen, wäre einfach aufgestanden und gegangen. Sein Dienst war offiziell noch lange nicht vorbei. Irgendein Kollege verfluchte ihn wahrscheinlich, weil er einspringen musste. Er war doch nicht krank.

Trotzdem würde er heute nicht mehr arbeiten, das war klar. Wenn er sich besser fühlte, sollte er um Mittag herum zur Polizeidienststelle in Nilkheim kommen und seine Aussage zu Protokoll geben. »Fragen Sie direkt nach mir«, hatte Kommissar Strobel gesagt und ihm ein Kärtchen überreicht. Der war nett, obwohl Schreck Leute nicht leiden konnte, die mit den Fingern knackten. Und Strobel knackte mit den Fingern.

Eigentlich war das Zeitverschwendung. Er hatte der Polizei doch schon alles erzählt. Viel zu viel erzählt. Die Stadtwerke-Herren würden sofort merken, dass er abgelenkt gewesen war und nicht die ganze Zeit auf den Verkehr geachtet hatte. Dabei darf der Fahrer unterwegs nicht mit den Gästen sprechen, nicht einmal das Radio laufen lassen. Er hatte dem Kriminalhauptkommissar jedenfalls alles mitgeteilt, was er gesehen und gehört hatte.

War das wirklich alles? Hatte er nicht doch etwas vergessen? Wolfi Schreck sank noch tiefer in sich zusammen. Irgendetwas gab es da noch. Etwas, das er hätte sagen müssen. Herrje. Er kam nicht drauf.

*

Peter Kleinschnitz kam dazu, als sich Stiller und der Tierarzt verabschiedeten. Sie tauschten ihre Karten.

»Interessante Frisur«, sagte Kleinschnitz und sah dem Veterinär hinterher. »Überhaupt ein interessanter Mann!«

»Hör auf, dich zu verlieben«, sagte Stiller. »Er steht auf rundliche Frauen. Außerdem ist er in festen Händen.«

»War ohnedies nicht mein Typ. Fotografiert hab ich ihn trotzdem. Ist er wichtig?«

»Kann man so sagen.« Der Verkehr wurde dünner. Sie nutzten eine Lücke, wechselten wieder auf die gegenüberliegende Straßenseite und sahen zu, wie drüben die Fahrgäste einer nach dem anderen den Bus verließen. Der Tierarzt hatte erzählt, dass sie zum Busdepot der Stadtwerke geschickt wurden, das nur ein paar hundert Meter entfernt war. Dort warteten Taxis, um sie ohne weitere Umwege ans Ziel zu bringen. Die Stadtwerke übernahmen alle Kosten. »Von ihm stammt die Gifttheorie. Promovierter Amtstierarzt. Dr. Matthias Hirte.«

»Wie kommt er denn auf Gift? Hat er …« Kleinschnitz verstummte und gab dem Kollegen einen Stoß. Stiller drehte sich um. Hinter dem roten Buick hielt ein weiteres exotisches Auto, ein Jeep, der über und über mit Werbung beklebt war. Auf dem Dach blinkten zwei gelbe Lichter. Das Team des Lokalfernsehens kam an.

»Zu spät«, feixte Peter Kleinschnitz, »die Leiche ist weg.«

Stiller brummte. »Hm. Der Bus steht noch mindestens eine halbe Stunde hier, bis ihn die Spurensicherung freigibt. Das reicht für ein paar dramatische Bilder.« Er winkte dem Kamerateam, das aus dem Jeep stieg, dennoch fröhlich zu. Denn gerade legte der zweite Rettungswagen ab, und mit ihm verschwand der Busfahrer vom Schauplatz. Nach dem Tierarzt war das der wichtigste Augenzeuge des Vorfalls – und ein höchst gesprächiger.

Stiller wandte sich wieder Peter Kleinschnitz zu. »Wie er auf Gift kommt? Er ist ein Spezialist in Sachen Toxikologie, wie er sagt. Alkohol schließt er aus. Kreislauf, Herz und irgendwelche Altersgeschichten auch. Bleiben Drogen und Gift. Dazu passt auch die Geschichte, dass ihr Schwiegersohn sie umbringen wollte und sie gestochen hat. Dr. Hirte vermutet, der Schwiegersohn hat ihr das Gift oder die Droge gespritzt.«

»Doktor oder nicht – das ist nur ein Tierarzt! Und er spekuliert bloß.«

»Ich weiß. Hältst du mich für einen Anfänger?« Die Ärgerfalte auf Stillers Stirn wurde tiefer. »Du solltest mich besser kennen, wir arbeiten schon unser halbes Leben zusammen.«

»Schlimm genug.« Kleinschnitz grinste. »Aber die letzten Jahre hast du nur noch Kommunalpolitik und Tischdienst gemacht.«

»Genau deshalb weiß ich, wie ich die Aussagen von Informanten einordnen muss«, brauste Stiller auf. Trotzdem fragte er sich, ob es nicht doch ein Fehler gewesen war, diesen Fall zu übernehmen. Er hätte ihn jüngeren Kollegen überlassen sollen …

Er musste Fenia Saalbach anrufen, fiel ihm ein.

… denen, die noch etwas werden wollten. Sollten die doch am Straßenrand stehen und sich nass regnen lassen. Wahrscheinlich würde er sich eine Erkältung holen. Er hatte nicht nachgedacht. Es war eine kurz entschlossene Flucht aus dem Frust der letzten Monate gewesen, ein spontaner Ausstieg aus der Routine. Er sollte darüber glücklich sein – aber er wusste, dass er seine Entscheidung spätestens am Abend bereuen würde. Auf seinem Schreibtisch stapelte sich die Post. Die E-Mails hatte er vor der Morgenkonferenz nur flüchtig durchgesehen, außerdem kamen fortlaufend neue. Alle möglichen Leute hatten sicher schon bei ihm angeklingelt, weil es sie mit irgendwelchen Geschichten ins Blatt drängte. Und irgendwo in dieser Stadt war ein Bus unterwegs, in dem der Turnbeutel seines Jüngsten lag.

»Wenn ich meine Schwiegermutter umbringen wollte«, Kleinschnitz holte Stiller aus den Gedanken zurück, »würde ich es auf jeden Fall so machen, dass sie nicht noch auf der Straße herumrennt und es allen erzählt.«

»Ich auch. Deswegen haben sie mich ja auch noch nicht drangekriegt.« Stiller konnte wieder lachen. »Dr. Hirte hat dafür zwei Erklärungen. Entweder wusste der Schwiegersohn nicht über die nötige Dosis Bescheid, oder er hat ihr nicht alles gespritzt. Sie trug einen ziemlich dicken Mantel. Mal sehen, was die Spurensicherung da findet.«

Mike Staab kam auf sie zu. »Ich glaube, das war's. Sobald ein Ersatzfahrer kommt, schaffen sie den Bus ins Depot.«

»Da muss ich übrigens auch hin«, sagte Stiller. Als er die fragenden Blicke sah, fügte er hinzu: »Etwas Harmloses, eine Familiensache.«

»Harmlose Familiensache, du bist gut«, nuschelte Peter Kleinschnitz mit vollem Mund, »so wie es aussieht, ist das hier auch eine!«

Kleinschnitz ließ den Buick langsam die Schweinheimer Straße hinunterrollen. Am Südbahnhof bog er links ab. Ein paar hundert Meter weiter lag der Hauptsitz der Stadtwerke Aschaffenburg.

»Moment mal. Fahr noch nicht hinein.« Stiller zog sein Mobiltelefon aus der Tasche, wählte die Nummer der Redaktion und ließ sich mit Fenia Saalbach verbinden.

»Ich hab schon gedacht, Sie rufen gar nicht mehr an!«, begrüßte sie ihn. »Sonja hat mir einen Zettel für Sie hingelegt. Da steht, Kunkels gäb es in Aschaffenburg wie Sand am Meer. Aber eine Kunkel, Hedda in Schweinheim finde sich unter Bachtalstraße 17 im Telefonbuch.« Sie legte eine kurze Pause ein. »Hedda Kunkel, ist das die Tote?«

»Ja.« Er zögerte. »Jedenfalls ziemlich sicher.«

»Soll ich mich in der Bachtalstraße einmal umsehen?«

Wieder zögerte er. Er wusste, sie brannte darauf, in dieser Geschichte eine Rolle zu übernehmen. »Tut mir leid«, sagte er dann, »ich mache das selbst.«

»Sie trauen mir das nicht zu, oder?«

Stiller bemerkte, wie seine Stirnfalte tiefer wurde. Ein Zeichen, dass er schon wieder gereizt war. Seine Stimme blieb aber ruhig: »Das ist Unsinn, Fenia. Ich bin davon überzeugt, dass es Ihnen sogar besser gelingt als mir, aus fremden Leuten etwas herauszuholen.«

»Da hast du recht, du alter Sack«, murmelte Kleinschnitz dazwischen.

»Ich komme auf Ihr Angebot zurück«, versprach Stiller. »Aber jetzt habe ich das angefangen und möchte es auch zu Ende führen.«

»Verstehe.« Sie klang, als verstünde sie es nicht.

»Jetzt brauche ich Sie erst mal für etwas anderes«, fuhr Stiller fort.

»Ich soll ins Archiv, stimmt's?«

»Stimmt.« Er war verblüfft.

»Da war ich schon«, sagte sie sachlich. »Alle Mordfälle der Nachkriegsgeschichte am Untermain und im Spessart. Mit besonderem Gewicht auf den ungeklärten, den mysteriösen und allen, in denen Gift eine Rolle spielte.«

»Und«, fragte er, »gab es welche?«

»Nein.«

»Schade! Also gut, Fenia, ich dachte, Sie ...«

»Ich habe den Hintergrundbericht noch vor Mittag fertig«, unterbrach sie ihn. »Den Vorspann halte ich offen, bis wir mehr über den Mord wissen.«

»Alle Achtung. Sie erstaunen mich.«

Sie stellte den Ton um und schnurrte: »Ich orientiere mich eben an Ihnen. Angeblich arbeiten Sie auch gerne eigenverantwortlich, gründlich und schnell.«

»Oh bitte!« Stiller verdrehte die Augen und schnitt Kleinschnitz eine Grimasse. »Ersparen Sie sich das Gesülze. Und mir auch.«

»Ich hab das ernst gemeint!« Aber sie kicherte hörbar.

»Also gut, wenn Sie den Bericht fertig haben, fahren Sie nach Schweinheim. Kriegen Sie raus, bei welchem Friseur diese Hedda Kunkel Kundin war, und machen Sie dort einen Termin aus!«

»Verstehe. Und die Nahversorgung?«

»Bäcker und Metzger übernehme ich.«

»Vergessen Sie die Apotheke nicht!«

Er stöhnte. »Ich habe die Apotheke nicht vergessen.«

»Dann hab ich also nur den Friseur?« Sie klang schon wieder enttäuscht.

»Hören Sie sich meinetwegen noch in der Bachtalstraße bei den Nachbarn um«, gab er nach. *»Andiamo.«*

Er klappte das Handy zu. »Schau mich nicht so an, als hätte ich mich einwickeln lassen«, raunzte er Kleinschnitz an.

»Einwickeln!« Der Fotograf ließ den Wagen an. »Wie sollte ich darauf kommen? Du warst im Gegenteil ein Muster der Standhaftigkeit. Verzichtest freiwillig auf den Friseur, bei dem bestimmt ein paar hübsche Dinger herumlaufen, mit Hüfthosen und was sonst so dazugehört. Stattdessen opferst du dich für eine dralle Fleischereifachverkäuferin mit fettigen Fingern. Es ist schon was dran: Essen ist die Erotik des Alters, mein Lieber!«

»Ich gebe zu, ich könnte nach dem Herumstehen im Regen jetzt einen Leberkäsweck vertragen!«, grinste Stiller. »Sonst würde ich mit dir sowieso wieder nur bei McDonald's landen.«

»Du wusstest schon immer das Angenehme mit dem Nützlichen zu verbinden.« Kleinschnitz lenkte den Buick in den Hof der Stadtwerke. »Was machen wir hier eigentlich?«

»Ich erzähl es dir gleich.« Stiller sprang aus dem Wagen und erkundigte sich beim Pförtner nach der Fahrdienstleitung. Per Handzeichen gab er dem Fotografen zu verstehen, dass er sofort zurück sein werde, und verschwand in einer Tür mit der pyramidenförmigen Aufschrift:

SVG
Stadtwerke
Verkehrs-GmbH

Nach ein paar Minuten kam Stiller zurück, sank ächzend ins Polster des Buick. »Rufen Sie nicht an. Ich rufe Sie an«, äffte er den Fahrdienstleiter nach. »Diesen Satz hab ich seit meiner Jugend nicht mehr gehört!«

»Was ist denn los?«

»Ich – äh – ich fahnde. Nach einem Turnbeutel.« Stiller räusperte sich. Hatte er es nicht gewusst: Er würde eine Erkältung bekommen. »Mein Jüngster hat ihn heute Morgen im Bus liegen lassen.«

»Und?«

»Sie suchen jetzt den Bus und funken den Fahrer an. Er soll den Beutel an sich nehmen und nach Dienstende hier abgeben. Die Stadtwerke haben übrigens ein eigenes Fundbüro. Ein gutes Reportagenthema fürs nächste Sommerloch.«

»Soll ich raten? Du wirst es Fenia Saalbach geben.«

»Blödmann.« Da war wieder die gefährliche Falte in Paul Stillers Stirn. »Lass uns lieber mal die dralle Fleischereifachverkäuferin suchen.«

# 6

Er würde ihn kriegen. Jo! Sei ganz ruhig, sagte er sich.

Nach außen blieb Johannes Strobel gelassen. Immer cool. Von klein auf hatte er den Spruch gehört und zu befolgen versucht, weil er zu den goldenen Worten seines Vaters gehörte: »In der Ruhe liegt die Kraft.« Innerlich war er jedoch voller Unruhe. Es ging ihm nie schnell genug, wenn er mit einem neuen Fall konfrontiert wurde. Er fand keine Ruhe, bevor er nicht einem Verdächtigen gegenübersaß.

An diesem Morgen fühlte Johannes Strobel, wie die Zeit verrann. Die Aussagen waren eindeutig. Die Schilderungen des Busfahrers und aller Fahrgäste stimmten überein. Diese Hedda Kunkel war nach eigenen Worten von ihrem Schwiegersohn in Tötungsabsicht überfallen und gestochen worden – mit einer Giftspritze, wie der Tierarzt vermutete, der vorgab, sich mit derlei gut auszukennen. Das würde überprüft werden. Er hatte darum gebeten, beim Institut für Rechtsmedizin an der Uni Würzburg einen Pathologen anzufordern, um die Leiche zu obduzieren.

Jetzt saß Johannes Strobel auf dem Beifahrersitz im Dienst-BMW des Kommissariats 1 und knackte mit den Fingern, wie immer, wenn ihn die innere Unruhe umtrieb. Er wusste nicht genau, wie viele, aber der Wagen hatte viele PS. Es ging ihm dennoch nicht schnell genug. Der Mann durfte keine Zeit finden, wertvolle Spuren zu beseitigen.

Und wenn schon! Außenstehende hatten keine Ahnung, was die Kriminaltechnik alles sichtbar machen konnte. Die meisten Straftäter stellten sich die Arbeit der Ermittler vor, wie sie in vordergründigen Fernsehkrimis gezeigt wurde. Das Tatort-Prinzip: Zwei Kommissare plaudern bei Kölsch und Currywurst an der Pommesbude, und nach anderthalb Stunden klicken die Handschellen zu. Nichts vom Geduldspiel und von der kriminalistischen Feinarbeit, die eine Ermittlung verlangte. Daraus sprach eine Botschaft, die den Profikommissar erfreuen sollte, weil sie für Amateur-Spitzbuben fatal war: Hauptsache, du hinterlässt keine Fingerabdrücke, dann kriegen die dich nie. Eigentlich zum Lachen. Wenn's nicht so ernst wäre. Johannes Strobel liebte die Tatort-Krimis.

Den Namen der Toten hatten sie schnell, sie war einigen im Bus bekannt. Ihren Ausweis fanden sie in der braunen Einkaufstasche aus abgewetztem Kunstleder. Hedda Kunkel, Bachtalstraße 17. Hier geboren am 3. September 1932. Umgehend schickte der Kommissar seine Kollegin Claudia Junk mit einigen Beamten der Spurensicherung nach Schweinheim. Sie sollten sich vor Ort umsehen und um etwaige Angehörige kümmern.

Ebenso schnell hatten sie den Namen des Schwiegersohns, auch er war Fahrgästen im Bus bekannt: Max Schwind. Strobel hatte die Daten an die Dienststelle melden lassen. Die Zentrale sollte sofort mit dem Einwohnermeldeamt Kontakt aufnehmen und die einschlägigen Datenbanken durchforsten. Er wollte alles über den Schwiegersohn wissen, was er für eine Festnahme brauchte: Wo wohnte er, wo ging er zur Arbeit? Besaß er Waffen, einen Waffenschein?

Jetzt kamen die Informationen nach und nach: Max Schwind, achtundvierzig Jahre alt, wohnhaft Hibiskusweg 9.

Schau an, gar nicht weit weg von der Polizei-Dienststelle Nilkheim. In den neuen Wohnboxen. Sozialwohnung.

Max Schwind war seit fünf Monaten arbeitslos gemeldet. Vorher als Laborhelfer im Wasserwirtschaftsamt tätig. Verheiratet mit Cornelia Schwind, geborene Kunkel. Keine Kinder. Ehe vor zwei Jahren geschieden. In den Polizeiakten eine Anzeige der alten Kunkel, erst vor wenigen Wochen erstattet: Ihr Ex-Schwiegersohn suchte immer wieder den Garten in der Bachtalstraße auf. Sie fühlte sich bedroht. Kein Hinweis auf Gewaltanwendung oder Waffenbesitz. Aber man wusste nie …

Laborhelfer. Gift. Spritze. Die Anzeige der Schwiegermutter, die ihn noch vor ihrem Tod schwer belastet hatte. Grund genug, sich einmal angeregt mit diesem Max Schwind zu unterhalten!

Wieder ließ Johannes Strobel die Finger knacken. Er warf einen vorsichtigen Blick auf den Fahrer, einen Jungkommissar, der gerade sein Studium an der Polizeischule beendet hatte und nun durch die Fachkommissariate rollierte. Der Tick mit den Fingern war ihm peinlich, er verriet seine Unruhe.

Nicht dass er einen raschen Erfolg nötig gehabt hätte. Er war an Erfolge gewöhnt, sein Ruf tadellos. Mit gerade achtunddreißig Jahren hatte er im September die Leitung des K1 übernommen. »Höchstpersönliche Rechtsgüter«, wie es höchst unpersönlich hieß. Dahinter verbargen sich Sexual- und Tötungsdelikte. Lauter unappetitliche Sachen. Nein, nötig hatte er es nicht. Andererseits war es ihm nicht unangenehm, gleich beim ersten großen Fall den Täter auf dem Silbertablett serviert zu bekommen. Mindestens Sabine würde er damit beeindrucken können.

Sabine! Er musste sie anrufen. Die Vernehmung konnte sich hinziehen. Dann die Vorführung beim Haftrichter. Um sechs wollte er sie treffen, im »Domus«. Sabine war nicht die Frau, die man warten ließ.

Wobei er auch auf diesem Feld von Erfolgen verwöhnt war. Sollte er zu spät kommen und Sabine nicht mehr im »Domus« warten, wäre es ihm ein Leichtes, eine der anderen anzusprechen, die mit Sicherheit aufblickten, sobald er durch die Tür trat. Allein durch seine Größe von eins dreiundneunzig und die breiten Schultern fiel er schon auf. Sein schwarzes, glattes Haar und sein Gesicht mit den Zügen des David von Michelangelo waren auch nicht von Nachteil. Er hatte ein gutes Händchen, sich die sportlichen Klamotten so auszusuchen, dass sie seinen durchtrainierten Körper vorteilhaft zur Geltung brachten. Die meisten Frauen wurden bereits schwach, wenn sie durch die eng anliegenden Shirts sein Sixpack ahnten. Leider nicht Sabine!

Noch während die Informationen bei ihm einliefen, stellte er per Handy die Soko zusammen und übernahm die Leitung selbst. Seine Aufgabe würde es sein, die Ermittlungen zu lenken und Denkanstöße zu geben. Der Fall schien offensichtlich, aber Johannes Strobel legte Wert darauf, professionell vorzugehen. Er hatte schon Pferde kotzen sehen. Jo!

Dennoch war er wenig begeistert vom Vorschlag des Dienststellenleiters, das Spezialeinsatzkommando, das zu Übungszwecken in der Stadt war, vor Ort zu schicken. Er stimmte nur unter der Bedingung zu, dass niemand etwas unternahm, bis er im Hibiskusweg ankommen würde. In der Zwischenzeit könne das SEK seinetwegen feststellen, ob sich die Zielperson im Objekt aufhielt, wenn ja, Stellung beziehen, Terrain sichern und warten. Bis zum Eintreffen des Hauptkommissars jeden kontrollieren, der das Haus verlässt – sie hatten noch kein Bild des Tatverdächtigen.

Vor seiner Abfahrt telefonierte er mit der Staatsanwaltschaft. Possmann sagte zu, vorsorglich den Haftbefehl zu beantragen. Der leitende Oberstaatsanwalt liebte rasche Ermittlungen. Jetzt, im Wagen, bereute es der Kommissar fast, ihn so schnell informiert zu haben. Wahrscheinlich hatte Possmann den Medien schon eine Pressekonferenz angekündigt. Das wiederum liebte Strobel nicht. Er mochte es wasserdicht. Er ließ die Finger knacken.

Am Hibiskusweg hatten sich die Investoren im Sozialwohnungsbau austoben dürfen. Zwanzig Wohnblöcke hatten sie auf die vormals grüne Wiese am Rande des Stadtteils Nilkheim gewuchtet. Die Wohnsilos lagen zwar in Sichtweite der Polizeidienststelle, doch Strobel war klar, dass hier langfristig die Lunte an einem Pulverfass brannte. Über zweihundert Wohnungen, billig gebaut. Auf neun von zehn Klingelschildern standen russische Namen. Die wenigen Freiflächen rings um die Wohnblöcke waren zugeparkt. Kinder und Jugendliche konnten gar nicht anders, als auf der Straße herumzuhängen.

Wer in diesen Wohnungen leben musste, verfolgte nur ein Ziel: möglichst rasch etwas anderes finden. Mit jedem Mieterwechsel ging es einen Schritt nach unten. Die nächtlichen Polizei-Auftritte im Hibiskusweg häuften sich. Die Nachbarschaft klagte über zunehmende Sachbeschädigungen und Pöbeleien. Aber die Stadt, die das Getto sehenden Auges zugelassen hatte, schaute jetzt weg.

Der Fahrer parkte den BMW vor Haus Nummer 11. Johannes Strobel sah hinüber zum Nachbarhaus 9 und griff zum

Funkgerät. Er brauchte ständigen Kontakt mit dem Spezialeinsatzkommando, da verbot sich das Handy. »Laubfrosch von Schwarzschopf, bitte kommen!«

»Laubfrosch hört«, schnarrte es aus dem Lautsprecher.

»Alles klar, Jungs? Dann wollen wir uns den Schwiegersohn mal zum Frühstück einladen!« Strobel grinste. Er wusste, in der Zentrale würden sie wieder fluchen über seine mangelnde Funkdisziplin. Er stieg aus dem Wagen und war froh, dass er beim Weggehen den Daunenparka übergezogen hatte. Es war kalt heute. Dazu der Nieselregen. Eine Runde in die Sauna heute Abend mit Sabine, das wär's.

Er betrachtete die Szene, die sich in absoluter Stille vor ihm abspielte. Sternförmig stürmten die Männer des SEK auf das Haus zu, immer paarweise, wobei einer den anderen sicherte, bis der vorbeigezogen war, seinerseits sicherte und den Partner vorbeiziehen ließ. Ein skurriler Staffellauf, bei dem die Athleten keine Stäbe trugen, sondern schwere Schießprügel. Nein, so durfte man die MP 5 von Heckler & Koch natürlich nicht nennen. Strobel tat's trotzdem. Futuristische Athleten, in ihren olivgrünen Overalls, die Hüften zusammengeschnürt von den Einsatzgürteln, die schweren schusssicheren Westen darüber, die schwarzen Helme mit den dunklen Visieren überm Kopf.

Es war maßlos überzogen, Johannes Strobel wusste das. Aber die Jungs wollten von Zeit zu Zeit üben, und er selbst durfte sich beim ersten großen Fall keinen Fehler erlauben. Er hatte keine Lust, den langen Rest seines Dienstlebens in einer Provinz-Inspektion zu verbringen und Ärger mit eifersüchtigen Ehemännern zu bekommen, weil die meisten Frauen, die es da gab, sicher schon unter der Haube waren. Er legte die Finger aneinander, wollte sie knacken lassen, da meldete sich mit einem kurzen Rauschen das Funkgerät.

»Schwarzschopf von Laubfrosch, bitte kommen.«

»Was gibt's?«, fragte er, ohne sich um die Funkdisziplin zu scheren.

»Verdächtige Person versucht Zielobjekt über einen Balkon zu verlassen.«

Strobel verdrehte die Augen: »Wo, Mann? Dürften wir anderen das freundlicherweise auch erfahren?«

»Westseite. Richtung Haus Nummer 5«, rauschte es zurück.

Westen, die Rückseite des Wohnblocks. »Vier Mann dahin«, rief Strobel und spurtete selbst los. Das klappte alles wie am Schnürchen! Fluchtversuch. Das war schon das halbe Geständnis.

Kaum war er um die Nordwestecke des Blocks gebogen, blieb er stehen wie vom Donner gerührt. Schräg über ihm seilte sich von einem Balkon im zweiten Stock ein Mann ab, der, wie schwer zu übersehen war, allenfalls rudimentär bekleidet war. Strobel sah von unten die Feinripp-Unterhose und ekelte sich. Welch eine Geschmacksverirrung. Er selbst trug nur Boxershorts. Der Halbnackte hangelte sich an Bettlaken herunter, die er in aller Eile zusammengeknotet haben musste. Schließlich waren kaum mehr als fünf Minuten seit Einsatzbeginn vergangen. Er war nicht allein gewesen, schloss Strobel.

Der Typ, korpulent und unsportlich, ächzte von Zeit zu Zeit, als hinge er nicht in Höhe des ersten Stocks an einer Hausfassade, sondern mit Durchfall überm Klo. Eine Szene wie aus einem Fernsehkrimi, abseits jeder Realität. Und doch wahr.

Hinter zwei Autos am Straßenrand warteten vier martialische Einsatzkräfte. Gut drei Meter über dem rettenden Boden sah der Hängende herab, entdeckte den Kommissar, riss die Augen auf und ließ los. Mit einem lauten »Flapp« schlug er in der aufgeweichten Rabatte auf. Sachbeschädigung scheidet aus, dachte Strobel. Da ist nie etwas anderes gewachsen als Unkraut.

Der Klettermaxe lag im Schlamm, die vier Männer des SEK hatten ihn umringt und drückten ihm die Mündungen ihrer Waffen auf Brust und Nase. Strobel hätte wetten mögen, dass sie sich hinter den Visieren ihrer Helme ausschütteten vor Lachen. Der Gestellte war der Einzige, dem das Groteske seiner Lage entging. Er war gerade dabei, in seine Unterhose zu nässen.

»Schluss!«, rief der Kommissar. »Das ist nicht unser Mann.« Er ahnte die Fragezeichen in den unsichtbaren Augen seiner Helfer. »Ich kenne ihn«, erläuterte er kurz und herrschte den Mann am Boden an: »Was treiben Sie hier?«

Der Liegende folgte mit den Augen ängstlich den Läufen der MPs, die sich von ihm entfernten, und winselte: »Ich habe eine Bekannte besucht.«

»Was Sie nicht sagen«, höhnte Strobel. »Und was soll dieser überstürzte Abgang?

Der Unterhosenmatz antwortete nicht.

Strobel blieb ruhig. »Ich sag Ihnen was: Das hier ist ernst, es geht um Mord. Erzählen Sie mir also keinen gequirlten Mist!«

»Ich hab mit Mord nichts zu tun!« Der Mann heulte fast. »Es ist alles ganz legal. Sie heißt Chantal, zweiter Stock, Wohnung C.«

»Der Abgang!«, beharrte Strobel.

»Ich hab gedacht, das hier ist eine Razzia. Legal oder nicht, ich muss gleich bei einem Geschäftstermin erscheinen und hatte Angst, ich könnte hier aufgehalten werden.«

»Geht es da um einen Geschäftstermin in der Dessous-Branche?«, fragte Strobel, warf einen angewiderten Blick auf die durchnässte Unterhose und wandte sich den Uniformierten zu. »Setzen Sie ihn in meinen Wagen, sonst erfriert er uns hier. Aber legen Sie eine Plastikfolie unter.« Er sah zum Haus und fuhr fort: »Wenn das hier vorbei ist, bringen Sie ihn unauffällig hoch, damit er sich frisch machen und ankleiden kann.«

Er stapfte zurück, hob das Funkgerät ans Kinn und fauchte: »Ich komme jetzt rein.« An der Hausecke stieß er auf den Fahrer, der sich die Szene nicht hatte entgehen lassen.

»Darf ich Sie etwas fragen, Herr Strobel?«

»Jetzt nicht!«

Der Jungkommissar gab nicht auf: »Ich weiß, dass der Mordverdächtige im Augenblick absolute Priorität hat. Aber sollte nicht jemand das Ordnungsamt von der Wohnung dieser Chantal verständigen, damit die Gewerbeaufsicht die Dame gründlich unter die Lupe nehmen kann?«

Strobel blieb stehen und sah den Neuling ruhig an. »Es wird nicht nötig sein«, sagte er. »Das hier war der Leiter des Ordnungsamts. Mehr Gründlichkeit können Sie von einer Behörde nicht erwarten.«

Der Mann reagierte völlig unbeeindruckt auf die Festnahme – trotz der beiden furchteinflößenden Hünen des SEK, die an der Seite des Hauptkommissars auftauchten, die Heckler & Koch im Anschlag, als sich die Tür öffnete.

Max Schwind unternahm keinen Versuch, sich zu wehren oder zu fliehen. Er schien in keiner Weise mit der Polizei gerechnet zu haben und erkundigte sich mit einem aggressiven Unterton, was das solle.

Strobel wies sich aus und gab vor, es gehe um die Anzeige der Schwiegermutter. »Ich muss Sie bitten, mich auf die Dienststelle zu begleiten.«

»Hat die Polizei neuerdings zu viel Geld?«, höhnte Schwind und wies auf die Männer des Spezialeinsatzkommandos. »Wenn Sie bei jedem unbewiesenen Hausfriedensbruch einen solchen Aufwand treiben, müssen Sie sich bald vor dem Bund der Steuerzahler verantworten. Haben Sie denn zur Vorsicht auch Panzerfahrzeuge auffahren lassen?«

Johannes Strobel überhörte den Spott. Er war bereits völlig ruhig. »Ziehen Sie sich an und kommen Sie mit. Sollte sich die Unterhaltung länger hinziehen, können Sie später noch das Nötige für die nächsten Tage holen.«

Auch bei diesem Hinweis blieb Schwind unbeeindruckt, wie Strobel registrierte. Es war der zweite Mann, den er an diesem Morgen halb nackt vor sich hatte, und erneut war es kein erbaulicher Anblick. Max Schwind, kurz und untersetzt, trug lediglich eine Unterhose und ein T-Shirt, als er die Tür öffnete. Er roch nach Bier und Zigaretten, und er sah nach Bier und Zigaretten aus: graues Gesicht, dicke Tränensäcke, tiefe Augenringe. Braune Zähne. Halbglatze, über die einige lange Strähnen des schütteren Haarkranzes gelegt waren.

Strobel zuckte zusammen, als der Mann sich umdrehte. Die Rückseite des verblichenen T-Shirts zeigte einen fetten Gorilla, der sich den Kopf kratzte. Darunter stand der Spruch »In der Ruhe liegt die Kraft«.

Ohne Eile durchquerte Schwind den düsteren Gang, auf dessen PVC-Boden Schuhe und Kleidungsstücke herumlagen. Es gab keine Garderobe. Das einzige Möbelstück hier war ein Telefonschränkchen, auf dem sich neben dem Telefon und einem überquellenden Aschenbecher einige Päckchen Marlboro stapelten. Schwind bog in einen Raum ab, der ihm offensichtlich als Schlafzimmer diente. Strobel blieb unter der Tür stehen, vermied es, tief Luft zu holen, und sah zu, wie sich sein Verdächtiger anzog. Der Gorilla verschwand unter einem grauen Rollkragenpullover. Die Beine fuhren in eine abgewetzte Cordhose. Ächzend ließ sich Schwind auf dem Bett nieder, die qualmende Zigarette im Mundwinkel, und streifte sich ein Paar Socken über, die Strobel nicht einmal in der schlimmsten Not an seinen Füßen geduldet hätte. Schwind stand auf, schlurfte wortlos an Strobel vorbei und drückte am Telefonschränkchen die Zigarette in den Aschenbecher. Kippen purzelten heraus.

»Is' kalt?«, fragte er. Ohne eine Antwort abzuwarten, wollte er in zwei speckige Stiefel schlüpfen.

Strobel hielt ihn zurück. »Haben Sie die heute schon getragen?«

»Seh ich vielleicht so aus, als wär ich heute schon mal draußen gewesen?«

»Sind das die Schuhe, die Sie bei diesem Wetter gewöhnlich anziehen?«.

»Kann mir Ihre italienischen Pumps nicht leisten.« Schwind sah an Strobel hinunter, der dem Blick unwillkürlich folgte. In der Tat trug er italienische Mokassins. Handschuhweich und immer frisch gewichst. Nach diesem Regentag würde er sie über Nacht trocknen und morgen wieder wienern müssen.

»Lassen Sie die Stiefel stehen. Lassen Sie überhaupt alle Schuhe liegen.«

»Na, Sie sind vielleicht lustig! Wie zum Teufel soll ich denn ...«

Strobel rief einen der beiden SEK-Männer zu sich und musterte Max Schwinds Füße. »Könnte passen«, sagte er und sah den Polizisten an: »Wären Sie so freundlich, Ihre Stiefel auszuziehen und diesem Mann zu geben?«

Schwind gab den Beleidigten. »Sind Sie noch ganz bei Trost? Woher soll ich denn wissen, dass der keinen Fußpilz hat?«

»Auch wieder wahr«, sagte Strobel, sorgte sich allerdings

mehr um das Wohl seines Kollegen. »Dann nehmen Sie die Sandalen dort. Es sind ja nur ein paar Schritte bis zum Auto.«

Wortlos schnallte sich Schwind die Sandalen an und griff einen braunen Parka vom Boden. Als er ihn sich überwerfen wollte, hielt ihn der Kommissar erneut zurück.

»Den nehmen *wir* mit.« Ein Beamter in Uniform stopfte den Parka und die Stiefel in zwei Plastikbeutel. »Kommt ins Labor«, erläuterte Strobel und wies auf eine Regenjacke, die am Griff der Küchentür hing. »Nehmen Sie die da!«

Max Schwind zuckte die Schultern und ließ zwei Marlboro-Packungen in der ausgebeulten Hosentasche verschwinden. »Hoffe, es gibt einen ordentlichen Kaffee bei Ihnen«, sagte er, als er die Tür hinter sich zuzog.

# 7

Vor anderthalb Jahrhunderten hatte die Stadt begonnen, sich an den Ausfallstraßen zu dehnen. Nach Damm, nach Leider, nach Schweinheim wuchsen Tentakel, und auf die Vorstädter müssen die heranwachsenden Häuserzeilen tatsächlich wie die Fangarme eines Kraken gewirkt haben. Wenn sie ein Dorf erst einmal erreichten, ließen sie es nicht mehr los.

Schweinheim griffen sie sich als erste Beute. Vom Main aus, wo das alles überragende Sandsteinschloss das Herz Aschaffenburgs markierte, war der Nachbarort gar nicht sichtbar. Er verbarg sich in der Senke des Hensbachs hinter der Schweinheimer Höh'. Doch genau dieser Berg war es, nach dem sich die Tentakel streckten. Näher am Stadtkern oder in Damm, jenseits des gerade eröffneten Bahnhofs, entstanden nach und nach die Fabriken, an den sonnigen Spessarthängen im Osten der Stadt dagegen die Villen der Industriellen. Als ihnen der städtische Hang der Schweinheimer Höh' nicht mehr ausreichte, bauten sie auf der abgewandten Seite weiter – und ließen Schweinheim eingemeinden. Ein Fabrikant wohnte vor hundert Jahren nun einmal nicht im Dorf, das entwertete sein Anwesen, egal wie groß und mondän es war. Irgendwie ist das so geblieben, dachte Stiller, als der Buick das Villenviertel auf der Schweinheimer Höh' passierte: Wer etwas gelten will, lebt in der Stadt.

Aber Schweinheim hatte der Verstädterung ein Schnippchen geschlagen. Der Stadtteil, damals wie heute hinterm Berg gelegen, war anders geblieben. Der Ortskern glich noch immer einem Dorf, trotz der jahrelangen Sanierung, die viel staatliches Geld in die Stadtkasse fließen ließ – und Geld der Grundstückseigentümer, die durch die Innenverdichtung zusätzliche Bauplätze bekamen. Hier gab es noch Torbögen, Häuser, die mit Wein und Efeu berankt waren, wohnlich ausgebaute Scheunen, neu genutzte Mühlen und sogar noch einige Bauernhöfe. Landwirtschaft im Nebenerwerb. Es gab noch Hausgärten und Hühnerställe, morgens krähten die Hähne, dreimal läuteten werktags die Glocken zum Gebet, ohne dass sich Nachbarn um die Ruhe gebracht sahen und vor Gericht zogen. Die Kirche Maria Geburt stand bis heute im Mittelpunkt – jedenfalls geografisch. Rings herum fanden sich kleine Läden, von denen kein Mensch wusste, wie sie sich über Wasser hielten. Die Straßen trugen die alten Flurnamen wie Rotäcker, Bornwiesen und Rosengärten, die Menschen die Namen der Schweinheimer Geschlechter: Syndikus und Staudt und Büttner.

»Kunkel gehört eigentlich nach Damm«, sagte Stiller laut.

Kleinschnitz warf ihm einen verständnislosen Seitenblick zu. »Und du in die Klinik oder was?«

»Vergiss es.«

Die Bachtalstraße lag am Rande des Schweinheimer Ortskerns oberhalb des Hensbachs. Wer da wohnte, würde wahrscheinlich beim Bäcker und Metzger in der Marienstraße einkaufen. Auf halbem Weg dahin lagen das Schweinheimer Ärztehaus und die Marien-Apotheke. Alles hübsch beisammen.

»Lass uns erst einmal schauen, wie sie gewohnt hat«, schlug der Fotograf vor. Als sie in die Bachtalstraße einbogen, sahen sie den Streifenwagen. »Da vorne muss es sein.«

Im Schritttempo steuerte Kleinschnitz den Buick durch die Straße, wendete am anderen Ende und parkte schließlich gegenüber der Nummer 17 – etwas versetzt zum Streifenwagen auf der anderen Seite, denn die Bachtalstraße war hier sehr schmal. Die beiden stiegen aus und liefen ein paarmal vor dem Haus auf und ab. Sie gaben sich keine Mühe, unauffällig zu bleiben, Kleinschnitz schoss ungeniert Bilder. Spätestens nach der Pressekonferenz würde alle Welt von der Toten im Bus erfahren – und die Journaille aus dem gesamten Rhein-Main-Gebiet in dieser schmalen Straße aufkreuzen, um Fotos oder Filme vom Haus des Mordopfers und O-Töne von bestürzten Nachbarn aufzunehmen.

Es war ein Siedlungshaus im fränkischen Stil, freistehend, wie die meisten Häuser am Rande des Altorts. Auf dem Erdgeschoss saß ein spitzgiebeliges Dach mit Flechten auf den Ziegeln. Die Giebelseiten waren allerdings hinter schmutzigen Eternitplatten verschwunden, und die Klappläden im Erdgeschoss fehlten. Stattdessen klemmten in den kleinen Fensteröffnungen billige Rollladenkästen. In dieser Wohnung musste es auch an sonnigen Tagen melancholisch düster sein.

Das trübe Wetter und die Nässe ließen auch den Garten trist wirken, der bis zum Hensbach hinunterreichte. Hinter dem Haus standen, von nur einer Stelle aus erkennbar, eine Fichtengruppe und ein Schuppen.

Ein kurzer Plattenweg führte zur Haustür, er war aber ebenso wie die angrenzende Rabatte mit rot-weißem Plastikband abgesperrt. Zwei Briefkästen hingen am Gartentor. Das untere Namensschild ließ sich kaum noch entziffern, Stiller erahnte den Schriftzug »Kunkel« eher deshalb, weil er ihn erwartet hatte. Schließlich hatte die Tote im Bus in diesem Haus gewohnt, und zwar offensichtlich im Erdgeschoss. Denn der Name auf dem oberen Briefkasten war klar zu lesen: »Cornelia Schwind«.

»Wer ist Cornelia Schwind?«, fragte er und schrieb sich den Namen auf.

»Vielleicht war die Wohnung vermietet«, schlug Kleinschnitz vor. »Oder die Tochter wohnte mit dem höchst verdächtigen Schwiegersohn unterm Dach.«

»Dann stünde sein Name auch auf dem Schild«, überlegte Stiller. »Es sei denn ...«

»... sie sind geschieden«, ergänzte Kleinschnitz. »Er lebt nicht mehr hier, wirst schon sehen. Übrigens völlig normal. Männer und Frauen sind einfach nicht für einander geschaffen.«

»Wenn es nach dir ginge, wär die Menschheit schon ausgestorben!«

»Ach komm«, Kleinschnitz winkte ab, »ich rede vom Zusammenleben, vom Teilen der alltäglichen Sorgen und Freuden, von der Beziehung in jeder Beziehung. Du denkst wieder nur an die Fortpflanzung.«

Hinter einem Mansardenfester bewegte sich die Gardine, ein Polizeibeamter in Uniform sah zu den Journalisten hinab. Dann wandte er sich wieder um und ließ die Gardine zurückfallen.

»Hast du genug Bilder?«

»Yeah!«

Sie stiegen in den Buick und fuhren die paar Schritte zur Marienstraße zurück.

»Glück gehabt«, sagte Stiller.

»Du hättest Autor von Rätselbüchern werden sollen«, gab Kleinschnitz zurück.

»Wir haben Glück gehabt, weil sie in Schweinheim wohnt.«

»Gewohnt hat.«

»Gewohnt hat, richtig.« Stiller deutete auf die alten Häuser im Ortskern. »Wenn du etwas über das Privatleben eines Menschen erfahren willst, kann er gar nicht besser wohnen als in Schweinheim.«

Hier kannten sich die Menschen noch. Das hatte viele positive Folgen, etwa ein starkes Gemeinschaftsgefühl, das sich in Nachbarschaftshilfe ebenso äußerte wie in politischer Harmonie. Schweinheimer wählten nur Schweinheimer in den Stadtrat, ungeachtet irgendeiner Parteizugehörigkeit.

Dass sich die typischen Familiennamen in Schweinheim stärker als in anderen Stadtteilen gehalten und vermehrt hatten, war ein Symptom. Die großen Neubaugebiete der letzten Jahrzehnte entstanden auf den Äckern der alten Bauern, die Grundstücke wurden in den Familien gehortet, vererbt oder verschachert. Wer sich hier einkaufen wollte, musste schon über Geld verfügen – einst die Industriellen, heute die Manager herausragender Unternehmen in der Region oder reiche Frankfurter. Indirekt bestimmten die Schweinheimer so die gesellschaftliche Entwicklung ihres Orts.

Sie betrachteten es als Beleidigung, wenn jemand behauptete, die einstige Fabrikarbeitersiedlung am Fuße der Schweinheimer Höh' gehöre zu Schweinheim. Die Messlatte lag hoch und durfte möglichst nicht unterschritten werden. Das war die Kehrseite der Medaille: Dem positiven Gemeinschaftsgefühl stand eine starke soziale Kontrolle gegenüber. Den Menschen entging kaum etwas von dem, was um sie herum geschah. Menschen wie Peter Kleinschnitz hatten es hier sicher schwer. Aber etwas über Hedda Kunkel aus der Bachtalstraße zu erfahren, war leicht.

Kleinschnitz nickte. »Wir brauchen nur einen guten Einstieg, und es läuft von allein.«

»Komisch«, nun warf Stiller dem Kollegen einen Blick zu, »ich bilde mir ein, ich hätte diesen Satz heute schon einmal gehört.«

»Das ist wirklich komisch«, gab Kleinschnitz zurück, »das ist sonst dein Satz.«

*

Er beobachtete, wie der rote Ami-Schlitten aus der Bachtalstraße in die Liebezeitstraße bog. Er sah ihm hinterher und spürte, wie seine Augen feucht wurden. Er hatte solche Autos stets bewundert. Wobei sein Lieblingswagen der rote Ford Taunus war, den er Ende der sechziger Jahre besessen hatte.

Als der Buick in der Liebezeitstraße verschwunden war, wandte er den Blick wieder nach links in die Bachtalstraße. Jetzt stand da nur noch der eine Streifenwagen. Die Beamten, die ihn fuhren, waren oben bei der Conny, er wusste es, weil sie vorhin kurz im Vorgarten gewesen war, nach oben gewiesen hatte und dann mit zwei Männern im Haus verschwunden war. Die Hedda dagegen hatte er noch nicht gesehen. Er ahnte: Es war etwas passiert mit der Hedda.

Am Schlafzimmerfenster stand er am liebsten. Weil er von hier aus sowohl die Liebezeitstraße hinunter- als auch in die Bachtalstraße hineinsehen konnte. Der Vorteil, wenn man an der Ecke wohnt. Er war auch gleich hierher geeilt, als es draußen losgegangen war, so schnell er konnte mit den kurzen Trippelschritten, zu denen ihn das Alter zwang. Er hatte am Küchentisch gesessen und gefrühstückt, als die ersten Streifenwagen in die Bachtalstraße brausten.

Wo brennt's denn?, hatte er sich gedacht und war losgetrippelt.

Bald stand die ganze Straße voller Autos. Sogar mit Kleinbussen kam die Polizei. Männer in weißen Overalls liefen im Vorgarten der Hedda herum, fotografierten, nahmen Bodenproben und wickelten rot-weißes Absperrband ab.

Nach und nach fuhren sie dann wieder davon, bis nur noch der eine Wagen übrig blieb. Zwei Beamte klingelten an einem Nachbarhaus und gingen hinein. Dann kam der Buick, zwei

Männer stiegen aus. Einer der beiden fotografierte. Vermutlich Presse.

Jetzt verließen die Polizeibeamten das Nachbarhaus und klingelten auf der anderen Seite. Na, da würde er ja bald Besuch bekommen. Aber er würde still stehen bleiben und nicht öffnen. Er hatte keine Ahnung, was da passiert war, und es interessierte ihn auch nicht. Nichts interessierte ihn mehr, seit seine Frau gestorben war. Und gesehen hatte er auch nichts. Nein, er nicht.

*

Kleinschnitz stellte den Buick einige Meter unterhalb der Metzgerei im absoluten Halteverbot ab und legte das grüne Presse-Schild auf das chromverzierte Armaturenbrett. Das Schild war, rein rechtlich betrachtet, ebenso bedeutungslos wie die gelben Blinklichter auf dem Jeep des Lokalfernsehteams. Aber es beeindruckte vielleicht den einen oder anderen Mitarbeiter der kommunalen Verkehrsüberwachung.

Erneut fanden sie sich im Nieselregen wieder. Sie stellten sich kurz unter dem Vordach der Metzgerei unter, um einen Blick durch das Schaufenster zu werfen. Der Laden war hell erleuchtet, aber menschenleer. Auf dem Wandstreifen zwischen dem Schaufenster und dem lang gestreckten Vordach darüber war der Schriftzug angebracht: »Metzgerei Pfefferkorn«. Das Türschild verriet den Namen des Inhabers: »Metzgermeister Markus Pfefferkorn«.

Die Türklingel war sicherlich schon in den fünfziger Jahren eingebaut worden, mutmaßte Stiller, als sie eintraten. Sonst aber hatte der Verkaufsraum nichts Altmodisches. Die gesamte Einrichtung war modern, geschmackvoll und sauber. Die Wurst- und Fleischwaren in der Theke lagen in der dekorativen Art aus, die in französischen Feinkostläden üblich ist.

»Wir vergeuden unsere Zeit«, murmelte Stiller, »das sieht nicht aus wie eine Metzgerei, in der alte Frauen einkaufen. Lass uns gehen.«

Da öffnete sich im Hintergrund des Ladens eine Tür, und die

Verkäuferin erschien hinter der Theke. Paul Stiller sah sie und brachte plötzlich kein Wort mehr heraus. Sie war völlig anders, als er sie sich vorgestellt hatte. Er fand sich keiner drallen Metzgerin gegenüber, sondern einer Frau um die vierzig, die trotz ihrer Reife einem dieser Models glich, die er nie auseinanderhalten konnte: Claudia Schiffer oder Heidi Klum.

Ihre Größe fiel ihm zuerst auf – große Frauen machten ihn immer verlegen. Dann ihre dunkelblonden, glatten Haare, die ihr Gesicht mit den hohen Wangenknochen sanft umspielten. Sie trug den branchen-typischen weißen Kittel, der ihren schlanken Körper eng umschloss und ihre Figur betonte. Ihre langen Beine steckten in einer engen schwarzen Jeans.

»Was darf es denn sein?«, fragte sie. Sie lächelte, als ihr Blick zwischen den beiden hin und her wanderte.

Paul Stiller sah auf ihre makellosen Zähne, dann auf die großen Kreolen, schließlich auf den Anhänger, der an einer Kette baumelte. Sie hatte den obersten Knopf des Kittels und der Bluse geöffnet. Er ließ den Blick noch ein Stück herabwandern auf den Namen, der auf der Brusttasche des Kittels aufgestickt war: »Celine Pfefferkorn«.

Er rätselte noch, ob er es wohl mit der Tochter, der Frau oder der Schwester des Inhabers zu tun haben mochte, da spürte er den Stoß, den ihm Kleinschnitz mit der Kamera in den Rücken versetzte. Mein Gott, er wurde doch nicht etwa rot?

»Wir, äh ...« Seine Stimme krächzte. Er räusperte sich. »Zwei Lkw, bitte.«

»Ich habe auch frische Baguettes«, strahlte sie über die Theke und wies auf die Auslagen.

»Äh, wir ... danke!«

»Danke ja oder danke nein?«

»Danke nein.« Er schluckte. »Einfach zwei Lkw.«

»Heiß oder kalt?« Sie hatte faszinierende graublaue Augen. Wenn sie lachte, zeigten sich Fältchen in den Winkeln.

»Warm. Bitte.«

»Sind Sie neu hier?« Sie säbelte zwei gewaltige Scheiben Leberkäse ab, legte sie auf einen Teller und schob sie in die Mikrowelle, die hinter ihr stand.

»So … äh … sozusagen.« Stiller traf die Frage unvorbereitet, aber sie bot ihm eine Chance, wie ihm ein Gedankenblitz aus einer noch intakten Gehirnzelle signalisierte. »Wieso ist Ihnen das aufgefallen? Kennen Sie denn alle Leute hier?«

Sie hatte sich wieder umgewandt und schenkte ihm erneut ihr strahlendes Lächeln. »Alle Leute hier kann ich natürlich nicht kennen«, sagte sie freundlich. »Schweinheim ist schon groß.« War das Ironie? Sie schnitt zwei Stöllchen auf. »Aber wir haben fast nur Stammkundschaft, und Sie beide waren noch nie hier, daran könnte ich mich erinnern.«

»Gehört vielleicht eine Hedda Kunkel zu Ihren Stammkunden?« Stiller konnte den entsetzten Blick, den Kleinschnitz ihm zuwarf, körperlich spüren. Er selbst ließ die Verkäuferin nicht aus den Augen.

»Hedda Kunkel, Hedda Kunkel …« Sie überlegte. Überrascht stellte Stiller fest, dass auch sie eine senkrechte Stirnfalte hatte. »Der Name sagt mir nichts. Vielleicht kenne ich sie vom Sehen. Wie schaut sie denn aus?«

Verflucht! Daran hatte er nicht gedacht. Er hatte weder die Tote im Bus noch ein Bild von ihr gesehen. Es existierte keine Beschreibung. Nichts. Obwohl er mit der Frage hätte rechnen müssen. Hilfesuchend sah er zu Kleinschnitz. Doch der schüttelte nur den Kopf.

»Ich, äh, also … Da muss ich passen.« Er wurde schon wieder rot. Zum Teufel.

Die Mikrowelle piepste. »Interessant«, sagte Celine Pfefferkorn, während sie die Leberkäs-Scheiben auf die Brötchen verteilte, »Sie fragen mich, ob ich eine Hedda Kunkel kenne, von der Sie nicht wissen, wie sie aussieht.« Sie hielt einen Augenblick inne und sah Stiller fragend an. Ihre Augen blickten ernst, doch ihr Mund schmunzelte. Dann riss sie zwei Blatt Alufolie ab.

Stiller kramte in der Hosentasche nach Geld und tat, als habe er die Bemerkung nicht gehört. »Sie, hm, Sie kennen sie also nicht?«

»Der Name sagt mir nichts«, wiederholte sie und reichte die beiden Alupäckchen über die Theke. »Macht zusammen drei

Euro.« Stiller legte die Münzen auf die Theke. Sie lächelte wieder. »Presse, stimmt's?«

Er wich der Antwort mit der für ihn heute charakteristischen Eleganz aus: »Wir, äh, müssen dann mal wieder.«

»Ich höre mich ein wenig um«, versprach sie. »Schauen Sie einfach noch mal vorbei, wenn Sie wieder in der Gegend sind, ja?«

»Ja«, krächzte Stiller. »Äh, gern. Danke.«

Als die Türklingel erklang, hatte er das Gefühl, jemand bohre ihm den Schädel auf. Draußen wäre er am liebsten mit dem Wasserstrudel im Rinnstein davongeschwommen und im nächstbesten Gully verschwunden.

»Sag mal, was war das denn für eine Nummer?« Kleinschnitz klang fassungslos. »Leidest du an Gehirnprostata oder was?«

»Ich weiß nicht, was du meinst.«

»Um es mal so zu sagen: Für einen gestandenen Familienvater lässt du dich durch weibliche Attraktivität doch recht leicht aus der Fassung bringen.«

»Vergiss es!«, knurrte Stiller.

»Wie, vergiss es? Ich bin begeistert von deiner souveränen, diplomatischen Art der Gesprächsführung, deiner subtilen Methodik, der Schweinheimer Urbevölkerung auf den Zahn zu fühlen. Einzigartig. Und dann so effektiv!«

»Vergiss es! Kein Wort mehr. Zu niemandem!« Stiller funkelte Kleinschnitz wütend an. »Du warst übrigens keine große Hilfe.«

»Wohin läufst du?«, rief Kleinschnitz, der zum Buick zurückgehen wollte.

Stiller drehte sich um: »Da oben ist die Bäckerei. Mir ist die Lust auf Leberkäs vergangen.«

# 8

Er würde Sabine anrufen müssen, daran gab es keinen Zweifel mehr. Dieser Max Schwind war ein harter Brocken. Strobel hatte ihm einen Kaffee kommen lassen, nun saß er ihm im Verhörzimmer gegenüber und bezweifelte, dass er ihn innerhalb eines Tages knacken könnte. Er war gespannt, was Possmann später der Presse erzählen wollte.

Immerhin, einen Tatverdächtigen hatten sie. Ein Motiv gab es auch, Hass oder Rache: Die alte Kunkel hatte ihren Ex-Schwiegersohn angezeigt; das Verfahren stand zwar noch aus, doch nach der Aktenlage würde er kaum ungeschoren davonkommen. Die Staatsanwaltschaft hatte den Haftrichter bereits von der Festnahme Schwinds informiert. Dienstagnachmittag, spätestens Mittwochmorgen war die richterliche Vernehmung geplant. So lange sollte der Verdächtige in Polizeigewahrsam bleiben – immerhin ging es hier um ein Kapitalverbrechen.

Strobel ließ seinen Blick auf dem untersetzten Mann ruhen. Beide schwiegen. Bis zum Termin beim Haftrichter war noch einiges zu tun. Für den Hauptkommissar bedeutete das auch Warten. Warten, was die Spurensicherung zutage fördern würde, die gerade Schwinds Wohnung durchfieselte. Warten, was die Befragung der Nachbarn und der Familie des Opfers ergeben würde. Warten auf den Befund der Rechtsmedizin – er hatte Dampf machen lassen, aber das konnte dennoch Tage dauern. Warten auf das Ergebnis der Ermittlungen. Sie konnten einen Verdacht erhärten, einen möglichen Täter aber auch entlasten und zu neuen Verdächtigen führen.

Wenn Strobel einem Verdächtigen gegenübersaß, verließ ihn endlich die innere Unruhe. Von diesem Augenblick an arbeitete die Zeit für ihn. Die Soko suchte nach Beweisen, sprach mit Zeugen, Verwandten, Nachbarn, Arbeitskollegen. So verdichtete sich das Bild, zog sich das Netz enger. Er genoss es, die Nervosität seines Gegenübers von Verhör zu Verhör wachsen zu sehen, während er innerlich wie äußerlich die Ruhe selbst war.

Er erinnerte sich an eine seiner frühen Vernehmungen, eine, für die ihn seine Kollegen bis heute bewunderten. Fünf Stunden lang hatte er damals mit dem Verdächtigen gesprochen. Fünf Stunden ohne Anwalt, ohne sich ablösen zu lassen, ohne ein einziges Wort zu notieren oder aufzuzeichnen. Fünf Stunden, dann bekam er das Geständnis. Mit Protokoll und Unterschrift.

So würde es mit Max Schwind nicht laufen. Strobel wusste das bereits, als er ihm in der Tür der Mietwohnung gegenübergestanden hatte. Auf dem Weg zur Dienststelle und danach hatte Schwind kaum noch ein Wort gesprochen, keine Frage gestellt – für Strobel ein Hinweis, dass er den wahren Grund für das Gespräch im Lorbeerweg kannte.

Auf der Dienststelle hatte Strobel den Wohnungsschlüssel an die Spurensicherung weitergereicht, deren Leiter ihm den Durchsuchungsbefehl präsentierte: »Frisch aus dem Fax.« Dann gab er den Kaffee in Auftrag, trank im Verhörzimmer schweigend eine Tasse mit dem Verdächtigen. Er wusste, dass er sich Zeit lassen konnte. Dieser Mann war heute nicht zu knacken. Er würde Sabine anrufen …

Die Tür öffnete sich einen Spalt, der Laborleiter streckte den Kopf herein. »Kommst du mal?«

Strobel verließ den Raum. Als er nach wenigen Minuten wiederkehrte, war er wie ausgewechselt. Er fühlte sich wie ein Torero, der einem gewaltigen Stier den Todesstoß versetzt hat. Er zog seinen Stuhl heran, ließ sich nieder und legte theatralisch einen durchsichtigen Plastikbeutel auf den Tisch: »Kennen Sie die hier?«, fragte er.

Schwind zuckte die Schultern. »Was soll das sein?«

»Eine Spritze. Kennen Sie die?«

»Weiß nicht. Woher …« Schwind stockte. Er wirkte plötzlich gar nicht mehr so ruhig.

Strobel liebte diese Momente. »Die haben wir aus Ihrem Parka. Linke Innentasche. Denken Sie mal nach.«

»Das ist unmöglich.« Schwind war bleich geworden. »Was wollen Sie damit sagen?«

»Haben Sie eine solche Spritze? Mehr will ich gar nicht wissen!«

»Ich besitze Spritzen«, räumte Schwind unsicher ein. »Allerdings nicht hier. Die sind im Gartenhaus in Schweinheim.«

»Wozu brauchen Sie solche Spritzen?«, fragte Strobel. »Sind Sie krank?«

»Ich experimentiere.«

»Sie experimentieren?«

»Sind Sie mein Echo?« Schwind versuchte, seine Unruhe hinter Spott zu verbergen.

»Erzählen Sie mir ein bisschen mehr darüber!« Strobel schaltete das Diktiergerät ein, das vor ihm auf dem Tisch lag.

»Was soll ich da viel erzählen? Ich hab seit Jahren Rosenrost im Garten. Das ist eine Pilzkrankheit an Rosen ...«

Strobel nickte.

»Ich hab alles Mögliche dagegen ausprobiert. Saprol, Baymat, die ganze Produktpalette. Fragen Sie den Blumen-Fuchs in Leider, der hat mich beraten. Aber nichts hat geholfen. Also wollte ich selbst mal was versuchen. Ich dachte, irgendein Gift muss es doch gegen Rosenrost geben. Da habe ich angefangen zu experimentieren.«

»Ein Gift gegen Pilzbefall?«, fragte der Kommissar ungläubig.

»Stammt von einer Spinne. Der Braunen Witwe. Ist hochtoxisch.«

»Und dann tragen Sie die Spritze in Ihrer Manteltasche mit sich herum? Wozu brauchen Sie die überhaupt?

»Damit dosiere ich die unterschiedlichen Lösungen. Und in meiner Manteltasche hab ich sie nie herumgetragen.«

»Da haben wir sie aber her!«

»Sie wollen sie mir unterjubeln!«, fuhr Schwind auf. »Ich hab das Gift und die Spritzen im Gartenhaus in Schweinheim. Ich kann sie also gar nicht bei mir gehabt haben, denn ich darf ja nicht mehr in den Garten hinein, seit mich die Alte angezeigt hat.«

»Sie bestreiten aber nicht, dass Sie Spritzen wie diese hier besitzen und mit dem Gift der Braunen Witwe experimentieren?«

»Ist das ein Verbrechen?«

»Wie sind Sie überhaupt an das Gift gekommen?«, fragte Strobel. »Geht das denn so einfach?«

»Sie dürften längst wissen, dass ich bis vor einem halben Jahr als Laborhelfer gearbeitet hab. Bei einer Behörde.«

»Sie haben das Gift also über das Wasserwirtschaftsamt bestellt?«

»Nein.« Schwind zögerte. »Na gut, da hab ich die Wahrheit ein bisschen zurechtbiegen müssen. Ich hab das Gift über das Internet bezogen.«

»Das heißt?«

»Was wollen Sie immer mit dem Gift?« Schwind blickte sich nervös um. »Da stimmt doch was nicht. Ich will jetzt wissen, was hier los ist!«

»Sobald Sie meine Fragen beantwortet haben«, sagte Strobel.

»Ich hab im Internet nach Gift recherchiert. Da bin ich auf eine Spinnenfarm in Mecklenburg gestoßen. Die hab ich angemailt. Hab mich als leitender Mitarbeiter eines Diagnostiklabors ausgegeben und behauptet, ich bräuchte das Gift zu Vergleichszwecken. War gar kein Problem, welches zu bekommen.«

»Wie bekommt man Spinnengift geliefert?«

»Die Spinnenfarm hat das Gift per Post geschickt. In kristallisierter Form. Bezahlt hab ich mit der Kreditkarte per Internet. Alles ganz normal.«

»Was kostet das denn so – normal?«

»Vierhundert Euro pro Gramm.«

»Und welche Menge haben Sie bestellt?«

»Vier Gramm vor einem Jahr im Herbst. Dann noch mal vier Gramm im Frühjahr. Kurz bevor mir die Alte das Hausverbot erteilen ließ.« Sein Gesicht verzerrte sich. »Dreitausendzweihundert Euro hatte ich schon reingesteckt. Und ich war ganz dicht dran. Wollte mir das Gift patentieren lassen.«

»Richtig, die Anzeige!« Strobel lehnte sich vor. »Erzählen Sie mal, wie ist denn so Ihr Verhältnis zu Ihrer Schwiegermutter?«

»Verhältnis?« Schwind wurde wieder ruhiger, der Hauptkommissar fühlte es. »Wir hatten kein ›Verhältnis‹. Niemand kann zu dieser Frau ein Verhältnis haben. Sie ist eine Hexe!«

# 9

»Die Kinder nenne sie ...«, die Bäckersfrau senkte die Stimme, »die Hex.« Verstohlen warf sie einen Blick über die Schulter durch die offene Tür hinter ihr, die in die Backstube führte. Niemand war zu sehen. »Und wenn ich Ihne sag: Die ham recht!«

Sankt Peter und Paul hatten doch noch die dralle Schweinheimer Seele gefunden, wenn auch erst in der Bäckerei. Sie war die Frau, die den Laden schmiss, während ihr Mann sich um die Backöfen kümmerte: Erika Schwarz, im weißen Kittel, der sich so eng über ihren stämmigen Körper spannte, als versuche er verzweifelt, das auseinanderstrebende Fleisch zusammenzuhalten. Selten hatte Stiller solch ausladende Hüften gesehen, und die Oberweite war fast beängstigend. Ein weißes Kopftuch hielt ihre Haare zurück, was ihr rundes gerötetes Gesicht über dem kurzen Hals wirken ließ wie ein großes Rosinenleibchen.

»Ich dürfte ja nix sage«, sagte sie und warf erneut einen Blick über die Schulter, »denn sie is immerhie seit Jahr und Tag unser Stammkundin. Aber ich sag Ihne trotzdem, des is e alt Hex!«

Sie stützte sich auf der Theke ab, offensichtlich eine unabdingbare Notwendigkeit, um beim Stehen nicht vornübergezogen zu werden. Außerdem brachte sie damit ihr Gesicht näher an die Kundschaft.

»War's des?« Sie hatte einen Damenbart, einen schwarzen Flaum über der Oberlippe.

»Noch eine Streuselzunge«, sagte Stiller schnell. Er hasste süße Stückchen, wollte aber jetzt nicht unterbrechen.

»Bei uns in Schwoihie is des en Ribbelkuche! Aber an so ebbes kann sich die Kunkel fei auch nit gewöhne. Die kommt von Damm. Mitsamt ihrm Mann.«

Stiller warf Kleinschnitz einen triumphierenden Blick zu.

»Den hat sie dann ja auch bald ins Grab gebracht. Als wenn ich's geahnt hätt: Drei Tag vor seim Tod hab ich zu meim Mann gesagt: Der sieht aus, wie wenn er bald sterbt. Des is ein Kandidat fürs Paradies – der hat die Hölle schon auf Erde gehabt.«

Sie ließ den »Ribbelkuche« in einer Papiertüte verschwinden.

»Heimlich hat der sich zu seim Stammtisch fortschleiche müsse. Jesses, was hat sie als mit ihm gekrische. Obwohl, wen hat die noch nit schikaniert! Nehme Se mich«, wieder stützte sie sich auf, »was schennt sie als, wenn der Lade voll is und es ihr nit schnell genug geht. Was die mich als runnerputzt! Vor alle Leut. Dauernd hat se was an unsere Stückche rumzumäkele. Ich mach als schon die Tür zu, damit's mein Anton nit hörn muss. Der kriegt en Herzkasper, wenn er sich aufregt.« Sie schüttelte den Kopf voller Verachtung. »An unsere Stückche! Debei ham mir die beste Stückche von ganz Schwoihie. Derf's übrigens noch ebbes sein?«

»Vielleicht e Käästasche«, schlug Stiller vor und wusste, jetzt hatte er einen Stein im Brett. »Da hatt's ihrn Schwiegersohn bestimmt auch nit leicht gehabt?«

»Nit leicht? Des is gar kein Ausdruck!« Die Käsetasche folgte der Streuselzunge in die Tüte, in der vorher schon zwei Nusshörnchen verschwunden waren. »Der Alde hat sei Schicksal selbst gewählt, aber der Max, der hat ja bloß die Conny gewollt und nit die Mutter.«

Stiller tat, als suche er den Geldbeutel. »Die Conny, des is die Tochter?«

Sie nickte. »Die Conny war ein Traum von Mädche! Lebensfroh, fleißig, bildschön. Die hätt in Schwoihie jeden ham könne. Aber der Hedda war ja keiner recht. Nach dem Tod von ihrm Alte wurd's immer schlimmer. Sie hat die Conny gar nit mehr ausm Haus gelasse, nur zum Schaffe in de Wirtschaft, die wo der Alte hinterlasse hat. Und wenn der Conny einer zu nah gekomme is, dann war der Teufel los, des kann ich Ihne sage! Des arme Kind.«

Ihr Gesicht rückte näher, und Stiller hätte schwören können, dass sie vor Rührung feuchte Augen hatte.

»Des is an der Conny natürlich auch nit spurlos vorbeigegange. Mit der Zeit wurd sie immer stiller und verschlossener, hat sich richtig gehe lasse. Sie hat so gar nix mehr aus sich gemacht. Mit dreißig hat die ausgesehn wie e abgehärmtes altes Weibche. Dabei war sie vorher so e lebensfrohes Ding gwese! Sie wolle noch ebbes kaufe, gell?«

»Haben Sie Krapfen?«, fragte Stiller.

»Bei uns in Schwoihie sin des Kreppel!«

»Drei Kreppel«, verlangte Stiller. Wenigstens würden sich die Kinder freuen. »Aber am End hat sie dann ja wohl doch en Mann gefunde ...«, setzte er Erika Schwarz wieder in Gang.

»Geh fort, geh fort! Genauso e Trauerspiel. Jeden hätt die Conny ham könne. Und ausgerechnet den Max hat sie gekriegt! Den faule Tagdieb, den gefühllose, ungebildete Schlampes. Den ganze Tag is der in der Wirtschaft gesesse. Da hat er die Conny wohl kennegelernt. Der hat zu der Alte gepasst wie die Faust aufs Auge.«

Sie hatte einen Krapfen in die Gebäckzange gezwickt, mit der sie Stiller und Kleinschnitz vor den Gesichtern herumwedelte. »Der hat so e dick Fell gehabt, da war die Alte machtlos. Dabei hat sie die zwo schikaniert, wo sie nur konnt.«

Sie legte die Zange zur Seite und stützte sich auf. »Mir hier, mein Anton und ich, mir backe unser Stückche mit Liebe, wisse Sie? Aber wenn jemand mit Hass backe könnt, dann hätte die Hedda und der Max keinen Bäcker mehr gebraucht. Wie der eingezoge is, war des es reinste Tollhaus! Unne drin die alte Schabracke, obbe es junge Glück.« Sie lachte verächtlich. »Zwische alle drei gab's nur Streiterei und Geschrei. Irgendwann hat's die arme Conny nit mehr ausgehalte. Jedenfalls is er dann ausgezoge. Ich glaub, heut sin se geschiede. Mer erfährt ja nix. Die Conny geht seitdem kaum noch auf die Gass. Tags steht sie in ihrer Wirtschaft hinner der Theke. Kenne Se die? ›Zur Hoffnung‹. Des is vielleicht ein Etablissemang! Sonst bleibt se zu Haus. Und wenn die Hedda, ihr Mutter, hier im Lade de Mund aufmacht, dann bestimmt nit, um mir ihr Privatlebe auszubreite. Die red nur, wenn sie was zu schenne hat. Wenn ich Ihne sag: Des is e alt Hex!«

Stiller merkte, dass sie ihn erwartungsvoll ansah, und blickte sich rasch um. »Dann hätt ich gern noch zwei Croissants.«

»Jetzt komme Sie mir auch noch auf Spanisch! Bei uns in Schwoihie sin des Hörnche.«

Er grinste. »So wie sich des anhört, hat der Max seine Schwiegermutter nit grad leide könne. Hat er sie bedroht?«

Sie befeuchtete mit den Lippen drei wulstige Finger und zupfte eine neue Papiertüte vom Stapel. »Gesagt hat sie nix. Aber ihm wär's zuzutraue. Ein gemeiner, roher Mensch. Ich weiß bis heut nit, was die Conny an dem je gefunde hat. Und wenn mer erst die Hedda kennt, kann mer schon verstehe, dass da einer gewalttätig wird! Noch ebbes?«

»Danke, das wär's.« Stiller hätte noch die eine oder andere Frage gehabt, aber Erika Schwarz begann zu fabulieren.

»Ach, geh'n Se, komme Se! Jetzt hab ich grad e neue Tüte angebroche …« Die Bäckersfrau bewies einen klaren Geschäftssinn, wenn es um den Austausch von Produkten ging. Die Informationen waren an die Abnahme von Backwaren geknüpft. Offensichtlich hatte sie das Gefühl, er sei ihr noch etwas schuldig.

»Also dann noch zwei Streuselzungen, bitte«, resignierte er.

»Zwo Stückche Ribbelkuche sin des«, seufzte sie nicht minder resigniert. Zur Belohnung packte sie aber zwei Stückchen in die Tüte, die anderswo locker als ganzer Kuchen durchgegangen wären. »Komme Se ruhig wieder«, sagte sie dazu.

»Ich bin erstaunt«, sagte Kleinschnitz, als sie gezahlt hatten und vor der Bäckerei im Nieselregen standen: »Du bist ein Sprachengenie. Etwas Spanisch und viel Schwoier Platt. Kannst du mir vielleicht mal übersetzen?«

»Später«, vertröstete ihn Stiller, der es plötzlich eilig hatte. »Lass uns noch die Apotheke mitnehmen – und dann zurück in die Redaktion.«

Die Gänge im Verlagshaus wirkten wie ausgestorben, die Kollegen waren zu Tisch. Nur Sonja Wagner hielt Stallwache, als die Zeitungsapostel zurückkehrten. Sie fing die beiden vor dem Sekretariat ab.

»Sie sollen den Chef auf dem Laufenden halten und die Online-Redaktion informieren, sobald Sie etwas haben«, sagte sie zu Stiller. »Die Staatsanwaltschaft hat angerufen, um sechzehn Uhr ist Pressekonferenz.«

»Pressekonferenz!« Stiller sah Kleinschnitz vielsagend an. »Dann hat Possmann etwas Handfestes. Ist Fenia Saalbach schon zurück?«, wandte er sich an die Sekretärin.

Sonja Wagner schüttelte den Kopf. »Nein.«

»Legen Sie ihr bitte einen Zettel hin, sie soll gleich zu mir kommen, sobald sie im Hause ist. Es wäre nett, wenn Sie uns vor Ihrer Pause noch eine Thermoskanne Kaffee brühen könnten. Als Dankeschön ...«, er hielt ihr die beiden Bäckertüten hin, »... dürfen Sie sich hier etwas aussuchen.«

Sie entschied sich für ein großes Stück Ribbelkuchen und ging in Richtung Kaffeeküche davon.

»Ich lese schon mal die Bilder ein.« Kleinschnitz verschwand im Treppenhaus. Das Büro der Fotografen lag ein Stockwerk höher.

Stiller eilte Sonja Wagner hinterher, holte eine Schale für die Stückchen und drei Teller aus der Kaffeeküche und verteilte alles auf dem kleinen Besprechungstisch in seinem Zimmer. Was nicht gegessen würde, könnte er abends nach Hause mitbringen. Er setzte sich an den Schreibtisch, um die Telefonliste abzuarbeiten, und ertappte sich dabei, dass er summte. Die Resignation, die ihn noch vor wenigen Stunden beherrscht hatte, war wie weggeblasen. Mord als Therapie für desillusionierte Journalisten – auch nicht schlecht.

Die ersten Anrufe brachten ihn auf den Boden zurück. »Sie sind ja schwerer zu erreichen als der Papst«, beschwerte sich der Mann am anderen Ende der Leitung. Paul Stiller hasste plumpe Übertreibungen, sie waren in seinem Beruf zu üblich geworden. Zudem hatte der Anrufer an diesem Vormittag erstmals Kontakt mit der Redaktion gesucht. Er sei Soziologe und wolle in der Stadt eine Beratungspraxis eröffnen. Wie viele Textspalten und Bilder dieses herausragende Ereignis der Zeitung wert sei? Stiller bot ihm eine Erwähnung in der Kolumne »Rat & Hilfe« an.

Nummer 2 auf der Liste war die eines freien Kulturrezensenten, Dr. Fröhlich. Nie hatte Stiller einen Menschen getroffen, bei dem Name und Charakter so im Gegensatz zueinander standen. Auch diesmal hatte Dr. Fröhlich Grund zur Klage: Der Redakteur vom Dienst, »dieser junge Schnösel«, habe seine hochkarätige Rezension des Kammerkonzerts am Sonntag sinnentstellend gekürzt.

Stiller hörte sich die Beschwerde geduldig an, während Sonja Wagner leise ins Zimmer huschte, die Kaffeekanne auf den Tisch stellte und ihm aufmunternd zuzwinkerte, als sie hörte, wen er da am Telefon hatte. Wenig später kam sie noch einmal zurück, brachte drei Tassen, Milch und Zucker.

Der dritte Anruf stammte aus dem Rathaus. Das Display zeigte die Nummer des Oberbürgermeisters, Nikolaus Fürst. Mit Sicherheit ging es um den Beitrag über den geplanten Bahnhofsneubau, ein Millionenprojekt. Angeblich hatte das städtische Planungsreferat mit dem Investor Absprachen getroffen, die es nun im Stadtrat durchdrücken wollte. Bis die Mehrheit stand, suchte OB Fürst eine Veröffentlichung des Artikels zu verzögern.

Fenia Saalbach streckte den Kopf zur Tür herein. »Stör ich?«

»Nein, im Gegenteil!« Stiller nahm den Hörer ans Ohr und rief Kleinschnitz an. Der stand zwei Minuten später im Zimmer und verteilte Papierausdrucke seiner Bilder. Fenia Saalbach reichte einen Abzug ihres Hintergrundberichts herum.

»Dann lasst uns mal sehen, was wir haben«, sagte Stiller. Er fasste die Informationen zusammen, die er am Schauplatz von Polizei, Busfahrer und Tierarzt gesammelt und die er in der Bäckerei bekommen hatte. »In der Metzgerei Pfefferkorn war Hedda Kunkel keine Kundin«, streifte er dieses Kapitel nur kurz. Kleinschnitz verschluckte sich am Kaffee. Auch die Apotheke habe nichts gebracht, das Personal erwies sich als geschäftsmäßig und standesrechtlich verschwiegen.

Fenia Saalbach hatte in der Bachtalstraße zwei Nachbarinnen aufgestöbert. Eine wohnte neben dem Anwesen der Ermordeten, die andere schräg gegenüber. Mit der direkten Nachbarfamilie war Hedda Kunkel heillos zerstritten. Wiederholt hatte sie ihren Anwalt Briefe schicken lassen. Mal sei es um überhängende Zweige gegangen, mal auch nur darum, dass die beiden Autos der Nachbarn vor dem Haus der alten Kunkel geparkt waren. Sie selbst hatte zwar keinen Wagen, verlangte aber, dass im Abschnitt vor ihrem Grundstück auch niemand sonst parken dürfe.

Die Volontärin sah von ihren Notizen auf und strich sich eine Haarsträhne aus dem Gesicht hinters Ohr. »Die wären wirklich fast einmal vor Gericht gelandet!« Mit der Nachbarin von gegenüber habe es zwar keinen rechtlichen Streit gegeben, aber auch sie wollte mit Hedda Kunkel nichts zu tun haben. Im Grunde bestätigten die beiden Nachbarinnen, was der Busfahrer und die Bäckerin mehr als angedeutet hatten: »Die Alte« war eine bösartige Frau.

Hedda Kunkel und Max Schwind waren nach den Schilderungen zudem eine peinliche Nachbarschaft. Oft hätten sie im Garten herumgeschrien, auch jetzt noch, obwohl der Schwiegersohn längst ausgezogen sei. Mehr als einmal kreuzte die Polizei in der Bachtalstraße auf, um Streit zu schlichten. Cornelia Schwind sei dagegen ein bedauernswertes Geschöpf. Sie habe ihr Leben lang gelitten, immer unter der Mutter und viele Jahre unter dem Mann. Manchmal sei sie an trüben Tagen mit einer großen Sonnenbrille aus dem Haus gekommen. »Man kann sich denken, warum.« Wenn jemand sie nach den Blessuren fragte, gab sie zur Antwort, sie habe sich an der Tür gestoßen.

»Ihren Mann hat sie in der Wirtschaft kennengelernt, die sie betreibt. Nach Meinung der Nachbarinnen eher eine Spelunke«, bestätigte Fenia Saalbach den Bericht der Bäckerin.

»Im Haus an der Ecke Liebezeitstraße stand ein alter Mann am Fenster«, fuhr sie fort. »Ich hab geklingelt, er hat aber nicht aufgemacht. Obwohl ich sicher bin, dass er mich gesehen hat.«

Glück hatte Fenia mit dem Frisiersalon im Schweinheimer Ortskern. Ein reiner Damensalon, den zwei ältere Friseurinnen betrieben. Um die Mittagszeit hatten sie keine Kunden, sie wollten gerade schließen, wie sie der Volontärin bedauernd mitteilten. »Die haben tatsächlich gemeint, ich wollte mir bei ihnen die Haare machen lassen!«

Auf die Frage nach Hedda Kunkel lief den beiden die Galle

über. Schon seit sie Lehrmädchen waren, komme die Hedda in diesen Laden, und es sei immer ein Kreuz mit ihr. Nie könnten sie es ihr recht machen, obwohl sie sich immer genau an ihre Anweisungen hielten. In jungen Jahren hatten sie schon gezittert, wenn die Hedda nur den Laden betrat. Kein Wunder, dass da mancher Schnitt danebenging. Außerdem bekämen sie nie ein Trinkgeld von ihr. Und obwohl sie es überhaupt nicht leiden könnten, wenn jemand über andere herziehe, zerreiße sich die Hedda jedes Mal das Maul über Gott und die Welt.

Fenia Saalbach grinste: »Ich musste mir auf die Zunge beißen, um nicht lauthals loszulachen.«

Ob sie auch etwas über den Schwiegersohn gesagt habe? Oh, sie habe an allen etwas auszusetzen gehabt: am Bundeskanzler, am Bürgermeister, an der Bäckerin in der Marienstraße, am Pfarrer (»Fragen Sie mal den Pfarrer, das ist so ein moderner, wissen Sie, mit langen Haaren, fast wie der Heiland, dem hat sie wegen der Kirchenrenovierung das Leben zur Hölle gemacht!«), an den Nachbarn, an ihrer Tochter – aber vor allem an ihrem Schwiegersohn: »Die anderen piesackt sie nur. Aber ihren Schwiegersohn, den hasst sie.«

»Wir müssen dringend mehr über den Schwiegersohn herausbekommen«, sagte Kleinschnitz. »Vor allem brauchen wir ein Bild, wir haben lediglich die Beschreibung der Nachbarn.«

Fenia Saalbach angelte sich einen Kreppel und sah Stiller an. »Vielleicht erfahren Sie ja etwas bei der Pressekonferenz.«

»Wir!«, gab er zurück.

»Wü püppe?«, fragte sie mit vollem Mund. Ein wenig Puderzucker klebte an ihren Lippen.

Er sagte: »Wir fahren zusammen, Fenia. Schreiben Sie in der Zwischenzeit mal runter, was Sie haben, und ich lese Ihren Hintergrundbericht gegen.«

»Bin schon unterwegs«, rief sie, leckte sich die Lippen ab, spülte mit einem Schluck Kaffee nach und eilte aus dem Zimmer.

Kleinschnitz sah Stiller ernst an. »Wir kennen uns echt lange«, sagte er. »Es wird Zeit, dass ich dir eine meiner wichtigsten Lebensweisheiten verrate: Wo man frisst …«

»… scheißt man nicht«, vollendete Stiller. »Das ist meine Lebensweisheit, falls du das vergessen hast, du hast sie von mir.«

»Was soll das hier also? Warum nimmst du sie mit?«

Stiller ließ die Hand über der Schale kreisen und entschied sich für ein Croissant. »Ach Peter, du enttäuschst mich. Schon vergessen, dass ich kein Auto hab? Sie nimmt *mich* mit.«

# 10

Es blieb ihm heute aber auch nichts erspart.

Stiller kam spät aus der Redaktion, Peter Kleinschnitz und Fenia Saalbach waren längst über alle Berge. Nach der Pressekonferenz hatte er den Artikel geschrieben, während die Volontärin die Online-Version übernahm. Gemeinsam mit Kleinschnitz hatten sie eine Brennpunktseite aus dem gesamten Material über die Tote im Bus, den Bildern und dem Hintergrund gebaut.

Die anderen gingen, während er erneut die Telefonliste durchsah. Kein Anruf aus den Verkehrsbetrieben, offensichtlich gab es keine Spur vom Turnbeutel seines Jüngsten. Er nahm sich vor, die gespeicherten Nummern am nächsten Tag zurückzurufen, führte lediglich ein paar Telefonate mit freien Mitarbeitern, um ihnen die Termine der nächsten Tage aufs Auge zu drücken.

Gegen acht spazierte er aus dem Verlagsgebäude hinaus in die neblige Nacht. Er beschwerte sich beim Pförtner, mit dem er stets ein paar Worte wechselte, über den Nieselregen, wo er doch mit dem Rad da sei. Der Pförtner bedauerte ihn, trug allerdings selbst einen dicken Schal. Seine Stimme klang rau, seine rote Nase lief.

Der Radweg vom Verlagshaus an der Autobahn in die Obernauer Kolonie durchschnitt den gesamten Osten Aschaffenburgs. Für Stiller war es wie eine Reise in die eigene Vergangenheit – wenn auch nicht chronologisch geordnet. Erste Station war das Kronberg-Gymnasium. Das Schulhaus war in den sechziger Jahren mitten im Park Fasanerie entstanden. Damals hatten sich weder Proteste noch Klagen gegen den Eingriff in das Stadtbild erhoben. Heute gab es kaum noch ein Projekt ohne Bürgerinitiativen und Bürgerentscheide. Am Ergebnis änderte das wenig. Die Proteste versanken im Bermudadreieck der Investoren, Stadtplaner und Kommunalpolitiker.

Nur einige hundert Meter weiter lag die Grünewaldschule,

Stillers frühester Lernort. Gleich dahinter an der Würzburger Straße die Jägerkaserne, das Symbol seiner Protestjahre. Er hatte sich der Friedensbewegung angeschlossen, die Anfang der achtziger Jahre das Kasernengelände mit einer Menschenkette umringte. Die US Army sah gelassen zu. Inzwischen waren die Amerikaner abgezogen, heute residierte die Fachhochschule in den Mannschaftsgebäuden. Immerhin ein Beispiel für den einstigen Pazifisten-Schlachtruf »Schwerter zu Pflugscharen«.

Nass bis auf die Haut und durchgefroren bis auf die Knochen bog Stiller endlich in der Obernauer Kolonie auf den Legatplatz ab, und sofort kam die Französin aus dem Nachbarhaus geschossen. Catherine. Wenigstens sie hätte ihm heute erspart bleiben können.

»Pol«, rief sie, »Pol, du wirst dir den Tod ‘olen!«

Paul Stiller, »Pol«, kam sich vor wie in einer Filmkomödie. Und täglich grüßt das Murmeltier. Wie oft hatte er diese Szene schon erlebt? Sie musste Stunden hinter der Gardine ihres Küchenfensters auf der Lauer gelegen haben. Catherine war ein sinnlicher Import aus Frankreich, vollbusig und schmollmundig wie BB, in den letzten Jahren aber etwas aus dem Leim gegangen. Sicher die Folge der Frustration, die sich breitmachte, nachdem der Rausch der intimen deutsch-französischen Freundschaft mit Volker der Ernüchterung des Alltags gewichen war. Ihr »Volkäär« leitete die Exportabteilung der Miltenberger Keramikfabrik und war viel in der Weltgeschichte unterwegs. Von einer Dienstreise nach Lyon hatte er Catherine auch mitgebracht. Heute kam er oft nur nach Hause, um ihr den Rückreisekoffer voll Schmutzwäsche hinzustellen und mit gebügelten Hemden wieder aufzubrechen.

Anfangs hatte sie viel geweint, und die Tränen füllten ihr Herz wie einen Putzeimer, den sie hin und wieder über anderen Männern ausschütten musste. Volker ließ sie gewähren, solange sie sich um seine Wäsche kümmerte und ihm etwas zu essen hinstellte, wenn er im Lande war. Sie stritten nie, es sei denn, es mangelte ihm an frischen Unterhosen. Sie gingen sogar häufig aus. In der Obernauer Kolonie, einer ehemaligen Werksiedlung der Lenkradfabrik, die bis heute von eher bodenständigen Männern bewohnt wurde, kursierte das Gerücht, Volker sei schwul.

Vor zwei Jahren entdeckte Catherine ihr Herz für Paul Stiller, seitdem leistete er tapfer Widerstand. Sein Ruf im Viertel war dadurch legendär geworden. Die Frauen betrachteten ihn als Vorbild ehelicher Treue, die Männer hielten ihn schlicht für impotent.

Als sie an diesem Abend auf ihn zustürzte, brachte er es einfach nicht fertig, mit dem Rad an ihr vorbeizusausen und sich ins Haus zu retten. Er sah, dass sie nur eine dünne Bluse trug. Tief ausgeschnitten. Sie zitterte.

»Catherine«, sagte er streng, »geh ins Haus! Du bist es, die sich tödlich erkälten wird.«

Sie warf sich in die Brust und strich ihr gebleichtes Haar zurück. »Ah, isch ‘abe zufällisch eine ‘eiße Tee aufgesetzt. Vielleischt willst du dir ein wenisch wärmen?«

»Tut mir leid! Ruth und die Kinder warten mit dem Essen auf mich. Ich bin schon seit einer Stunde überfällig.«

»Armäär Pol!« Unglaublich, wie sie es schaffte, ihren großen blauen Augen diesen mitleidigen Ausdruck zu geben. »Du arbeitest wirklisch zu viel. Und doch ‘ast du immäär Zeit für deine Rüth. Meine Volkäär ist nie da, wenn isch ihn brauche. Gerade eben ‘abe isch eine groß Problem.«

Stiller sah sie vorwurfsvoll an. »Catherine, wenn du mit diesem Hemdchen noch länger hier in der Kälte stehst, hast du bald nur noch Probleme – oder gar keine mehr.«

»Es geht sehr fix«, fuhr sie unbeirrt fort. »Isch ‘abe ‘ier unter die reschte Schulterblatt eine Verspannung. Vielleischt kannst du sie lösen? Du sollst meister’aft massieren ...«

»Wer sagt denn so was?«

»Ganz ehrlisch, Pol, deine Rüth ‘at es mir gesagt. Sie ‘at disch mir quasi selbst empfohlen.«

»Komm mit zu uns, Ruth wird dir sicher gerne helfen.« Er wollte losfahren, aber sie hielt ihn am Arm fest.

»Isch kann misch auch ‘inlegen, wenn es für disch bessäär ist. Odäär stört disch vielleischt die Bluse?«

Er meinte, die Blicke der Nachbarn zu spüren, die sicher hinter den Fenstern standen, und beschloss, die Szene zu beenden. »Catherine, geh ins Haus. Du fieberst schon heftig. Salü!« Schnell trat er in die Pedale und gewann ein paar Meter Sicherheitsabstand. »Wenn du Hilfe brauchst, frag Ruth.«

»Rüth, Rüth, immer nur Rüth!« Sie schmollte und trat den Rückzug an.

Stiller sah zu, dass er Land gewann. Er wurde alt, zweifellos. Es war heute schon das zweite Mal, dass er vor einer Frau floh.

*Damn, mein fadda kommt. Vll muss ich glei off*

Stiller sah seinem vierzehnjährigen Sohn über die Schulter und wusste: Hier wurde er nicht erst alt, hier war er es längst. Obwohl er täglich am PC saß und immer wieder in die Tiefen des Internets tauchen musste, hatte er doch keine Ahnung, wie das mit dem Chatten funktionierte. Er wollte es auch gar nicht wissen. Es war ihm lieber, die Leute, die er mochte, im Café zu treffen oder in der Kneipe und sich mit ihnen in einer Sprache zu unterhalten, die er schon aus Berufsgründen beherrschte. Immerhin war ihm klar, dass Jan hier soeben jemandem die Ankunft des Vaters mitgeteilt hatte – eingeleitet mit einem netten »verdammt«.

*~kadda~: Schade … Kommst u später wieda?*

Kadda. Interessant. Paul beschloss, noch ein wenig zuzusehen, obwohl das so ziemlich das Letzte war, was sein Jüngster wollte.

Wahrscheinlich nüch. Joa, muss jez, hdgdl

»hdgdl« – wenigstens an den Abkürzungen hatte sich in gut dreißig Jahren nicht viel geändert.

*~kadda~: Ida(unvm)*

*Jo. C ya*

»Na, mein Lieba, wie heißt denn deine Freundin?«

Jan schnaufte nur, beendete das Programm und klickte auf Ausschalten.

Stiller beschloss, nicht weiter peinlich zu sein, sondern das Thema zu wechseln. »Übrigens: Noch keine Spur von deinem Turnbeutel.« Er lag schon wieder daneben, sein Sohn ließ es ihn mit einem weiteren Schnaufen spüren.

»Ich bin sowieso der Letzte, der noch so einen altmodischen Turnbeutel hat. So was trägt heute keiner mehr rum.«

»Entschuldige, aber du tust ja gerade so, als wäre es mein Privatvergnügen, hinter deinem Kram herzujagen, während du in meinem Arbeitszimmer sitzt und mit einer Kadda im Netz herumhängst!«

»Mach keinen Stress, ich bin dir ja dankbar!« Jan grinste. »Ich will schließlich keinen Verweis.«

Stiller wollte noch etwas antworten, aber Ruth kam ihm zuvor.

»Kommt ihr dann mal essen?«, rief sie von unten.

Missmutig trottete Jan hinter seinem Vater die Treppe hinunter. »Es gibt sowieso wieder nur Gemüse.«

»Rohkost«, stellte Stiller richtig. Er seufzte.

Die Familie war neuerdings in zwei kulinarische Lager geteilt, getrennt nach Männlein und Weiblein. Ruth und Charlotte lebten vegetarisch – die Mutter aus Gesundheitsgründen, die sechzehnjährige Tochter der Figur wegen. Vater und Sohn dagegen mochten auf tierische Nahrung nicht verzichten. Je häufiger nur Pflanzliches auf dem Tisch stand, desto größer wurde Stillers fleischliche Lust. Er sehnte sich nach dem Duft eines saftigen Steaks, eines Bratens, einer Hausmacher Wurst, die frisch aus der Dose auf einen Teller gestülpt wurde. Neuerdings fiel er abends mit einem dumpfen Gefühl in der Magengrube ins Bett und träumte von Frankfurter Würstchen, die auf langen Beinen vor ihm flohen, während er erfolglos hinter ihnen herjagte. Ohne Hackfleisch oder Schinkensoße schmeckten ihm keine Spaghetti, ohne Salami keine Pizza, und es gelang ihm nie, die Grünkernkugeln, die es hin und wieder gab, für echte Fleischklöpse zu halten.

»Was gibt es denn?«, fragte Stiller, als er in die Küche trat. Es war der größte Raum im Erdgeschoss, eine Essküche, und hier spielte sich das Leben der Stillers ab. Noch immer standen fünf Stühle um den Tisch, obwohl Fabian, der Große, wenige Wochen nach seinem Achtzehnten ausgezogen war. Das lag nun schon fast ein Jahr zurück.

»Lauter gesunde Sachen«, rief Ruth fröhlich. »Vollkornbrot, Joghurtdip und Kräuterquark, Paprika, Karotten, Salatgurke …«

»Du weißt schon, dass Jan im Wachstum ist und dringend tierisches Eiweiß braucht?« Stiller verschwieg, dass er eher an sich dachte.

»Och, der Arme!«, spielte Ruth die mitleidige Hausfrau und Mutter. »Aber ich glaube, in Ernährungsfragen solltest du besser die Grenzen deiner Kompetenz erkennen. Zur Abwechslung könntest du natürlich auch mal kochen. Übrigens: Das Waschbecken im Bad ist verstopft. Kannst du das nachher mal richten?«

»Macht er schon wieder das Essen madig?«, fragte Charlotte. »Dabei hab ich das alles stundenlang geschnippelt.« Sie warf einen vorwurfsvollen Blick auf ihren jüngeren Bruder, dann auf den Vater. »Zum Glück ist hier ja niemand faul.«

Stiller kannte die Nummer: Angeblich engagierten sich die männlichen Familienmitglieder nicht ausreichend im Haushalt. Er wusste, dass es weitgehend stimmte. Dennoch unternahm er einen schwachen Versuch, sich zu verteidigen.

»Einen ordentlichen Aufschnitt vom Metzger hätte niemand schnippeln müssen. Außerdem ...«, er streckte Charlotte die Zunge heraus, »hab ich es hier gar nicht nötig, faul zu sein. Ich hänge ja schon den ganzen Tag in der Redaktion ab.«

»Das heißt chillen«, belehrte ihn Jan.

»Wie bitte?«

»Ach Papa, vergiss es!«

Woher hatte der Junge das nur?

»Chillen – das bedeutet abhängen, entspannen, sich wohlfühlen«, klärte ihn seine Tochter auf.

Stiller sah sie erstaunt an. Dabei fiel ihm auf, dass sie sich blonde Strähnchen in die rötlichen Haare gefärbt hatte. Er schüttelte den Kopf. »Zu meiner Zeit hieß das abkühlen oder frösteln. Wie soll ich das mit ›wohlfühlen‹ zur Deckung bringen?«

Ruth setzte sich zu ihnen an den Tisch und sagte: »Nehmt euch!« Sie hatte ihre kräftigen roten Haare, die sie mit abnehmender Intensität allen drei Kindern vererbt hatte, mit einem breiten schwarzen Haarband gebändigt und nach hinten gerafft. Sie trug einen ihrer geliebten Schlabberpullis, der zwar ihre sportliche Figur etwas verschleierte, dessen dunkler Farbton jedoch ihr helles Gesicht besonders gut zur Geltung brachte. Sie sah gut aus.

Als sie ihm zulächelte, wurde Stiller bewusst, dass er sie anstarrte. »Ähm, ja, ich nehm mir schon etwas.« Er kam sich ertappt vor und griff rasch nach dem Brot.

»Die Karotten sind besonders gesund«, erklärte Charlotte.

»Wofür sollen die gesund sein?«, wollte Jan wissen.

»Für die Haut zum Beispiel.« Sie kicherte.

Jan hatte seit Kurzem ein paar Pickel im Gesicht, was ihm absolut peinlich war. Er behandelte sich jeden Morgen mit einer Reinigungslotion. »Ich hab keinen Hunger«, sagte er und sah mit einer Begeisterung auf den Tisch, als lauerten dort …

… Giftspinnen, dachte Stiller und zuckte zusammen.

»Du isst bitte auch etwas«, wies Ruth ihren Sohn an. »Nachher verschlingst du wieder einen Beutel Chips. Das ist ungesund!«

Jan schnaufte. Er hatte das wirklich gut drauf. »Wenn wir Chips essen, nehmt ihr immer viel mehr als ich!«

»Das stimmt nicht!«, empörte sich Charlotte. »Und das ist übrigens total ungerecht: Du isst die meisten Chips und wirst nicht dick! Ich gucke sie nur an, und schon wandern die Kalorien auf meine Hüften.«

»Du widersprichst dir selbst. Wenn ich so viele Chips essen würde, wie du sagst, wäre ich dick. Das ist physikalisch bewiesen!«

»Es gibt aber Leute, die essen viel und nehmen doch nicht zu. Liegt am Stoffwechsel. Das ist auch erwiesen, du Schlaubi!«

»Ich geh in mein Zimmer«, schnaufte Jan und sprang auf.

»Bleib sitzen, Jan«, sagte Ruth ruhig. »Niemand hat behauptet, dass du zu viele Chips isst.«

»Sie ist mir einfach zu blöd!«, erklärte Jan mit Blick auf seine Schwester.

»Du bist blöd!«, gab Charlotte zurück.

»Seht ihr«, Jans Oberlippe bebte, und Paul hätte schwören können, dass sich eine senkrechte Falte in seine Stirn zu graben begann, »ich hab nicht gesagt, dass sie blöd ist. Sondern sie ist *mir* zu blöd.«

»Und mir wird es gleich zu blöd!« Stiller entschied sich, den strengen Vater heraushängen zu lassen. »Hier herrscht augenblicklich Ruhe«, befahl er. »Das Programm ›Mit Idioten leben‹ hab ich den ganzen Tag. Ich brauch das nicht noch beim Abendbrot.«

Er wandte sich Ruth zu und wechselte das Thema: »Ohnedies war es heute kein Vergnügen, nach Hause zu kommen. Musst du unbedingt in der Nachbarschaft herumerzählen, ich könnte ›meister'aft‹ massieren?«

»Ach«, Ruth lächelte spöttisch. »Das ist mir neulich aus Versehen rausgerutscht. Sollte ich damit jemanden auf Touren gebracht haben?«

»Vorsicht«, grinste Stiller, »manche Motoren sind kaum noch zu bremsen, wenn sie heißlaufen.«

»Vorsicht«, äffte ihn Charlotte nach, »wenn du etwas mit anderen Frauen anfängst, lassen wir uns alle von dir scheiden! Dann steht das Essen nicht mehr auf dem Tisch, wenn du heimkommst!«

»Du bringst mich auf eine Idee. Ich sollte sofort damit anfangen, etwas anzufangen!«

»Vorsicht«, warnte nun auch Ruth und deutete mit einer Karotte auf ihn. »Das ist ein klassischer Stoff für Kriminalgeschichten, die das Leben schreibt.« Sie tauchte die Karotte in den Joghurtdip, schob sie aufreizend langsam zwischen ihre Lippen und biss plötzlich zu. »Rübe ab!«

»Was meint sie?«, erkundigte sich Jan.

»Sie spricht von Mord«, erläuterte Charlotte. »Sie würde ihn umbringen, wenn er fremdgeht.«

»Schönes Thema«, sagte Stiller. »Ich dachte, du verabscheust Blut, Waffen und Gewalt. Womit willst du mir denn den Garaus machen? Mit einem Paprikaschnitz und Kräuterquark?« Knackend brach er einen Paprikastreifen in zwei Hälften.

»Sehr richtig«, sagte Ruth, »mit einem vergifteten Paprikaschnitz. Gift ist die Waffe der Frau, die sich eines Mannes entledigen will, wusstest du das nicht?«

Stiller stutzte. »Wie kommst du jetzt darauf? Gerade heute hat sich ein Mord ereignet, bei dem Gift im Spiel ist.« Er schüttelte den Kopf. »Allerdings soll es ein Mann benutzt haben – um sich einer Frau zu entledigen.«

»Ach, du schreibst über den Mordfall«, warf Charlotte ein. »Ich hab im Radio davon gehört.«

»Ich auch«, sagte Ruth. »Anscheinend war es der Schwiegersohn. Aber das muss ja nicht stimmen, oder?«

»Es muss nicht, aber es sieht ganz danach aus.« Stiller berichtete, was er auf der Pressekonferenz der Staatsanwaltschaft erfahren hatte. Vom Ablauf der Ereignisse abgesehen, hatte Possmann zwar wenig Details preisgegeben, doch offensichtlich hatten die Indizien ausgereicht, um Max Schwind festzunehmen.

Ruth ließ nicht locker. »Ich gebe dir trotzdem einen Tipp für deine Recherche: Wenn es um Gift geht, such nach einer Frau.«

»Vielleicht hast du recht«, überlegte Stiller, der schon oft von Ruths Eingebungen profitiert hatte. »Möglicherweise hab ich mich vorschnell auf Max Schwind eingeschossen. Ich gehe morgen deinem Tipp nach. Eine Frau suchen … Cherchez la femme, würde Catherine sagen.«

»Ich hoffe, du weißt, dass mein Tipp rein beruflich gemeint ist«, lächelte Ruth – und biss kräftig in die Karotte.

# 11

Irgendetwas stimmte nicht. Jedenfalls fühlte Wolfi Schreck sich nicht wohl. Vielleicht hätte er doch nicht den Dienst tauschen und am Vormittag zu Hause bleiben sollen.

»Ich habe Ihren Dienstplan geändert«, hatte der Fahrdienstleiter gesagt, einen gönnerhaften Ton in der Stimme, »Sie haben morgen erst die zweite Schicht. Ruhen Sie sich einfach noch ein wenig aus.«

Meine Güte, wie die sich das immer dachten! Ein Schichtwechsel mitten in der Woche – so schnell konnte sich die innere Uhr gar nicht umstellen. Um halb vier wachte Wolfi Schreck auf. Harndrang. Er erleichterte sich auf dem Klo, aber es half nichts: Er hatte Frühschichtwoche, für ihn war die Nacht vorbei. Er lag auf dem Rücken und wartete. Kurz nach fünf hörte er, wie der Briefkasten klapperte. Erneut schwang er die Beine aus dem Bett, fuhr in seine gefütterten Pantoffeln und zog sich den grün-rot-blau gestreiften Frotteebademantel über. Gut, dass ihn niemand sah! Das Ding hatte viel zu kurze Ärmel und war vorne kaum noch zuzukriegen. Er schlurfte an den Briefkasten und nahm die Zeitung heraus.

Es juckte ihn in den Fingern, gleich zu lesen, was sie über den Giftmord geschrieben hatten. Liebes bisschen, er war immerhin eine der Hauptpersonen! Hoffentlich hatten sie seinen Namen aus dem Spiel gelassen, so eine Reklame konnte er nicht gebrauchen. Er warf die Zeitung dennoch erst auf den Küchentisch und brühte sich einen Kaffee. Sechs Mäßchen auf zwei Tassen. Während die Maschine lief, zog er eine Scheibe schwarzes Vollkornbrot aus der Packung und butterte sie. Auf Marmelade würde er heute verzichten. Er hatte sich vorgenommen, ein paar Kilo abzunehmen.

Schließlich siegte die Neugierde. Obwohl er das Brot erst zur Hälfte gegessen hatte, schob er den Teller zurück und schlug die Zeitung auf. Gleich auf der ersten Seite sprang ihm die Meldung ins Auge:

*»75-jährige mit Giftspritze umgebracht«*

Darunter eine kurze Zusammenfassung und ein Hinweis auf die ausführliche Berichterstattung im Frankenteil. Schreck blätterte, bis er die Seite gefunden hatte, goss sich die zweite Tasse Kaffee ein und begann zu lesen.

*»Aschaffenburg. Familiendrama in Schweinheim: Vermutlich mit einer Giftspritze ist gestern früh die 75-jährige Hedda Kunkel umgebracht worden. Kriminalpolizei und Staatsanwaltschaft verdächtigen ihren Ex-Schwiegersohn Max S. der Tat. Er bestreitet jedoch, den tödlichen Anschlag auf die Mutter seiner früheren Frau verübt zu haben, wie der leitende Oberstaatsanwalt Rudolf Possmann am Nachmittag in einer Pressekonferenz berichtete.*

*Wie die Ermittlungen der Kripo und die Recherchen unserer Zeitung übereinstimmend ergaben, hatte Hedda Kunkel vor ihrem Tod Max S. beschuldigt. Zudem gebe es eindeutige Indizien, die auf den Ex-Schwiegersohn hinweisen, zu denen sich Possmann aufgrund der laufenden Ermittlungen aber nicht näher äußerte. Nach den bisherigen Erkenntnissen der Ermittler verließ Hedda Kunkel das Haus in der Schweinheimer Bachtalstraße, das sie gemeinsam mit ihrer Tochter bewohnte, gestern gegen acht Uhr, um wie an jedem Montag mit dem Bus zum Waldfriedhof zu fahren. Der Verdächtige soll ihr im Garten aufgelauert und die Spritze in die Schulter gestoßen haben. Die Kripo geht davon aus, dass er anschließend sofort flüchtete im Glauben, er habe seinem Opfer eine tödliche Dosis injiziert.*

*Hedda Kunkel setzte trotz des Überfalls ihren Weg fort. Sie berichtete erst im Bus von dem Angriff. Zu diesem Zeitpunkt dürfte es für eine medizinische Hilfe bereits zu spät gewesen sein, verteidigte Possmann die Fahrgäste im Bus gegen den möglichen Vorwurf einer unterlassenen Hilfeleistung.«*

Wolfi Schreck war außer sich: Unterlassene Hilfeleistung! Jesus Maria, im Bus hatte doch niemand eine Ahnung, wie es um die

Alte bestellt war! Sie war immer unleidig, das war zumindest für die Stammkunden nichts Ungewöhnliches. Die anderen hatten ihr auffälliges Verhalten wahrscheinlich auf Alkoholkonsum zurückgeführt. Wer hätte denn ahnen können, dass ihr Schwiegersohn tatsächlich versucht hatte, sie mit einer Giftspritze zu töten?

Schreck las weiter:

*»Das Institut für Rechtsmedizin an der Uni Würzburg untersuche derzeit die genaue Art des Giftes, so Possmann weiter. Es könne sich um das Sekret einer seltenen lateinamerikanischen Spinne handeln, das nur in einer hohen Dosierung tödlich sei.*
*Auf Nachfrage erläuterte Possmann, das Opfer habe sich gegen den Überfall gewehrt, darauf ließen Spuren im Vorgarten des Kunkel-Anwesens und an der Kleidung der Toten schließen. Dem Täter sei es vermutlich nicht gelungen, seinem Opfer die gesamte Dosis zu spritzen. Näheres verspreche sich die Staatsanwaltschaft aus der kriminaltechnischen Untersuchung.*
*Laut Kriminalpolizei und Staatsanwaltschaft kommen Hass und Rache als Tatmotiv in Frage. Max S. machte seine Schwiegermutter für seine gescheiterte Ehe verantwortlich. Darüber hinaus hatte sie ihn wegen Hausfriedensbruchs angezeigt, weil er sich seiner früheren Frau auch nach der Scheidung näherte und den Garten der Kunkels in Schweinheim betrat. Wie Nachbarn und Bekannte der Toten gegenüber unserer Zeitung bestätigten, hatten Hedda Kunkel und Max S. häufig Streit und auch öffentlich heftige Auseinandersetzungen (siehe eigenen Bericht).«*

»Auch öffentlich …« Schreck schüttelte den Kopf. Welchen Streit hatte diese Frau nicht öffentlich ausgetragen? Immer war sie laut gewesen, häufig hatte sie mit anderen Fahrgästen herumgeschrien, nicht nur an ihrem Todestag. Bei diesem Gedanken hatte Schreck erneut das Gefühl, dass er etwas vergessen hatte. Was war das?

Plötzlich fiel es ihm wieder ein. Aber vielleicht hatte es ja auch gar nichts zu bedeuten. Er würde diesen Kommissar anrufen und Schluss.

Schreck ließ die Zeitung auf den Tisch zurücksinken und griff nach der Aktentasche, die an einem Tischbein lehnte. »Johannes Strobel, Kriminalhauptkommissar«. Da war sie, die Karte. Und die des Journalisten, Paul Stiller, gleich dazu. Schreck legte die beiden Karten neben die Zeitung und sah auf die Uhr. Noch nicht einmal halb sieben. Er musste warten.

*

»Willkommen«, begrüßte ihn sein E-Mail-Postfach, »Sie haben Post.«

Die erste Stimme, die Stiller im Verlagshaus zu hören bekam, wenn er gegen acht in sein Büro einfiel. Wahrscheinlich wurden im selben Augenblick Abertausende von Menschen von dieser immer gleich freundlichen Stimme begrüßt. Dennoch empfand er das unpersönliche, pauschale »Willkommen« gerade in der Dunkelheit des Novembermorgens als positiv. Seine Laune hob sich, er warf einen erwartungsvollen Blick auf den Posteingang. Siebenunddreißig neue Mails über Nacht. Mittelprächtig.

Stiller lief zum Automaten und zapfte einen Plastikbecher Kaffee – schwarz, ohne Zucker, Vorwahl »stärker«. Dann begann er, die Nachrichten durchzusehen. Mitarbeitertexte, Ankündigungen, Anfragen, Werbung, allgemeine Pressemitteilungen, die jemand an Mailadressen von München bis Flensburg verschickt hatte. Er übersprang alles, löschte nur zwei Spams. Schließlich acht Mails der Art, wie er sie erhofft hatte. Die erste war schon kurz nach sechs eingegangen, die letzte kurz bevor er kam. Sie betrafen sein Thema. Die Tote im Bus.

Er überflog sie eilig, lehnte sich dann aber enttäuscht zurück. Nichts, was ihn wirklich weiterbrachte. Er warf einen Blick auf die Uhr: Noch immer keine acht. Mike Staab hatte ihm gestern nach der Pressekonferenz erzählt, dass er in die Soko berufen wurde und heute um acht eine Sitzung haben würde. Stiller konnte ihn noch vorher abfangen.

Sofort griff er zum Telefon, tippte die Nummer ein. »Grüß dich, Mike«, sagte er, als der Freund abhob. »Paul hier. Ich brauche dringend eine Auskunft von dir. Vertraulich, du kannst dich auf mich verlassen. Es geht um den Mordfall Kunkel ... Was heißt ›Kommt darauf an‹? ... Es ist wichtig für mich, auch wenn ich es noch nicht schreiben darf ... Also gut: Was macht euch eigentlich so sicher, dass es der Ex-Schwiegersohn gewesen ist?«

# 12

Strobel war unzufrieden. Er sah stumm aus dem Fenster, den Rücken dem Besprechungsraum zugewandt, in dem sich um acht die Soko Kunkel versammelte, und knackte hörbar mit den Fingern. Es war ihm egal, was die anderen Mitglieder der Sonderkommission von ihm dachten, sieben Männer und eine Frau. Die beiden Neuen mussten sich eben an ihn gewöhnen. Staab und Syndikus. Strobel hatte die beiden Schutzpolizisten zur Unterstützung bekommen, da sie ohnehin zur Kripo wechseln wollten.

Er kam in diesem Fall nicht so flott weiter, wie er es sich vorgestellt hatte. In wenigen Minuten würde die Sonderkommission die gesammelten Fakten austauschen, dann würden alle wissen, woran sie waren. Zuvor aber kreiste die Kaffeekanne um den runden Tisch, gefolgt von einer Milchdose und einem Zuckerstreuer. Strobel wartete, bis das Klappern der Kaffeelöffel in den Tassen abnahm, dann erst drehte er sich um, nahm Platz, nickte stumm zur Begrüßung und gab mit einer Handbewegung Fritz Bühler, dem Leiter der Spurensicherung, das Wort.

Bühler verwies auf einen Stapel Computerausdrucke: erste Berichte der Spurensicherung, des kriminaltechnischen Labors und des Instituts für Rechtsmedizin an der Uni Würzburg. Er erläuterte den Kollegen, unter welchen Namen die Dateien in der Datenbank abrufbar seien, damit sie bei den weiteren Ermittlungen mit allen Details zur Verfügung stünden. In der Morgenbesprechung wolle er sich auf die nötigsten Fakten beschränken, kündigte er an.

Was seine Kollegen zu hören bekamen, klang keineswegs übel. Die Indizien gegen Max Schwind waren schwerwiegend:

»Erstens.« Fritz Bühler erhob sich und startete über die Tastatur seines Laptops die PowerPoint-Präsentation, die seinen Vortrag untermalen sollte. Der Beamer zeigte Bilder der Toten, aufgenommen im Bus, und des Einstichs in der Schulter. »Unsere Vermutung war richtig: Hedda Kunkel ist mit sehr hoher

Wahrscheinlichkeit durch das Gift der Braunen Witwe ums Leben gekommen, das hat eine Schnellanalyse der Rechtsmedizin ergeben. Mit Sicherheit lässt sich das erst sagen, wenn die Analyse der Gewebeflüssigkeit abgeschlossen ist. Das wird aber noch zwei Tage dauern.«

Der Kriminaltechniker wartete, bis das Bild einer Spritze an der Wand erschien, und fuhr fort: »Zweitens ...«

»Einen Moment«, unterbrach Mike Staab.

»Ja bitte?« Verärgert über die Störung sah Bühler auf den uniformierten Beamten hinab.

»Wie kamen die Würzburger Kollegen so rasch auf das Spinnengift?« Staab blickte fragend in die Runde. »Ich meine: Selbst Experten testen erst einmal die bekannten Gifte ab. Bis sie auf eine seltene Art tippen, dauert es seine Zeit. Manchmal ist es sogar nur Zufall, das wissen wir doch.«

»Ich wollte gerade etwas dazu sagen«, erwiderte Bühler. »Nämlich zweitens: Wir fanden im Mantel des Tatverdächtigen eine Mehrwegspritze. Sie enthielt Restspuren genau dieses Spinnengifts. Beantwortet das Ihre Frage?«

Staab schüttelte den Kopf. »Trotzdem ist es eher unwahrscheinlich, dass die Rechtsmedizin auf Anhieb fündig wird, wenn es sich um eine seltene Art handelt.« Gedankenverloren zog er einen Schokoriegel aus der Brusttasche.

Strobel stellte seine Tasse scheppernd auf den Unterteller und wandte sich Staab zu. »Es stimmt: Die Rechtsmedizin wusste, wonach sie zu suchen hatte. Schwind hat im Verhör eingeräumt, er habe in den vergangenen Monaten mit dem Gift der Braunen Witwe experimentiert. Er hat auch zugegeben, dass er mehrere Einwegspritzen besitzt, die derjenigen, die wir bei ihm fanden, zumindest ähnlich sehen.« Er legte die Hand auf den Papierstapel vor ihm. »Steht alles in den Verhörprotokollen. Ich komme gleich darauf zurück, lassen wir vielleicht zunächst Herrn Bühler ausreden.«

»Danke!«, sagte der Kriminaltechniker. »Drittens: Auf der Spritze, die Schwind bei seiner Verhaftung bei sich trug, fanden wir ausschließlich seine Fingerabdrücke. Es wird gerade untersucht, ob es DNA-Spuren der Ermordeten an der Kanüle gibt.

Dann werden wir mit Sicherheit wissen, ob es sich um die Tatwaffe handelt.« An der Wand tauchte das nächste Bild auf. »Viertens: Wir haben im Gartenhaus des Anwesens Bachtalstraße 17 drei Spritzen sichergestellt, die mit der vermuteten Mordwaffe identisch sind und ausnahmslos Fingerabdrücke des Tatverdächtigen tragen. Des Weiteren bewahrte Max Schwind dort fünf Fläschchen mit unterschiedlichen Lösungen des Spinnengifts auf. Sie sind penibel beschriftet und ebenfalls mit seinen Fingerabdrücken übersät. Trotzdem ...« Bühler warf einen unsicheren Blick auf seinen Vorgesetzen.

Strobel nickte, stand auf und wollte den Vortrag übernehmen, da läutete in seinem Büro das Telefon. Das Zimmer lag gleich nebenan, wie üblich hatte er die Verbindungstür offen gelassen. Die Vermittlung hatte Anweisung, nur absolut wichtige Telefonate durchzustellen. Trotzdem zögerte er, den Anruf anzunehmen.

»Entschuldigen Sie mich einen Moment«, sagte er, als das Läuten nicht aufhörte, und eilte in den Nebenraum. Am Schreibtisch angekommen, nahm er den Hörer auf. »Strobel«, sagte er streng. Er lauschte kurz, dann rief er ungeduldig: »Hallo?«

*

Er sah auf das Display, als das Telefon klingelte. Keine Nummer angezeigt, nur wie üblich die Uhrzeit, eine Minute nach acht. Er hob ab.

»Stiller.«

»Schreck«, antwortete die Stimme am anderen Ende der Leitung, »Sie erinnern sich vielleicht? Ich bin der Busfahrer. Von gestern.«

»Natürlich erinnere ich mich!«

»Schön«, sagte Schreck. »Ich hätte gar nicht gedacht, dass ich Sie so früh schon in der Redaktion erreiche. Ich dachte immer, Journalisten arbeiten nur nachts.«

»Nicht alle«, seufzte Stiller, »manche arbeiten von früh bis spät.«

»Ich meine ja nur, weil der Kommissar, der den Mord an der

alten Frau bearbeitet, noch nicht im Büro ist. Ich hab eben versucht, ihn anzurufen.«

Stiller grinste. »Bei so einem Fall ist der Strobel bestimmt schon in der Dienststelle, glauben Sie mir das. Vielleicht ist er gerade beim Verhör. Trotzdem gut, dass Sie dann gleich an mich gedacht haben. Was gibt es denn?«

»Liebe Güte, vielleicht hat es gar nichts zu bedeuten.« Schreck klang plötzlich unsicher. »Sie können mir ja sagen, ob das was für die Polizei ist.«

»Das werde ich. Keine Sorge.« Stiller zog den Stenoblock zu sich heran und griff nach einem Stift.

Schreck nahm einen neuen Anlauf. »Eine Sache haben Sie nämlich nicht geschrieben, deshalb ist sie vielleicht unwichtig. Aber dann passt das nicht so recht zusammen mit dem anderen.«

Stiller zwang sich, nicht ungeduldig zu werden oder auch nur so zu wirken. »Ich verstehe nicht genau, was Sie meinen.«

Der Busfahrer nahm einen eifrigen Ton an: »Dass Sie geschrien hat. Das meine ich.«

»Verstehe immer noch nicht.«

»Sie haben nicht geschrieben, dass Sie die ganze Zeit im Bus geschrien hat. Also ist es vielleicht nicht wichtig«, erläuterte Schreck.

»Aber es gibt einen Grund, weshalb es doch wichtig sein könnte …«

»Das ist genau das, was ich sagen wollte!« In Schrecks Stimme schwang nun wieder Anerkennung mit. »Wie haben Sie das gewusst? Es stimmt nämlich. Sie hat die ganze Zeit geschrien – mit einer Ausnahme.«

Stiller wartete geduldig. Er fühlte, dass sein Gesprächspartner trotz aller Umschweife auf den Höhepunkt zusteuerte. Der fuhr auch schon fort:

»Da war ein Mann im Bus, ein großer, hagerer Typ. Seine Nase war wohl mal gebrochen. Vielleicht ein Boxer oder so was. Er hat die Alte an der Schulter berührt …«

»An der Schulter«, wiederholte Stiller, um die Kunstpause zu füllen.

»An der Schulter, genau. Wo sie die Einstichwunde hatte.«

»Wie hat sie darauf reagiert? Hat sie sich gewehrt?«

Schreck dachte kurz nach. »Nein, ich glaube, sie ist nur zusammengezuckt. Aber da bin ich mir nicht ganz sicher. Eines weiß ich allerdings genau: Sie hat danach etwas zu ihm gesagt, und zwar leise.«

»Was heißt ›leise‹?« Stiller war nun wirklich interessiert.

»Wie gesagt, sie hat sonst nur geschrien. Ich hab fast alles verstanden, selbst als sie in der Mitte des Busses stand und obwohl sie gar nicht mehr richtig reden konnte. Aber als sie mit dem Mann gesprochen hat, hab ich nichts gehört. Ist das für die Polizei wichtig?«

Alles, was mit dem Fall zusammenhängt, ist polizeirelevant, dachte Stiller. Laut sagte er: »Es schadet nicht, wenn Sie es ihr erzählen.« Gleichzeitig erinnerte er sich mit Schrecken an die näher rückende Morgenkonferenz und beschloss, das Gespräch zu beschleunigen. »Die Alte hat also leise etwas zu ihm gesagt, und dann?«

»Dann ist er sofort ausgestiegen. Haltestelle Altenwohnheim. Und sie ist gestorben.«

»Sie sagen: ein Mann. Sie kannten ihn nicht?«

»Er war ziemlich sicher zum ersten Mal bei mir im Bus auf der Schweinheimer Linie. Ich kann mich natürlich nicht an jeden Fahrgast erinnern, den ich mal befördert hab, aber der hier hatte ein wirklich markantes Gesicht.«

»Hatte er etwas bei sich, was mehr über ihn verrät? Wohin er wollte, wo er arbeitet oder so?«

Diesmal dachte Schreck länger nach. »Nichts«, sagte er schließlich. »Ich kann mich jedenfalls an nichts erinnern.«

»Wo ist er denn eingestiegen?«

»Endhaltestelle Schweinheim. Ich habe da eine Pause, und er war schon im Bus.«

»Hatten Sie das Gefühl, dass er aus dieser Ecke dort stammt?«

»Woran soll man das denn merken?«, fragte Schreck verzweifelt.

»Hat ihn jemand gekannt? Hat er andere Fahrgäste gegrüßt, mit sonst jemandem gesprochen?«

»Nicht dass es mir aufgefallen wäre. Nur mit der alten Kunkel.«

Stiller sah auf die Notizen, die er sich während des Gesprächs gemacht hatte. »Aber Sie haben eine gute Beschreibung abgegeben: groß, hager, gebrochene Nase ... Wie waren denn seine Haare?«

»Kurz, aber lockig. Übrigens hatte er tiefe Falten im Gesicht. Intensiv gelebt, würde ich sagen. Vielleicht um die fünfzig.«

»Alle Achtung!« Stiller war beeindruckt. »Sie sind ein guter Beobachter. Ich wollte, manche Journalisten wären wie Sie, ich selbst eingeschlossen.« Er überlegte kurz und schlug dann vor: »Sie könnten sich doch bei den Fahrgästen ein wenig umhören, wenn Sie wieder in diese Ecke kommen. Das ist unauffälliger, als wenn ich es selbst mache.«

»Meinen Sie wirklich?« Schreck war hörbar erschrocken. »Ich bin Busfahrer. Darf ich das überhaupt, Leute ausquetschen?«

Stiller versuchte ihn zu beruhigen. »Neugier ist völlig menschlich, das hat mit dem Beruf doch nichts zu tun. Sie wollen einfach nur wissen, wer der Fremde neulich war. Ob er hier wohnt und vielleicht öfter mitfahren will. Da könnten Sie ihm nämlich zu einem Monatsticket raten oder so etwas in der Art.«

Schreck war nicht überzeugt. »Ich will aber nicht der Polizei ins Handwerk pfuschen.«

»Im Gegenteil, Sie helfen der Kripo. Die hat gar nicht genug Leute. Wenn Sie etwas erfahren, teilen Sie es natürlich sofort Kommissar Strobel mit.« Er wartete einen Moment und schickte ein »Und mir!« hinterher.

Der Busfahrer kündigte an, er werde auf jeden Fall noch den Kriminalhauptkommissar informieren. Sein Dienst beginne erst um elf, bis dahin werde er es ja wohl schaffen.

Stiller seufzte erneut. Er wusste, Kommissar Strobel würde nicht viel von einem Busfahrer in der Rolle des Privatschnüfflers halten. Andererseits kam es ihm so vor, als habe Schreck genug Ermittlerblut geleckt, um sich von der möglichen neuen Spur nicht mehr abbringen zu lassen.

# 13

»Schon aufgelegt«, sagte Strobel, als er aus seinem Büro in den Besprechungsraum zurückkam. Er konzentrierte sich kurz, um den Anschluss wiederzufinden. »Wir haben also die Fläschchen, die Spritzen und die Fingerabdrücke. Wir haben einen Tatverdächtigen mit Motiv und wir haben seine Aussage, dass er das Gift bezogen und damit in seinem früheren Gartenhaus experimentiert hat. Trotzdem fangen hier die Probleme an. Es sind zwei große Probleme, um genau zu sein. Erstens: Wie kam Schwind an das Gift heran? Zweitens: Wie können wir ihm nachweisen, dass er am Tatort war?«

Strobel setzte sich. »Hedda Kunkel hat ihren früheren Schwiegersohn vor gut einem Monat wegen Hausfriedensbruchs angezeigt. Gleichzeitig ließ sie sämtliche Schlösser austauschen – auch das Türschloss des Gartenhauses. Schwind hatte seitdem also keinen Schlüssel mehr für sein improvisiertes Labor. Folglich kam er seit vier Wochen nicht an das Gift und die Spritzen heran.«

»Es sei denn, er hat sich heimlich einen Schlüssel für das Gartenhaus verschafft«, überlegte Staab laut. Er hielt noch immer den verpackten Schokoriegel zwischen den Fingern und klopfte sich damit leicht gegen das Kinn.

Strobel nickte. »Das ist eine Theorie. Aber wir müssen sie beweisen können.«

»Wir haben noch andere Möglichkeiten in Erwägung gezogen«, meldete sich zum ersten Mal Claudia Junk zu Wort. Die einzige Frau in der Runde fungierte als stellvertretende Leiterin des K1. Sie hatte eine Polizeikarriere wie aus dem Bilderbuch hinter sich, bei allen Prüfungen erstklassige Ergebnisse erzielt. An Erfahrung, aber auch vom Alter her war sie Johannes Strobel drei Jahre voraus. In der Dienststelle vermuteten einige, dass ihr genau das zum Verhängnis wurde. Die naturblonde, sportliche Polizistin wirkte ausgesprochen jung und anziehend, sie war mit einundvierzig Jahren zu ihrem Leidwesen aber noch

Single. Als die Kommissariatsleitung ausgeschrieben worden war, machte ihr der »schöne Jo« den Hof, und die einsame Claudia war eine leichte Beute. Ihre Abhängigkeit ging so weit, dass sie sich auf den Posten gar nicht erst bewarb. Johannes Strobel bedankte sich auf seine Weise: Als er die Zusage für die K1-Leitung zugesagt bekommen hatte, ließ er sie keine vierundzwanzig Stunden später fallen – natürlich erst, nachdem er noch einen anregenden Abend mit ihr verbracht hatte, einschließlich einiger Leibesübungen auf dem legendären Bärenfell vor seinem offenen Kamin.

»Zum Beispiel könnte Schwind das Gift unmittelbar vor dem Austausch der Schlösser in seine Wohnung mitgenommen haben.« Claudia Junk warf Strobel einen Blick zu, der Mike Staab schlagartig klarmachte, dass sie dem Hauptkommissar trotz aller Erniedrigungen jederzeit wieder auf das Bärenfell folgen würde. »Aber er konnte von der Aktion seiner Ex-Schwiegermutter unmöglich etwas wissen«, fuhr sie fort. »Hedda Kunkel hatte nicht einmal ihre Tochter ins Vertrauen gezogen.«

»Bleibt eine dritte Variante«, nahm Fritz Bühler den Faden auf: »Der Tatverdächtige könnte schon immer einen Teil des Gifts in seiner Wohnung aufbewahrt haben. Dafür gibt es jedoch trotz gründlicher Spurensicherung bisher keine Anhaltspunkte.«

»Was sagt denn Max Schwind selbst?«, erkundigte sich Staab.

»Er bestreitet die Tat«, antwortete Strobel. »Er gibt an, er habe seit vier Wochen keinen Zugang mehr zu dem Gift und nie etwas davon außerhalb des Gartenhauses aufbewahrt. Er könne sich nicht erklären, wie die Spritze in seine Manteltasche komme. Er behauptet, er sei gestern nicht in die Nähe des Tatorts gekommen, er habe seine Wohnung überhaupt nicht verlassen, bevor wir ihn verhafteten.«

»Stichwort Tatort, unser Problem Nummer 2.« Bühler erhob sich erneut und bediente eine Taste seines Laptops. Diesmal projizierte der Beamer eine Fotografie an die Wand, auf der die Rabatte neben dem Fußweg im Vorgarten des Kunkel-Anwesens zu sehen war. »Nach unserer Theorie lauerte der Täter seinem Opfer auf, als es das Haus verließ. Die alte Frau wehrte sich, es gab ein Gerangel, was wir aus dem Zustand der Kleidung des Opfers schließen können. Die beiden kamen vom Weg ab und traten in die Rabatte.« Der Kriminaltechniker vergrößerte einen Ausschnitt des Bildes. »Die Spurenlage unterstützt die Theorie. Wir haben die unterschiedlichen Schuhabdrücke. Wir haben die Schuhe des Opfers, und wir können mit Sicherheit sagen, dass die kleineren Abdrücke von ihnen stammen. Aber …«, Bühler ließ sich auf seinen Sessel fallen und schaute verzweifelt an die Decke, »… wir haben beim Tatverdächtigen keine Stiefel gefunden, die zu den Spuren passen.«

»Das heißt«, sagte Staab nachdenklich, »wir können nicht beweisen, dass er am Tatort war?«

»Richtig«, erwiderte Norbert Syndikus, der die Befragung der Nachbarschaft geleitet hatte. »Außerdem gibt es bisher keine Zeugen, die ihn oder sein Auto in der Bachtalstraße oder in der Umgebung gesehen hätten. Allerdings haben wir noch nicht alle Nachbarn erreicht.«

»Bleiben Sie dran«, befahl Strobel. »Und rufen Sie außerdem die Zeitung an. Wir brauchen einen Zeugenaufruf.«

Er wies auf Staab. »Sie sind an der Reihe. Fassen Sie noch mal für alle zusammen, was Sie herausgefunden haben.«

Staab hatte mit zwei Kollegen die Anwohner des Hibiskuswegs befragt. Anders als in Schweinheim achtete hier niemand auf andere. Es hatte daher wenig zu bedeuten, dass niemand Max Schwind am Morgen gesehen haben wollte. Die Beamten zogen es deshalb vor, nach seinem Auto zu fragen. Der rostrote und rostige Fiat Panda hatte seinen Stellplatz gleich bei den Mülltonnen des Blocks – ein stark frequentiertes Fleckchen.

»Zwei Zeugen haben den Wagen bewusst wahrgenommen«, berichtete Staab. »Einer der beiden hatte seinen Müll auf dem Weg zur Arbeit in den Container geworfen. Es dürfte exakt sieben Uhr fünfundvierzig gewesen sein, denn er hat den Bus der Linie 6 genommen, der in Richtung Innenstadt um sieben Uhr siebenundvierzig am Hibiskusweg hält. Der andere Zeuge kam mit dem Sechserbus vom Markt aus der Innenstadt zurück, war um acht Uhr zwölf an der Haltestelle, also etwa zwei Minuten später, um acht Uhr vierzehn, am Auto des Tatverdächtigen.« Staab schob den schriftlichen Bericht über den Tisch und packte endlich sein Duplo aus.

Strobel, der die Information schon kannte, sah in die Runde. »Wenn Max Schwind mit dem eigenen Wagen nach Schweinheim gefahren ist, um seine Ex-Schwiegermutter zu ermorden, blieben ihm gerade neunundzwanzig Minuten für die gesamte Aktion. Das ist eine extrem kurze Spanne. Wir müssen testen, ob die Zeit reicht. Stellen Sie schon mal die möglichen Fahrtrouten zusammen, Mike. Und sagen Sie, wie viele Teams Sie brauchen.« Er sah auf die Uhr. »Wir können sie aber erst morgen fahren lassen, es muss dieselbe Zeit sein, wenn die Testergebnisse etwas taugen sollen. Übrigens, Mike: Gut gemacht. Kaum zu glauben, dass Sie erst einen Tag zum Team gehören.«

Dann wandte er sich an Bühler. »Schnapp dir die Spurensicherung und nimm noch einmal die Wohnung unter die Lupe. Ich selbst lasse exakt klären, wie oft sich Max Schwind von dem Gift liefern ließ und an welche Adressen. Vielleicht hat er uns ja nicht alles erzählt.«

Einen letzten Auftrag hatte er für Claudia Junk: »Kümmer dich bitte darum, ob oder wie Max Schwind doch an einen Schlüssel für das Gartenhaus gekommen sein könnte. Oder wer noch Zugang zu dem Schuppen hatte.« Strobel knackte mit den Fingern. Er dachte an die fehlenden Stiefel. Die Sache war so wackelig wie sein gestriges Date mit Sabine. Er würde den Teufel tun und andere Täter komplett ausschließen.

# 14

Bloß keinen Streit vermeiden: Diesen Journalisten-Grundsatz hatte ihm sein erster Chefredakteur vom Volksblatt in Würzburg vererbt. Stiller liebte diesen Satz, weil er so hübsch doppeldeutig war. Bloß keinen Streit vermeiden hieß erstens: Es ist in diesem Beruf nicht möglich, allen Konfrontationen aus dem Weg zu gehen; wer das versucht, hemmt sich nur. Und zweitens: Hin und wieder muss ein Journalist aktiv die Auseinandersetzung suchen, um die Mauern zu durchbrechen, die vor wichtigen Fakten aufgebaut wurden.

Alles in allem war das nichts für Harmoniebedürftige.

Sein damaliger Chefredakteur hatte stets behauptet, der Satz habe noch eine dritte Bedeutung: Hin und wieder sei es die Aufgabe der Journalisten, Zwietracht zu säen. Schließlich müsse sich eine Zeitung auch verkaufen. Stiller wusste nicht, ob Rex Bausback jemals von diesem Satz gehört hatte. Er wusste nur eines: Wenn in dieser Redaktion irgendjemand irgendwann irgendeinen Artikel mit dieser Gesinnung ins Blatt mogeln, den Quertreiber spielen sollte – Bausback würde in sich zusammenfallen wie ein Soufflé, wenn der Backofen zu früh geöffnet wird.

»Was soll das heißen, Sie haben ›Zweifel an der Darstellung der Polizei‹, Herr Stiller?« Bausback breitete die Arme aus. »Jetzt gönnen Sie diesem Strobel doch den Erfolg. Oder glauben Sie wirklich, der leitende Oberstaatsanwalt wäre an die Öffentlichkeit getreten, wenn die Kripo nicht ganze Arbeit geleistet hätte? Ich meine, das ist doch vertrauensrelevant!«

Da war es wieder, das Gefühl, eher die Gewissheit: Fenia Saalbach sah zu ihm herüber, als er das Wort »vertrauensrelevant« notierte. Stiller biss sich auf die Unterlippe.

»Ich finde übrigens, Sie haben ebenfalls ausgezeichnete Arbeit geleistet, Herr Stiller!« Der Chefredakteur malte mit den Händen Kreise in die Luft. »Wir haben den Fall umfassend im Blatt. Sie haben unsere Volontärin hervorragend eingebunden …«, die Handbewegungen wurden ausladender, die Kreise weiter, »... und ihr damit Gelegenheit gegeben, die Scharte von gestern wieder auszuwetzen.«

Stiller sah auf. »Ich fand auch gestern nichts an Frau Saalbachs Arbeit auszusetzen«, sagte er ruhig und lächelte in die Runde. Plötzlich waren es die Kollegen, die ihre Augen niederschlugen. »Wie auch immer, es gibt da einige Ungereimtheiten, denen wir heute nachgehen müssen. Da führt kein Weg dran vorbei. Und da gehören auch ein paar Fragen an Strobel dazu.«

Der Online-Kollege sprang ihm zur Seite: »Es ist kein Fehler, die Geschichte noch eine Weile am Laufen zu halten. Die Internet-Version hatte schon vor der Konferenz über achthundert Klicks.«

Rex Bausback stützte die Ellbogen auf die Tischplatte und legte die Fingerspitzen zusammen. Die Pose des Denkers. »Gut«, rang er sich schließlich ab. »Halten Sie mich auf dem Laufenden. Es kommt nichts ins Blatt, was ich nicht abgesegnet habe. Ich möchte nicht, dass wir hier in die Rolle des Quertreibers geraten.« Er raffte die Zeitung zusammen, die er vor sich aufgeblättert hatte, sprang auf und verließ grußlos den Raum.

»Was faselst du da von Ungereimtheiten?« Kleinschnitz schob Fenia Saalbach in Stillers Büro und schloss die Tür hinter sich. »Das hast du dir doch hoffentlich nicht nur ausgedacht!«

»Setzt euch«, sagte Stiller und warf einen dünnen Stapel Papier auf den kleinen Besprechungstisch. »Soll ich Kaffee ordern?«

Kleinschnitz schüttelte den Kopf. »Nee, lass mal. Erzähl!«

Fenia Saalbach zog den Papierstapel zu sich heran und warf einen Blick darauf. »E-Mail-Ausdrucke – geht es um unseren Fall?«

»Richtig.« Stiller setzte sich. »Es sind acht Mails, die vor der Konferenz bei mir eingelaufen sind. Ich hab sie übrigens weitergeleitet an ... dich.« Sie sah auf, aber er ließ sie nicht zu Wort kommen. »Die meisten sind im Grunde wenig interessant. Nachbarn und Bekannte der Toten, die uns darüber informieren wollen, wie boshaft sie war.«

»Hätten wir diesen Punkt in der Berichterstattung deutlicher herausheben sollen?«, unterbrach ihn Fenia Saalbach. »Ich meine, nachträglich ist das jetzt schwerer darzustellen.«

»Du hast recht, aber lass uns nachher darüber nachdenken, ja?« Stiller sah, dass sie wieder eine Sekunde zögerte, und fuhr rasch fort: »Dann ein früherer Arbeitskollege des Verdächtigen. Er bestätigt, dass Max Schwind zu Tätlichkeiten neigte. Ich hab ihm schon geantwortet, wir würden gerne mit ihm reden. Schließlich zwei Leser, die sich darüber beschweren, dass die Polizei, die Justiz oder die Gesellschaft im Allgemeinen zu rücksichtsvoll mit Gewaltverbrechern umgehen. Hier ...«, er blätterte den Stapel kurz durch und zog dann einen Bogen heraus, »das müsst ihr lesen.«

Fenia Saalbach nahm das Blatt und las vor: *»Früher hätte man so ein verkommenes Subjekt nicht auf Staatskosten einquartiert, sondern auf der Flucht erschossen ...«* Sie sah auf den Absender und rief ungläubig: »Den kenne ich, der ist im Kreisvorstand der Jungen Union!«

Stiller nickte. »Wie gesagt, alles uninteressant. Bis auf eine Mail.« Er zog das unterste Blatt hervor. »Ein anonymisierter Absender.« Wieder reichte er den Bogen Fenia Saalbach. »Keine Anrede, keine Grußfloskel. Nur ein einziger Satz.«

Sie hatte ihn schon gelesen und runzelte die Stirn.

»Hört mal zu, ihr zwei Hübschen«, beschwerte sich Kleinschnitz, »arbeitet ihr jetzt für die Rätselecke, oder darf ich auch mal erfahren, was da steht?«

»Bitte ...« Fenia Saalbach gab ihm das Blatt weiter.

*»Wer sagt, dass Max Schwind am Tatort war?«*, las Kleinschnitz vor. Er sah die anderen überrascht an. »Die Kripo sagt das. Possmann sagt das. Wir haben es geschrieben! Gibt es plötzlich Zweifel?«

»Ich habe vorhin mit einem Bekannten bei der Polizei telefoniert«, berichtete Stiller. »Es gibt Spuren des Überfalls im Garten der alten Kunkel, aber keinen Beweis, dass sie vom Schwiegersohn stammen.«

»Warum ist er dann in Haft?«, fragten Fenia Saalbach und Kleinschnitz wie aus einem Munde.

»Er hatte die Spritze bei sich, sagt mein Bekannter.«

»Die Tatwaffe?« Kleinschnitz schüttelte ungläubig den Kopf. »Dann ist er wirklich selten blöd.«

»Oder oberschlau«, ergänzte Fenia Saalbach.

»Oder unschuldig.« Stiller erhob sich. »Das meine ich mit Ungereimtheiten. Fenia, kümmerst du dich bitte um die Spuren am Tatort? Ich schaue mich derweil nach weiteren Verdächtigen um.«

»Wen hast du denn im Sinn?«, erkundigte sich Kleinschnitz.

»Noch niemanden«, räumte Stiller ein. »Aber ich weiß, wo ich anfange.«

# 15

Wer dieses Lokal »Zur Hoffnung« getauft hatte, musste ein grenzenloser Optimist gewesen sein. Die Schönfärberei hätte sich höchstens durch den Namen »Zur Fröhlichkeit« überbieten lassen. Aber eine »Fröhlichkeit« gab es in der Schweinheimer Straße schon, folglich blieb für diese Kneipe vermutlich nur die »Hoffnung«.

Dabei war sie die Raum gewordene Hoffnungslosigkeit. Die Gaststube versank in einer dumpfen Düsternis, die sich Stiller, der ohnedies kein Freund von Trübsal war, drückend aufs Gemüt legte. Der November brachte selbst jetzt um die Mittagszeit nicht genügend Licht auf, um den Saal ausreichend zu erhellen. Zu allem Überfluss baumelten dicke Häkelgardinen vor den beiden einzigen Fenstern. Vergilbte Gardinen, versteht sich. Auch das Mobiliar wirkte veraltet und abgenutzt, soweit er es im schummrigen Halbdunkel sehen konnte. Passend dazu hing eine schwere Wolke von verschüttetem Bier und kaltem Zigarettenrauch in der Luft. Immerhin ein Zeichen, dass es hier manchmal Gäste geben musste. Jetzt war der Raum menschenleer.

Stiller stieg die beiden Stufen vor der Tür hinab, durchquerte die Gaststube und stellte sich an die Theke. Sein Blick fiel durch eine geöffnete Tür seitlich in einen Gang, der wohl in die Küche und zu den Toiletten führte. Im Gang hing ein Spiegel, davor stand eine Frau, die gerade ihre braunen, schulterlangen Haare hochsteckte. Sie wandte ihm den Kopf zu, doch ihre Augen blieben ausdruckslos. Dann schlurfte sie über die Buchendielen durch die Tür und hinter die Theke. Sie sprach kein Wort.

»Bitte einen Schnitt!« Die vergilbte Karte draußen neben der Tür hatte ihm verraten, dass es hier einen Schnitt Bier für einen Euro gab. Mehr wollte er gar nicht. Stiller hasste es, Alkohol zu trinken, wenn er noch zu arbeiten hatte. Aber in diesem Etablissement etwas anderes zu nehmen als Bier erschien ihm ähnlich unpassend wie das Tragen von Jeans beim Opernball. Außerdem gab es Schwind-Bräu. Die Schweinheimer Brauerei war die einzige, die ihre Kessel noch in Aschaffenburg stehen hatte.

Die Frau zuckte die Schultern, griff ein kleines Bierglas, öffnete kurz den Zapfhahn und schloss ihn wieder. Stiller musterte sie. Sie war mager, ihr Alter schwer zu schätzen. Vierzig vielleicht oder fünfundvierzig. Haare, Augen, Mund, auch ihr Körper ließen noch ahnen, dass sie einmal sehr hübsch gewesen war. Aber jetzt wirkte alles an ihr schlaff und müde. Ihr Gesicht sah grau aus, sie hatte Ringe unter den Augen und welke Haut unter dem Kinn. Stiller fragte sich, ob sie der plötzliche Tod der Mutter gezeichnet hatte oder die vielen Jahre der Erniedrigung zuvor.

Er prostete ihr zu, aber sie reagierte nicht. Ob sie ihm überhaupt etwas von ihren Gedanken und Gefühlen preisgeben würde? Er musste es versuchen. Nicht nur weil er in der Konferenz angekündigt hatte, er wolle noch ein wenig am Ball bleiben. In der Vergangenheit hatte er es stets vermieden, mit Hinterbliebenen zu sprechen – zumindest wenn er eine Wahl hatte. In diesem Fall war es anders. Es hatte ihn danach gedrängt, dieser Frau gegenüberzustehen. Es ging um mehr als um die Berichterstattung in einem Mordfall. In dieser Geschichte verbargen sich Schicksale: die bösartige Alte, der verhasste Schwiegersohn, die gepeinigte Tochter und Ehefrau. Es waren andere Leben als diejenigen, die er kannte, drei Leben, denen jede Form von Geborgenheit, Wertschätzung und Liebe zu fehlen schien. Drei unbekannte Leben, die er erforschen, verstehen und darstellen wollte.

»Sie sind Cornelia Schwind?«, fragte er schließlich.

Die Frage schien sie nicht zu überraschen. »Ja.«

»Mein Name ist Paul Stiller«, fuhr er fort. »Ich komme von der hiesigen Zeitung und berichte über den Mord an Ihrer Mutter.«

Sie betrachtete ihn ohne jede Sympathie. »Was gibt es da noch zu berichten? Ich habe die Artikel in Ihrem Blatt gelesen. Sie wissen doch schon mehr als ich.«

»Tut mir leid«, sagte er. »Ich weiß, das ist schwer für Sie.«

Ihre Blicke begegneten sich erneut, wieder zeigte sie keinerlei Regung. »Warum gehen Sie nicht einfach? Der Schnitt geht aufs Haus.«

Er schaute in sein Glas auf den Schluck Bier; er hatte für den einen Euro ohnehin einen schlechten Schnitt gemacht. »Ich kann nicht einfach gehen. Der Mord hat sich praktisch in aller Öffentlichkeit abgespielt, jedenfalls für ein enormes öffentliches Aufsehen gesorgt. Daran kommt eine Zeitung nicht vorbei. Ich würde Ihnen gern ein paar Fragen stellen. Das ist vielleicht nicht schön, aber nun mal mein Beruf. Sie arbeiten heute ja auch schon wieder.«

Um ihre Mundwinkel zuckte ein spöttisches Lächeln. Immerhin eine Reaktion. »Ach, darauf wollen Sie hinaus? Die herzlose Tochter. Ihre Mutter ist kaltblütig umgebracht worden, und sie hat nichts Besseres zu tun, als sich hinter die Theke zu stellen und die Fragen neugieriger Reporter zu beantworten ... Ich weiß nicht, ob Sie das verstehen können, aber das ist eben meine Art, damit fertig zu werden. Es erscheint mir sinnvoller, als daheimzusitzen und zu grübeln.«

»Müssen Sie sich denn nicht um die Beerdigung kümmern?«

»Das macht mein Bruder.«

Stiller zog so beiläufig wie möglich den Stenoblock aus der Tasche, klappte ihn auf und zückte den Füller. »Sie haben einen Bruder?«

»Ist das ungewöhnlich?« Wieder dieser Spott.

»Ich hab es nur nicht gewusst. Lebt er hier?«

»Nein, er lebt in Miltenberg. Da hat er ein Geschäft. Einen Computerladen, wenn Sie es genau wissen wollen.«

»Ist er älter als Sie?«

»Ich wüsste nicht, was Sie das angeht.« Sie sah ihn an, aber ihre Augen wirkten völlig verschlossen.

Stiller legte den Füller auf die Theke. »Vielleicht brauche ich diese Information gar nicht für den Bericht, aber ich möchte mir gerne ein Bild machen.«

»Er heißt Thomas und ist neunundvierzig Jahre alt«, sagte sie mit tonloser Stimme. »Er hat wie ich nichts Ordentliches gelernt. Das haben unsere Eltern zu verhindern gewusst. Aber er hat sich rechtzeitig für diesen Computerkram interessiert, als das in den achtziger Jahren losging. Er ist geschieden wie ich und hat keine Kinder – wie ich. Reicht Ihnen das?«

Stiller nickte. »Waren Sie im Haus, als Ihre Mutter überfallen wurde?«

»Davon gehe ich aus, wenn es so passiert ist, wie es die Polizei ermittelt hat.«

»Die Polizei bezieht sich nur auf die Spuren im Vorgarten. Haben Sie selbst nichts gehört oder beobachtet?«

Plötzlich runzelte sie die Stirn und sah ihm über die Schulter. Hinter ihm hatte sich die Tür geöffnet. Er wandte sich um. Ein breitschultriger, untersetzter Mann stand im Türrahmen. Er verharrte kurz, offensichtlich sah er zur Theke herüber. Im Dunkel des Raumes sah man nur seine breite Silhouette vor dem Grau des tristen Novembermittags. Dann zog er die Tür zu, stieg die beiden Stufen herab und zwängte sich auf einen Stuhl zwischen dem nächsten Tisch und dem Fenster. Misstrauisch sah er herüber, während er sich im Sitzen aus einer gefütterten Flanelljacke mit auffälligem Karomuster wand. Er glich einem kanadischen Holzfäller. Stiller schätzte ihn auf fünfzig, aber er hatte noch dichtes dunkles Haar. Er war nicht rasiert, wirkte aber gepflegt. Er sprach kein Wort.

Auch Cornelia Schwind grüßte nicht. Stattdessen griff sie ein altmodisches Weinglas mit grünem Fuß, zog den Korken von einer halbvollen Weißweinflasche, füllte das Glas und stellte es vor dem Neuankömmling auf den Tisch. Offenbar ein Stammgast.

Plötzlich packte er sie am Handgelenk. »Ärger?«

Sie unternahm keine Anstrengungen, um sich aus seinem Griff zu befreien. Über die Schulter warf sie Stiller einen Blick zu, dann sah sie den Mann an und schüttelte den Kopf. »Er stellt nur Fragen.«

»Er soll dich in Ruhe lassen!«, brummte der Mann so laut, dass Stiller es hören konnte. »Sonst mach ich ihn platt!« Er ließ sie los und rief: »Lass sie bloß in Ruhe. Wir brauchen hier keine Schnüffler!«

Cornelia Schwind wandte sich um, und Paul Stiller sah, wie

sich ihre Miene veränderte. Sie hatte dem anderen zugelächelt. »Wie war Ihr Name?«, fragte sie, als sie zurückkam.

»Paul Stiller.«

»Zeigen Sie mir mal Ihren Presseausweis oder so etwas!«, sagte sie unfreundlich.

Er kramte den Ausweis aus der Tasche und legte ihn auf die Theke. Sie warf keinen Blick darauf und wirkte wieder völlig verschlossen, als sie fortfuhr: »Ich sag Ihnen mal eines: Die Polizei hat mich all das schon gefragt, und die hat auch ein Recht dazu. Sie haben kein Recht, in meinem Privatleben zu schnüffeln. Zumal ich hier bin, um auf andere Gedanken zu kommen. Ich will mich nicht dauernd daran erinnern lassen, dass ich gestern meine Mutter verloren habe!« Sie nahm das Bierglas, das er ausgetrunken hatte, und steckte es auf die Bürste im Spülbecken. »Vielleicht trauere ich nicht so, wie Sie das von anderen Töchtern kennen. Aber Sie haben sicher schon vom halben Ort gehört, dass meine Mutter nicht gerade der Mensch war, für den man tiefe Trauer empfindet. Und jetzt wäre ich Ihnen dankbar, wenn Sie gehen würden.« Sie spülte das Glas aus, stellte es umgedreht auf ein Handtuch, machte kehrt und verschwand durch die Tür neben der Theke.

»Es tut mir wirklich leid!«, rief Stiller ihr hinterher. Er steckte den Presseausweis ein, legte stattdessen eine Visitenkarte auf die Theke und den Euro für den Schnitt obendrauf. Im Gehen nickte er dem Fremden zu. »Sie sind sicher öfter hier?«, fragte er.

Der Mann grinste, zeigte zwei Reihen kräftiger Zähne. »Ganz schön dreist, das muss man dir lassen. Verpiss dich lieber, du Memme.«

»War mir ein echtes Vergnügen«, gab Stiller grinsend zurück.

Die Luft draußen war feucht und kalt, doch der depressiven Finsternis der »Hoffnung« entronnen, erschien ihm der Novembermittag wie ein Frühlingsmorgen. Stiller fühlte sich erleichtert, wie von einer Last befreit. Er klappte das Mobiltelefon auf und wählte Peter Kleinschnitz an.

»Hast du ein Stündchen Zeit?«, fragte er, als der Fotograf sich meldete.

»Lass erst einmal hören, wofür«, schnarrte es aus dem Handy.

»Du sollst dich vor der ›Hoffnung‹ auf die Lauer legen, du weißt schon, die Kneipe, die Cornelia Schwind gehört. Es ist im Augenblick nur ein Gast drin. Ein untersetzter Typ mit einer auffälligen Holzfällerjacke. Den sollst du ablichten.«

»Hat er mit der Sache zu tun?«, wollte Kleinschnitz wissen.

»Ich weiß nicht. Ich hab so ein komisches Gefühl ... Jedenfalls kennt er Cornelia Schwind. Und er gleicht ihrem Ex-Mann, so wie ihn die Nachbarn beschrieben haben.«

»Du und Gefühle«, röhrte Kleinschnitz, »das ist ja völlig neu. Also gut, wenn du schon mal ein Gefühl hast, fahre ich hin. Noch was?«

Stiller sah die Marienstraße hinab. Unten lag die Metzgerei Pfefferkorn. »Was gibt's denn in der Kantine?«

»Lasagne. Die liegt mir wie ein Backstein im Magen«, warnte Kleinschnitz. »Als Alternative Gemüsepfanne mit einer fetten Käsesoße.«

Das genügte. Stiller hatte seine Entscheidung getroffen. »Ich probiere es noch einmal mit einem Leberkäsweck.«

»Verstehe«, gab der Fotograf zurück. »Du wirst auf deine alten Tage noch ein richtiger Gourmet, scheint mir. Denk aber dran, dass man zu Hause am besten isst.«

Stiller klappte das Handy zu. Er stand vor der Metzgerei. Die Tür war abgeschlossen. Mittagspause. Schade, dachte er – und fühlte sich ein weiteres Mal erleichtert.

Sonja Wagner fing Stiller ab, als er durch den Redaktionsflur eilte. Wahrscheinlich hatte sie eigens auf ihre Mittagspause verzichtet, um ihn nicht zu verpassen. Sie war die Dienstälteste im Sekretariat – und die Zuverlässigste. »Der Chefredakteur will Sie sprechen. Dringend.« Ihre Brillengläser funkelten. »Ach ja, Frau Saalbach hat auch nach Ihnen gefragt. Sie will gleich zu Ihnen kommen.«

Stiller seufzte und verabschiedete sich gedanklich von der Kantine. Genau genommen hatte er überhaupt keinen Hunger. »Geben Sie erst Frau Saalbach Bescheid, dass ich hier bin, Sonja«, sagte er. »Wie ich den Chefredakteur kenne, ist er ohnedies zu Tisch und kommt nicht so schnell wieder.«

»Wie Sie meinen.« Sonja Wagner schüttelte missbilligend den Kopf, ging aber widerspruchslos davon.

Wenig später streckte die Volontärin den Kopf durch den Türspalt.

Stiller sah auf. »*Qué pasa*, Fenia?

Sie schlüpfte in sein Büro und lächelte: »Ich spreche leider kein Spanisch.«

»Ach, das war Spanisch?«, grinste Paul Stiller zurück. »Ich hatte das für astreines Italienisch gehalten. Also, was ist los? Du wolltest mich gleich sprechen, sagt Sonja.«

Fenia Saalbach zog sich einen Stuhl heran und setzte sich an den Besprechungstisch. »Ich glaube, es braut sich etwas zusammen«, sagte sie. »Dieser Strobel ist stinkesauer.«

»Mmh, der schöne Strobel.« Stiller zog den Bauch ein und schob die Brust vor.

»Ja, er sieht tatsächlich ganz gut aus.« Sie blinzelte versonnen. »Ich hab ihn auch hübsch angelächelt. Leider umsonst. Er hat mir kein Wort mehr erzählt als das, was wir schon wussten.«

»Hat er sich zu dieser E-Mail geäußert? ›Wer sagt, dass Max Schwind am Tatort war?‹«

Sie schüttelte den Kopf. »Es war die Kunkel selbst, die behauptet hat, ihr Schwiegersohn hätte sie überfallen. Es gibt auch Spuren im Vorgarten. Aber gesehen hat ihn offenbar niemand. Strobel bittet uns, noch einen Zeugenaufruf zu bringen. Weißt du, was ich glaube? Die haben nicht den geringsten Beweis, dass Schwind zur Tatzeit in Schweinheim war. Und ob dem Haftrichter die Aussage einer Toten genügt?« Sie strich sich eine dunkle Strähne aus der Stirn. »Ich bin noch in das Haus, in dem Schwind lebt, es liegt ja bei der Polizei gleich um die Ecke. In seiner Wohnung war schon wieder die Spurensicherung. Sie haben mich natürlich nicht reingelassen, wie du dir denken kannst.«

Stiller lächelte. Sie hatte ihn zweimal geduzt.

»Hörst du mir überhaupt zu?«

Dreimal!

Die Tür flog auf, Rex Bausback stürmte ins Zimmer. »Na, da sitzen ja genau die beiden Richtigen beisammen!« Mit dem roten Gesicht und den struppigen, kurzen blonden Haaren sah er aus wie der wütende Boris Becker, als er am Ende seiner Tenniskarriere nicht mehr an die Bälle der Gegner kam. »Hatten wir nicht vereinbart, dass Sie mich auf dem Laufenden halten?«, fauchte er Stiller an.

Der zuckte die Achseln und bemühte sich um einen beschwichtigenden Ton. »Ich wollte gerade hören, was Frau Saalbach erfahren hat, dann wäre ich schnurstracks zu Ihnen gelaufen.« Er hatte es in den vergangenen Jahren gelernt, die Wutwogen seines Chefredakteurs mit Geduld und Gelassenheit über sich hinweglaufen zu lassen.

»Aah, Frau Saalbach!« Bausback wandte sich der Volontärin zu, wechselte in die Verzweiflungsrolle und riss die Augen auf. »Ich weiß nicht, wie lange ich Ihre naive Recherche noch damit entschuldigen kann, dass Sie als Volontärin noch wenig Erfahrung haben.«

Sie sah ihn mit gerunzelter Stirn an. »Was – was meinen Sie mit naiver Recherche?«

»Hauptkommissar Strobel hat angerufen. Sie haben ihm unterstellt, seine Sonderkommission habe bezüglich der Anwesenheit des Verdächtigen am Tatort schlampige Arbeit geleistet.«

Wieder schüttelte sie den Kopf, wieder strich sie die Haarsträhnen zurück, die ihr dabei ins Gesicht fielen. »Ich habe nie von schlampiger Arbeit gesprochen. Ich habe ihm gar nichts unterstellt. Ich wollte lediglich wissen, ob es einen Beweis dafür gibt, dass Max Schwind am Tatort war, und zwar zur Tatzeit.«

Bausback raufte sich die kurzen Haare. »Einen Beweis! Ist es nicht beweisrelevant, was das Opfer selbst gesagt hat? Behauptet jemand etwas anderes?«

»Nein«, sagte Stiller, »aber die Frage ist gut. Es wäre naiv, sie nicht zu stellen! Wir sind übrigens nicht die Einzigen, die sich das fragen. Die Leser wollen es auch wissen.« Er reichte Bausback den E-Mail-Ausdruck.

Der Chefredakteur warf keinen Blick auf das Papier, sondern fuchtelte damit vor Stillers Gesicht herum. »Siiie!«, stieß er zwischen den Zähnen hervor, »Sie mischen sich in die Polizeiarbeit ein. Sie haben einen Busfahrer aufgefordert, auf eigene Faust Ermittlungen anzustellen. Das kann üble Folgen haben, das wissen Sie ganz genau!«

»Das sind doch keine richtigen Ermittlungen«, entgegnete Stiller. »Der Busfahrer kennt einen Fahrgast vom Sehen, der vielleicht als Letzter mit der alten Kunkel gesprochen hat. Er soll uns lediglich verständigen, wenn der Mann wieder im Bus sitzt. Uns und die Polizei. Strobel profitiert also auch davon.«

»Von einem Busfahrer profitieren? Das hat Strobel nicht nötig!«, blaffte Bausback. Er wollte noch mehr sagen, aber Stillers Telefon meldete sich.

Er sah aufs Display, erkannte die Nummer der Stadtwerke und dachte sofort an Wolfi Schreck. »Ich muss dran«, sagte er, »es ist wichtig.«

Bausback setzte sich aufs Fensterbrett und lauschte mit gerunzelter Stirn.

Es war allerdings nicht der Busfahrer, der sich am anderen Ende meldete, sondern das Fundbüro der Verkehrsbetriebe.

»Sie vermissen einen Turnbeutel?«

»Ja.« Stiller setzte eine wichtige Miene auf.

»Können Sie mir den Inhalt beschreiben?«, fragte ihn die Stimme aus dem Fundbüro.

»Tut mir leid, das ist derzeit nicht möglich.« Stiller vermied es, zu Bausback hinüberzusehen, der begonnen hatte, nervös mit den Fingern gegen die Fensterscheibe zu klopfen.

»Kennen Sie wenigstens die Farbe des Trikots?«

»Das klingt interessant, das könnte ich natürlich recherchieren«, sagte Stiller. »Ich rufe Sie dann zurück.« Er schrieb die Nummer vom Display ab und legte auf.

Sofort löste sich Bausback vom Fenster. »Ich weiß nicht, was Sie hier aufziehen wollen, aber damit ist es jetzt vorbei. Frau Saalbach geht in die Landkreisredaktion zurück, und Sie schreiben endlich den Beitrag über die Geheimabsprachen beim Bahnhofsneubau. Das Projekt ist immerhin zukunftsrelevant für unsere Stadt.« Er schritt durchs Zimmer und hatte schon den Türgriff in der Hand, da hielt ihn Stiller noch einmal auf.

»Ich weiß nicht, ob das eine gute Idee ist, die Berichterstattung jetzt abzubrechen«, sagte er ruhig. »Max Schwind ist spätestens morgen wieder auf freiem Fuß, davon bin ich überzeugt. Außerdem stößt der Fall auf ein breites öffentliches Interesse. Frau Saalbach und ich bekommen jede Menge Nachfragen und Anregungen. Vorhin habe ich mit der Online-Redaktion telefoniert: Die Giftmord-Artikel haben jetzt schon über zweitausend Zugriffe. Und solange die Polizei keinen Täter liefern kann, haben wir eine Reihe kleiner Randgeschichten, um das Interesse wachzuhalten.«

Bausback stand im Türrahmen, den Rücken dem Zimmer zugewandt. Die Pose wirkte nachdenklich, doch Stiller ließ sich nicht täuschen. Er sollte zur Sicherheit noch etwas nachlegen.

»Oder wollen Sie den Fall komplett den Amateurfunkern und ihrem Blatt überlassen?«, spielte er auf die Sonntagszeitung des lokalen Rundfunks an. Die Verlagsleitung reagierte absolut nervös, wenn sie dort etwas las, was noch nicht im eigenen Blatt gestanden hatte. War das der Fall, hatte der Chefredakteur montags noch vor der Morgenkonferenz zum Rapport im vierten Stock zu erscheinen.

»Also gut!« Bausback kühlte ab wie ein Wasserkessel, der von der Herdplatte geschoben wurde. »Für die morgige Ausgabe habe ich eh schon eine halbe Seite von Ihnen beiden eingeplant. Wenn Schwind morgen rauskommt, wie Sie glauben, dann bleiben Sie meinetwegen dran. Wenn nicht, verlange ich eine schriftliche Entschuldigung von Ihnen beiden an Strobel.« Er hatte die Tür schon fast zugezogen, da wandte er sich noch einmal um. »Ich wünsche, dass Sie sich ausschließlich an die Fakten halten. Ich will in einem Mordfall keine Mutmaßungen im Blatt. Der gute Stil hat in diesem Hause Tradition, anonyme Nachrichten haben wir schon immer mit der gebotenen Skepsis behandelt. Das sollten wir auch mit E-Mails so halten.« Die Tür schloss sich.

»Pell-Ami«, brummelte Paul Stiller.

»Wie bitte?«, fragte Fenia Saalbach.

»Pell-Ami«, wiederholte er. »So nannte sich eine Gruppe militanter Tierschützer, die vor allem dem Pelzhandel den Kampf angesagt hatten. Vor einigen Jahren haben sie eine Paketbombe im Kaufhaus des Pelzhändlers Habicht deponiert. Wie durch ein Wunder wurde niemand verletzt, als das Ding hochging. Der Sachschaden war allerdings enorm. Ein Haufen schöner Mäntel war dahin ...«

Sie erhob sich und zupfte an ihrem Rock. »Ich bin nicht der Typ, der auf so was steht«, sagte sie. »Was ist denn der Witz an der Geschichte?«

Stiller lehnte sich zurück und verschränkte die Hände im Nacken. »Der Witz ist: Sie hatten den Bombenanschlag angekündigt – in einem anonymen Brief an unsere Zeitung. Er lag noch sechs Stunden nach der Explosion unbeachtet im Posteingang.«

Fenia Saalbach verzog das Gesicht. »Oh-oh, das ist ja richtig peinlich! Ich soll mir jetzt wahrscheinlich denken können, wer damals der verantwortliche Redakteur vom Dienst war?«

»Ich bewundere deine Intuition«, sagte Stiller grinsend. »Du liegst auch garantiert richtig, was Max Schwind betrifft. Strobel kann ihm nicht beweisen, dass er am Tatort war. Das bringen wir morgen ganz groß!«

»Dann bin ich aber krank und gehe nicht in die Konferenz!«

»Fenia.« Stiller machte eine Pause, setzte sich auf und sah sie an, wie sie da vor ihm stand. Lächelnd, herausfordernd und doch ein wenig verlegen über ihre Wirkung, die ihr wohl kaum verborgen blieb. Sie war jung, attraktiv, intelligent und bestimmt nicht ängstlich. Aber sie musste erst einmal durch das Volontariat, das wusste er so gut wie sie. »Fenia, ich habe noch nie jemanden hängen lassen. Ich habe diese Geschichte übernommen – und ich werde auch meinen Kopf dafür hinhalten!« Er gab ihr ein Zeichen, dass sie sich noch einmal setzen sollte. »Ich erzähle dir noch rasch, was ich heute in der ›Hoffnung‹ erlebt habe. Dann lass uns schreiben, vielleicht kommen wir heute ausnahmsweise mal pünktlich raus.«

# 16

Es hatte den ganzen Tag nicht geregnet. Dennoch waren Stillers Haare nass, Wassertröpfchen perlten über seinen Anorak, als er am Abend mit dem Rad in der Obernauer Kolonie ankam und auf den Legatplatz einbog. Die Luft war feucht, die Laternen zeichneten verschwommene, milchige Kreise in den feinen Nebel.

Vielleicht hätte er weniger auf die Höfe um die Laternen achten sollen und mehr auf den glänzenden Asphalt im Lichtkegel der Fahrradlampe. Jedenfalls wäre er um ein Haar mit Catherine kollidiert. Im letzten Moment zog er die beiden Bremsen so heftig an, dass sein Rad abrupt stehen blieb. Nach dem physikalischen Gesetz der Trägheit der Masse bewegte sich sein Körper weiter vorwärts: Der Schwung hob ihn vom Sattel, und für einen Augenblick sah es so aus, als wolle er sich mit einem formvollendeten Salto über den Lenker schwingen, da fiel er plötzlich zurück und landete mit dem Schritt auf der Stange. Er stöhnte vor Schmerz. *»Merde!«*, fluchte er sprachlich passend.

»Aber Pol«, rief Catherine, »isch bin entrüüstet! Begrüßt du so ‘erzlos eine liebe Nachbarin? Dabei will isch dir ‘eute wirklisch nur ‘elfen: Mein Volkäär muss dir etwas Wischtiges erzählen.«

Er sah an ihr vorbei: Volkers Silhouette löste sich aus dem leuchtenden Rechteck der Haustür. Offensichtlich hatte er die Szene von dort aus beobachtet. Stiller entschied sich, abzusteigen. Erneut stöhnte er. Die Hände noch am Lenker, konnte er sich nicht dagegen wehren, dass Catherine seinen Kopf packte und ihm rechts und links einen schmatzenden Begrüßungskuss auf die Wangen drückte.

»Ei, Paul.« Volker war zu ihnen gestoßen.

»Grüß dich, Volker«, sagte Stiller. »Lange nicht mehr gesehen! Du willst mir etwas Wichtiges erzählen, sagt Catherine.«

Volker wies mit der Hand über den Platz. »Ist ein bisschen ungemütlich hier draußen, was? Außerdem weiß man nie, wer mithört. Es wäre mir lieber, wenn wir zu mir nach drinnen gingen.«

Stiller mochte nicht widersprechen. Er wurde das Gefühl nicht los, dass seit Catherines Überraschungsangriff schon wieder sämtliche Nachbarn hinter den Gardinen lauerten. »Ich mache mich nur einen Moment frisch«, sagte er, »oder besser: trocken.«

»Ist recht«, erwiderte Volker. »Und bring Ruth mit. Ich habe heute zufällig beim Getränke-Gustav einen guten Wein geholt. Einen roten.«

»Aus Fronkraisch!«, präzisierte Catherine. Sie schmatzte mit den Lippen. Stiller bekam eine Gänsehaut.

Eine halbe Stunde später saß Stiller mit Ruth in Volkers Sitzecke. Die schwarze Ledercouch fühlte sich kühl an. Stiller fröstelte.

»Ist dir kalt?«, fragte Volker. »Moment!« Er schaltete den Fernseher ein, einen dieser modernen, riesigen Flachbildschirme. Unwillkürlich sah Stiller auf die Uhr. Acht. Er hätte seinem Nachbarn dieses Interesse an der Tagesschau gar nicht zugetraut. Doch anstelle der Nachrichtensendung erschien die Aufnahme eines Kaminfeuers auf der Bildfläche. »Das wärmt zwar nicht wirklich, aber es hat eine psychologische Wirkung«, erläuterte Volker. »Toll, was?«

Stiller nickte. Und schluckte.

»Isch ‘abe dir gestern gesagt: Du wirst dir die Tod ‘olen!«, klagte Catherine. Sie setzte sich an Pauls freier Seite auf die Couch und reichte hinter seiner Schulter Ruth das Weinglas hinüber. Dann ließ sie ihren Arm auf der Lehne liegen und blieb Paul zugewandt. »Du ‘ast schon ganz glänzende Augen!« Sie neigte sich ihm zu, um seine Pupillen zu prüfen, und machte es ihm unmöglich, an ihrem gewaltigen Ausschnitt vorbeizusehen. Sie trug schwarze Spitzendessous.

Volker ließ sich im Sessel nieder und schwenkte das Weinglas. »Ich hätte ihn noch ein wenig atmen lassen sollen, was meinst du?«

»Ach, ähm, es war ja jetzt überraschend«, tröstete ihn Stiller. Er war dankbar für die Ablenkung und verschwieg vorsichtshalber, dass sein Lieblingswein aus Spanien stammte. Ein süffiger Roter, den es günstig beim Aldi gab und dem es egal war, wie lange er atmen durfte, bevor er in die Kehle rann.

»Ja, Paul, überraschend. Aber vielleicht wichtig für dich.« Volker stellte das Weinglas auf den Couchtisch und warf Stiller einen verschwörerischen Blick zu. »Du schreibst über den Mord an Hedda Kunkel, wie ich gesehen habe. Man verdächtigt den Schwiegersohn, nicht wahr? Wie ich dich kenne, wirfst du auch einen kritischen Blick auf die Tochter. Sicher nicht zu Unrecht, schließlich hat sie immer unter der Alten gelitten. Aber … Moment!«

Er beugte sich vor, ergriff die Fernbedienung auf dem Tisch und regelte die Lautstärke des Fernsehers nach oben. Das Film-Kaminfeuer begann zu knistern. »Ist gemütlicher, was? Wo war ich?«

»Bei der Tochter.«

»Richtig.« Volker legte die Fernbedienung wieder ab. »Aber du solltest dich auch für den Sohn interessieren.« Offensichtlich hatte sein Wein inzwischen genug geatmet, denn er hob das Glas und nahm schlürfend einen Schluck.

»Ich habe tatsächlich erst heute erfahren, dass Hedda Kunkel einen Sohn hat.« Stiller wiederholte kurz, was er über Thomas Kunkel wusste. Er hatte am Nachmittag auch von der Industrie- und Handelskammer Informationen über den Laden in Miltenberg angefordert, aber er würde die Auskunft erst am kommenden Morgen bekommen.

Volker lehnte sich in den Sessel und schlug die Beine übereinander. »Ich kann dir da vielleicht schon etwas liefern«, sagte er. »Thomas Kunkel ist nämlich pleite.«

»Augenblick!«, bremste Stiller. Er beugte sich vor und zog den Stenoblock aus der Umhängetasche, die er zu seinen Füßen abgestellt hatte. Als er sich zurücklehnte, merkte er, dass Catherine ihre Position leicht verändert hatte. Sein Nacken lag plötzlich in ihrer Armbeuge.

»Dir geht es wirklich nicht gut«, rief Volker besorgt. »Du fröstelst ja schon wieder.«

»Du hast recht. Ich verschwinde mal kurz auf der Toilette, ja?« Stiller erhob sich abrupt und ging steif ab.

Als er zurückkam, setzte er sich an Ruths freie Seite. »Du siehst schon wieder besser aus«, sagte sie lächelnd.

Er grinste, fischte den Füller aus der Tasche und angelte den Stenoblock vom Tisch. »Bevor ich hier noch schlappmache, Volker: Sag mir, was du weißt.«

Volker füllte die Gläser auf und erzählte dabei. »Thomas Kunkel betreibt in Miltenberg diesen Computerladen, wie du schon weißt. ›Kunkel.com‹. Aber nicht allein. Er hatte bis vor Kurzem einen Partner, der jetzt aus dem Geschäft ausgestiegen ist. Es läuft nicht mehr. So ein Laden kann sich gegen die Elektronikdiscounter nicht durchsetzen. Abgesehen davon, dass inzwischen jeder Supermarkt Spitzenhardware als Schnäppchen verramscht. Da konnte ›Kunkel.com‹ schon lange nicht mehr mithalten. Das Geschäft ging seit Jahren bergab. Jetzt will der Partner auch noch Cash sehen. Thomas Kunkel kann ihn aber nicht auszahlen: Die Bank spielt nicht mehr mit. Du kennst ja solche Geschichten.«

Stiller hatte mitgeschrieben und nickte. »Du weißt offensichtlich gut Bescheid.«

»Ich hab es von ihm selbst«, erklärte Volker. »Wir haben dieselbe Stammkneipe in Miltenberg, ›Zum Anker‹. Da erfährst du einiges. So gesehen kenne ich natürlich nur seine Version, aber du checkst das eh noch alles gegen, falls du es veröffentlichst. Der arme Thomas hat jedenfalls nichts unversucht gelassen, um an Geld zu kommen. Umsonst. Die Alte hat ihn regelrecht aus dem Haus geprügelt, so wie er die Dinge schildert.«

Stiller sah auf. »Er wollte Geld von seiner Mutter? War sie vermögend?«

»Angeblich hatte sie einiges auf der hohen Kante«, nickte Volker. »Aus der Lebensversicherung ihres Mannes. Der muss ihr damals außerdem noch eine hübsche Sammlung von Wertpapieren hinterlassen haben, die sich im Laufe der Jahre ordentlich entwickelte. Zu Lebzeiten hat er ja wohl nicht viel davon gehabt. Das sollte schon reichen, um den Laden zu retten. Wenn nicht, ist da ja auch noch das Haus. Thomas wollte natürlich nur sein Erbteil. Aber die Alte hat angeblich sofort das Schreien angefangen und ihn mit einem Fleischermesser bedroht. Mit der anderen Hand schlug sie auf ihn ein, bis er fluchtartig das Haus verließ. Er sagt, er habe in diesem Augenblick schon das Totenglöckchen läuten gehört.«

Um die Worte ein wenig wirken zu lassen, schlürfte Volker erneut an seinem Glas, bevor er fortfuhr: »Und eine Woche später ist sie selbst tot … Da bist du baff, was?«

Catherine beugte sich an Ruth vorbei zu Paul hinüber. »Wenn du misch fragst, Pol, dann war es der Sohn. Er 'at eine starke Motiv.«

Stiller wiegte den Kopf. »Ich will dir gar nicht widersprechen«, sagte er, »aber es passt nicht zusammen.«

»Isch verstehe nischt, Pol. Was meinst du?«

Ruth legte eine Hand auf Catherines Schulter und schob sie sanft zurück. »Er meint die Aussage der Mutter. Demnach war es der Schwiegersohn, der sie umbringen wollte.«

»Oder sie dachte, es sei der Schwiegersohn gewesen«, sagte Stiller nachdenklich. »Lasst mich mal überlegen: Wenn der Täter die alte Frau von hinten angegriffen hat, konnte sie ihn nicht sehen. Vielleicht hat er im Flüsterton etwas gesagt, um den Verdacht auf den Schwiegersohn zu lenken, vielleicht auch nicht. Er rechnete ja nicht damit, dass sie noch eine Weile leben würde. Sie hat den Schwiegersohn gehasst und möglicherweise einfach nur *geglaubt*, dass er sie überfallen hat.«

»Nicht schlecht!« Volker hob anerkennend sein Glas. »Ich hab gewusst, dass dich das interessieren würde.«

Stiller griff den Faden wieder auf. »Wie du morgen in meinem Blatt nachlesen wirst, ist es fraglich, ob der Schwiegersohn am Tatort war. Die Spuren im Vorgarten könnten auch von einem anderen stammen.«

»Du denkst an den Sohn?«, fragte Volker.

»Du kennst ihn doch. Würdest du ihm denn einen Mord zutrauen? An seiner Mutter?«

Volker wog den Kopf. »Ich glaube, da solltest du dir besser selbst ein Bild machen.«

Stiller nickte. »Wann?«

»Er ist morgen um zwölf im ›Anker‹. High Noon, was?«

# 17

»Schön, dass ihr kommt!« Erneut hatte Stiller Fenia Saalbach und Peter Kleinschnitz zu sich ins Zimmer gerufen – und Sonja Wagner gebeten, einen Kaffee aufzusetzen. Er wollte mit ihnen noch vor der offiziellen Morgenkonferenz über den Fall sprechen.

»Ich hab deinen heutigen Artikel gelesen«, sagte Kleinschnitz anstelle einer Begrüßung. »Klingt wie ein Plädoyer für Max Schwind.«

»Na ja, Plädoyer, übertreib mal nicht«, wehrte Stiller ab. »Aber du hast recht. Ich verstehe einfach nicht, weshalb sich Schwind mit der möglichen Tatwaffe festnehmen lässt. Und wenn er seine Schwiegermutter schon aus Hass ums Leben bringt, warum dann erst nach der Scheidung? Überhaupt, wenn es danach geht: Halb Schweinheim hat die alte Kunkel gehasst. Das wären Hunderte Verdächtige.«

»Wir können ja versuchen, den Kreis ein wenig einzuschränken«, sagte Fenia Saalbach. »Wenn wir uns fragen, wer vom Tod der alten Kunkel profitiert, lassen sich die Verdächtigen an zwei Händen abzählen, ein paar durchgedrehte Nachbarn mit eingerechnet, die das ständige Streiten satthatten. Sonst bleiben ja nur Schwind, die Tochter …«

»… und der Sohn«, fiel ihr Stiller ins Wort. »Ihr wisst schon, Thomas Kunkel, von dem Cornelia Schwind gestern schon erzählt hat. Er profitiert auf jeden Fall vom Tod seiner Mutter.« Stiller fasste kurz zusammen, was er am Vorabend erfahren hatte. »Ich treffe Thomas Kunkel heute Mittag in Miltenberg«, schloss er. »Ich will mir ein Bild von ihm machen und seine Version vom trauten Familienleben im Anwesen Schwind-Kunkel anhören. Vielleicht erfahren wir ja etwas über sein Alibi.«

»Und was ist mit diesem hier?« Kleinschnitz verteilte den Fotoausdruck vom unbekannten Stammgast der »Hoffnung« an die Kollegen. »Das ist Cornelias heimlicher Liebhaber«, zwinkerte er Fenia zu. »Jedenfalls meint das unser gefühlvoller Paul.«

Fenia Saalbach schüttelte den Kopf. »Selbst wenn er es wäre – Cornelia Schwind ist geschieden. Ich sehe nicht, weshalb er ihre Mutter umgebracht haben sollte oder wie er davon profitiert.«

Stiller betrachtete die Volontärin. Sie hatte ihre schwarzen Haare an diesem Morgen zu einem Pferdeschwanz zusammengebunden. Das hinderte jedoch eine hartnäckige Haarsträhne nicht daran, ihr über die Stirn und eines der dunklen Augen zu fallen. Mit der üblichen Handbewegung strich sie sich die Strähne aus dem Gesicht.

»Ich möchte ja nur ein wenig mehr über ihn wissen, ich bin eben neugierig«, verteidigte er sich. »Wenn er ein Motiv hat – die alte Kunkel könnte auch ihn mit ihrem Schwiegersohn gemeint haben. Rein theoretisch. Vielleicht hat er es auch für Cornelia getan.« Er wandte sich an Kleinschnitz: »Fahr doch bitte mit dem Foto noch einmal zu unserer Bäckerin, vielleicht kennt sie ihn. Er muss aus der Gegend sein, wenn die ›Hoffnung‹ sein Stammlokal ist. Du kannst uns ja für heute Nachmittag ein paar Streuselzungen mitbringen.«

»Bei uns sind das Ribbeldinger«, äffte Kleinschnitz die Bäckerin nach. »Apropos: Gibt es keinen Kaffee mehr bei dir?«

Wie aufs Stichwort öffnete sich die Tür, und Sonja Wagner kam herein, bewaffnet mit einem schweren Tablett. Klappernd verteilte sie die Tassen auf dem Tisch.

»Das habt ihr euch ja schön ausgedacht!«, beschwerte sich Fenia und blickte fragend von einem zum anderen. »Komme ich in euren Tagesplänen vielleicht auch noch vor?«

*»Sì, certo!«* Stiller lächelte beschwichtigend. »Ich dachte, du kümmerst dich um das Gift. Das ist überfällig. Das schränkt den Kreis der Verdächtigen weiter ein. Ich habe keine Ahnung, wie ein Normalverbraucher überhaupt an das Gift der Braunen Witwe kommt.«

»Ach, das ist kein großes Problem«, sagte Sonja Wagner ruhig, während sie Stiller Kaffee einschenkte. »Es gibt eine Reihe von Spinnenfarmen. Sie liefern das Gift vorwiegend an die Pharma-Industrie, die daraus Serum herstellt. Sie bedienen aber auch eine Vielzahl kleiner Labors, die das Gift für die Forschung brauchen. Diese Labors werden nicht alle genau überprüft. Hauptsache sie zahlen gut und pünktlich. Es ist also möglich, sich als so ein Labor auszugeben.«

Drei Augenpaare starrten die Sekretärin verblüfft an. Es war ihr sichtlich peinlich.

»Ich wollte mich nicht einmischen«, entschuldigte sie sich. Sie stellte die Kaffeekanne ab und setzte sich auf einen Stuhl, den Stiller ihr zuschob. »Ich weiß das zufällig von einem – einem lieben Freund.«

»Der Pferdeschwanz«, flüsterte Peter Kleinschnitz.

»Er ist Tierarzt ...«, fügte Sonja Wagner hinzu.

*

»... Sie heißen Matthias Hirte, Dr. Hirte, und Sie sind zweiundsechzig Jahre alt, ist das richtig?« Strobel deutete auf das Mikrofon und nickte seinem Gegenüber aufmunternd zu.

»Das ist richtig«, sagte der Tierarzt.

»Sie arbeiten als Veterinär am Landratsamt?«

»Nicht mehr lange.« Matthias Hirte sah vom Mikrofon auf und blickte sich um.

Strobel hatte sich mit ihm im Besprechungszimmer neben seinem Büro getroffen. Der Tierarzt sollte lediglich seine Zeugenaussage zu Protokoll geben. Es war nicht nötig, ihn in einen der Vernehmungsräume zu bringen. Die meisten Zeugen wurden dort unnötig nervös, wenn sie das verspiegelte Fenster sahen, hinter dem sie heimliche Zuschauer vermuteten. Das Fenster gab es noch, es war aber ein Relikt aus der Vergangenheit. Die Vernehmungsräume waren längst kameraüberwacht, das Team verfolgte die Verhöre am Bildschirm.

»Zunächst einmal herzlichen Dank, dass Sie sich als Zeuge zur Verfügung stellen. Und dann auch noch zu dieser frühen Uhrzeit!« Zeugen gegenüber hörte er sich immer merkwürdig hölzern an, wenn das Tonband mitlief. Strobel wusste das. »Ihre Aussage ist für uns von besonderem Wert, ich meine das ehrlich.«

Dr. Hirte nickte. Der Mann mit dem grauen Pferdeschwanz wirkte äußerst selbstsicher.

»Vor allem, weil sie so rasch die richtige Diagnose gestellt haben. Hedda Kunkel wurde mit Gift umgebracht. Weshalb waren Sie sich da eigentlich so sicher?« Erneut wies der Kommissar auf das Mikro.

Der Tierarzt räusperte sich und beugte sich leicht vor.

*

»… er kennt sich sehr gut aus«, sagte Sonia Wagner. »Dr. Hirte, mein Bekannter, hat früher mal in Hamburg am Bernhard-Nocht-Institut für Tropenmedizin gearbeitet. Das ist eine sehr gute Adresse, wie er mir versichert hat.« Stolz blickte sie in die kleine Runde.

Kleinschnitz schob ihr seine Tasse hin. »Genehmigen Sie sich mal selbst einen Kaffee«, ermunterte er sie und goss ihr ein. »Milch und Zucker?«

Sie nickte. »Er wollte in die Forschung. Er kennt nicht nur die Tropenkrankheiten aus dem Effeff, sondern auch sämtliche Giftviecher. Ekelig! Insekten, Schlangen, Spinnen, Skorpione – das sind übrigens auch so eine Art Spinnen, müssen Sie wissen.« Sie unterbrach kurz und nippte an der Kaffeetasse. »Er meint, dass sich einer schon gut auskennen muss, um zu merken, wenn so ein seltenes Gift im Spiel ist.«

Fenia Saalbach atmete tief ein, als wolle sie etwas sagen. Stiller nickte ihr zu. »Fenia?«

»Mit anderen Worten: Der Mord wäre möglicherweise unentdeckt geblieben, wenn die Alte nicht noch selbst von dem Überfall hätte berichten können«, überlegte sie. »Ist es das, was Ihr Freund sagen will …?«

*

»… ich will sagen: Unter Umständen hätte vielleicht niemand herausgefunden, dass Hedda Kunkel keines natürlichen Todes gestorben ist.« Dr. Hirte kraulte seinen grauen Bart. Schuppen rieselten auf seinen schwarzen Pulli. »Hätte ihr der Täter, wie beabsichtigt, die volle Dosis verabreicht, wäre sie innerhalb weniger Sekunden tot gewesen.« Er sah zu Strobel auf: »Das hat Ihnen das Institut für Rechtsmedizin bereits bestätigt, nach allem, was ich weiß.«

Strobel nickte. »Sie haben recht. Es gibt keine Zeugen. Niemand hätte etwas von dem Angriff mitbekommen. Aber hätte denn der Hausarzt nicht an bestimmten Symptomen auf Gift schließen können?«

Dr. Hirte schüttelte den Kopf. »Glaube ich nicht. Der Täter wusste recht genau, wie das Gift der Braunen Witwe wirkte. Hauptbestandteil ihres Gifts ist Alpha-Latrotoxin. Es schafft in der präsynaptischen Nervenzelle zusätzliche Calcium-Kanäle am Rezeptor Neurexin. Durch das Einströmen der Calciumionen wird ständig Transmitter abgegeben. Neben Acetylcholin werden jedoch auch körpereigene Katecholamine freigesetzt. Den Rest können Sie sich sicher denken.«

»Ähm, ja sicher!« Strobel war froh, dass ihn Sabine im Augenblick nicht sehen konnte. Er machte bestimmt keinen besonders intelligenten Eindruck. »Trotzdem: Sagen Sie es doch bitte noch einmal langsam zum Mitschreiben …«

*

»… ich weiß leider nicht mehr, wie das Gift heißt.« Die Augen der Sekretärin funkelten entschuldigend durch die runden Brillengläser. »Ich hab mir aber gemerkt, wie es ungefähr wirkt. Es führt zu Schweißausbrüchen, Muskelkrämpfen, Lähmungen und Atemnot. Den Biss einer Braunen Witwe kann man zwar überleben, man leidet aber eine ganze Woche an den Folgen. Bei einer sehr hohen Dosis kommt es dagegen zum Herzstillstand.«

Sie hob die Kaffeetasse, prostete den anderen zu und nippte erneut daran. Verlegen fügte sie an: »Das meint jedenfalls mein Bekannter …«

*

»… ein unbedarfter Arzt hätte daher vermutlich auf Herzinfarkt getippt«, schloss Dr. Hirte. »Sie glauben ja gar nicht, wie viele Morde unentdeckt bleiben, weil niemand genauer nachforscht. Ich weiß, wovon ich rede, ich war einige Jahre auch als forensischer Toxikologe tätig.«

»Sie meinen also, der Täter hat sich für dieses exotische Gift entschieden, weil die Symptome denen eines Herzinfarkts stark ähneln?«

»Nicht unbedingt. Der Mörder wollte es nach einer natürlichen Todesursache aussehen lassen, das ist klar. Doch viele Gifte erzeugen ähnliche Symptome. Entscheidend ist auch die körperliche Verfassung des Opfers. Hedda Kunkel war über siebzig und jähzornig, was jeder wusste. Wahrscheinlich hatte sie Bluthochdruck. Wäre sie vor der Haustür zusammengebrochen und gestorben, ihr Hausarzt hätte keinen Grund gesehen, an eine Obduktion zu denken.«

»Laut Gerichtsmedizin hatte Hedda Kunkel keine Überlebenschance.« Strobel merkte, dass er wieder hölzern klang. »Teilen Sie diese Einschätzung?«

»Auf jeden Fall.« Dr. Hirte nickte. »Es war kein Antiserum zur Hand. So etwas trägt man nun mal nicht mit sich herum.«

»Und wenn mehr Zeit geblieben wäre?«

»Auch dann nicht. Nehmen wir einmal an, sie hätte noch drei oder vier Stunden zu leben gehabt. Nehmen wir weiter an, ein Arzt hätte herausfinden können, welches Gift der alten Frau gespritzt wurde. Trotzdem wäre die Aussicht auf Hilfe äußerst gering geblieben. Bei Null. Die nächstgelegene Vergiftungszentrale, die Antiserum ausliefern kann, sitzt in Nürnberg. Aber weder sie noch eine andere Vergiftungszentrale in Deutschland hat ein Antiserum für das Gift der Braunen Witwe. Da bin ich ganz sicher.« Dr. Hirte lehnte sich zurück und verschränkte die Arme. »Haben Sie noch weitere Fragen?«

»Ich bin beeindruckt!« Strobel schaltete das vorsintflutliche Tonbandgerät aus. »Nein, keine Fragen mehr. Ich lasse das tippen, Sie können es dann gleich unterschreiben. Darf ich Ihnen so lange einen Kaffee anbieten …?«

*

»... Ach herrje!« Sonja Wagner schaute verlegen von ihrer Tasse zu Kleinschnitz auf. »Jetzt habe ich den ganzen Kaffee getrunken. Der war doch für Sie bestimmt.«

Stiller tätschelte ihr den Oberarm. »Keine Sorge«, tröstete er und schnitt dem Fotografen eine Grimasse. »Das schadet ihm nichts. Ältere Herrschaften sollen nicht mehr so viel Kaffee trinken. Das geht aufs Herz.«

»Ich bin vielleicht zwei Jährchen älter«, gab Kleinschnitz zurück. »Aber der mit dem Bluthochdruck, das bist eindeutig du.«

Fenia Saalbach schaltete sich beschwichtigend ein: »Ihr werdet offenbar beide alt. Ihr faselt nur noch über Krankheiten.« Sie hatte Sonja Wagners Bericht mitnotiert. Jetzt legte sie den Kugelschreiber beiseite. »Das ist alles ganz wunderbar, Sonja«, sagte sie. »Ich muss es mir nur noch von Kommissar Strobel bestätigen lassen.«

»Gut«, sagte Stiller, »dann mach das mal. Peter zeigt das Bild vom Stammgast der ›Hoffnung‹ in Schweinheim herum, und ich fahre nach Miltenberg zu Cornelias Bruder. Heute Nachmittag treffen wir uns wieder hier.«

# 18

Der Morgen war klirrend kalt. Die Feuchtigkeit hatte sich als Reif wie dicker Puderzucker auf die erdigen Felder und die fast kahlen Streuobstbäume gelegt. Darüber ein blauer Himmel, zum ersten Mal seit Tagen zeigte sich wieder die Sonne. Paul Stiller fühlte, wie sich seine Laune hob. Es war genau das richtige Wetter für die Fahrt nach Miltenberg. Die mittelalterlichen Häuser ballten sich auf einem schmalen Landstreifen am Main und pressten sich in die dunklen Bergrücken des Odenwalds, als wichen sie vor dem Fluss zurück, der in den regenreichen Monaten regelmäßig übers Ufer trat. Das Städtchen nahm in dieser klaren Luft all seinen Charme zusammen, trotzte selbst im Winter der Kälte, indem es die Farbe Rot in ihren wärmsten Schattierungen leuchten ließ: die Ziegeldächer, das Fachwerk, die Sandsteinbrücke, die sich im eisblauen Wasser des Flusses spiegelten.

Einige Jahre hatte Stiller hier für die Heimatzeitung gearbeitet und nicht ungern gelebt. Er hatte sich schon beinahe mit dem Gedanken angefreundet, in diesem romantischen Nest alt zu werden. Dann ließ er sich jedoch vom Strom des Flusses packen und vierzig Kilometer abwärts in Aschaffenburg wieder an Land spülen. Er machte keinen Hehl daraus, dass er als Städter und zum Städter geboren war. Er wunderte sich keineswegs über die Studie, die sein Blatt kürzlich veröffentlicht hatte: Die Stadtflucht sei beendet, sinkende Lebensqualität auf dem Lande und hohe Spritpreise ließen die Menschen aus dem grünen Umland wieder hinter die Mauern zurückfliehen, die lange Zeit als »grau« besungen wurden. Es sei wieder »in, mitten im Leben zu wohnen«.

Mitten im Leben: Genau da hatte sich Stiller immer gesehen in Aschaffenburg, seiner Heimatstadt, die er nie als »grau« empfand. Im Gegenteil, schon in der Schule hatte er die Landkinder aus Hobbach und Huckelheim, Oberschur und Hutzelgrund bemitleidet, aus Orten, die er auf der Landkarte nicht fand und vage im Urwald des Spessarts vermutete. Oder in der Wildnis des Odenwalds, der bei Miltenberg auf den Fluss stieß. Tagesreisen mussten diese Mitschüler auf sich nehmen, um in den Genuss städtischer Bildung zu kommen. Abends waren sie nicht nur vom urbanen Freizeitangebot abgeschnitten, ob es nun die Jugendtreffs, Kinos, das Stadttheater oder die Eissporthalle waren, sondern auch von sozialen Kontakten, vom Freundeskreis. Geistige Erbauung fanden sie allenfalls in dörflichen Schwänken wie »Gewitter in Kleinbrunnenbach« und »Wenn der Wasserhahn tropft«, inszeniert vom Fußballverein oder von der Freiwilligen Feuerwehr – oft die einzigen Kulturträger am Ort.

Freilich verteidigten die Landkinder ihr abgeschiedenes Dasein. Sie erzählten von großen Gärten, sauberer Luft, ruhigen Nächten – und wie schön es sei, dass einmal pro Woche der Bäckerwagen vorbeikomme. Ihre Aggressionen bauten sie beim Fußball ab oder bei Sommerspielen der Feuerwehr, sie seien nicht wie die Jugendlichen in der Stadt darauf angewiesen, im Park Schöntal oder am düsteren Freihofsplatz harmlose Opfer zu überfallen.

Es stimmte schon: Das beschauliche, behütete Landleben gehörte zu den Pluspunkten, die ihm die Zeit in Miltenberg angenehm gemacht hatten. Die Kinder waren noch klein gewesen, die Gärten groß, die Wälder tief – für die Kinos und das Theater blieb ohnedies keine Zeit. Die Menschen waren entweder freundlich oder sie gingen einander aus dem Weg, um nicht übereinander herzufallen. Wenn eines in dieser landschaftlichen und sozialen Idylle undenkbar schien, dann war es ein Mord.

Stiller rief sich ins Gedächtnis, dass er auf dem Weg zu einem Verdächtigen war. Er blickte auf die Armbanduhr und trat das Gaspedal durch.

*

Vielleicht wäre es doch kein Nachteil, den Rest seines Dienstlebens in einer Provinz-Inspektion zu verbringen. Johannes Strobel hätte den Ärger mit eifersüchtigen Ehemännern liebend gern den Auseinandersetzungen vorgezogen, die er gerade hinter sich gebracht hatte. Vierzig Kilometer weg von den Justizbehörden dieser Stadt sollten reichen. »Die Welt ist ein Irrenhaus«, murmelte er, »aber hier ist die Zentrale.« Erst hatte er den arroganten Schnösel von Haftrichter am Telefon gehabt, dann den tobenden Oberstaatsanwalt.

Vor allem wollte er es diesem Haftrichter zeigen. Strobel hatte ihn noch nie gemocht, er vermied es sogar, seinen Namen auszusprechen. Die nasale Stimme, die gedehnte Ausdrucksweise, das affige »Wir«: »Na, mein liiieber Herr Strobel, haben wir noch immer keinen Beweis? Wir halten den Verdächtigen nun seit nahezu achtundvierzig Stunden fest. Wir sind doch sonst nicht so saumselig!«

Saumselig. Wo hatte der Mann ein solches Wort her! Strobel wusste bereits, wohin das Gespräch laufen würde. Der Polizeigewahrsam lasse sich mit dem dringenden Tatverdacht zwar rechtfertigen, doch für eine Untersuchungshaft bedürfe es klarer Beweise, die es nicht gebe. Auch die richterliche Vernehmung habe nichts Neues gebracht. Fazit: »Wir« müssen den Verdächtigen auf freien Fuß setzen.

Empört hatte der Kommissar den Hörer aufgelegt, die Sprechtaste zur Dienstleitung gedrückt und die Soko zusammenrufen lassen. Kaum hatte er den Finger von der Taste gehoben, war Possmann am Apparat gewesen.

Der leitende Oberstaatsanwalt konnte einfach nicht verlieren. Beruflich und privat. In den Sitzungspausen besuchte er oft die Schachecke im Café Fischer, das dem Gericht gegenüberlag. Wenn er ein Spiel verlor, schleuderte er vor Wut die Figuren durch das Lokal. Genauso führte er sich vor Gericht auf, wenn ihm ein Fall entglitt. Wie seine Figürchen behandelte er dann Mitarbeiter oder Untergebene. Und genauso hatte er am Telefon gebrüllt, nachdem er erfahren hatte, dass sie Max Schwind, ihren Verdächtigen, laufen lassen mussten. Er, Strobel, habe ihn, Possmann, blamiert. Er, Possmann, habe durch ihn, Strobel, Schwind für den Tatverdächtigen gehalten und die Öffentlichkeit entsprechend informiert. Wie sollte er die Freilassung nun erklären?

Strobel verkniff sich den Hinweis, dass er von vornherein gegen die frühe Pressekonferenz gewesen war. Er hatte vorgeschlagen zu warten, bis alles wasserdicht sei. Aber Possmann, mediengeil, wie er war, wollte ja nicht warten. Und er, Strobel, musste nun sehen, wie er seinen Arsch rettete: den des Leitenden und seinen eigenen. Possmann hatte schon recht: In der Presse würden sie kein gutes Bild abgeben. Dieser Stiller hatte sich in den Fall verbissen, und die Volontärin ging ihm hilfreich zur Hand. Sie war keineswegs so unbedarft, wie sie daherkam!

Dennoch wurde der Kommissar bei dem Gedanken an Fenia Saalbach wieder etwas selbstsicherer. Sie hatte richtig nett gelächelt – und Sabine hatte er in den letzten beiden Tagen nicht gesehen. Entweder würde er Max Schwind festnageln oder den Richtigen finden. Dann würde er der Volontärin die Details des Falls exklusiv schildern. Am Kamin.

Die innere Unruhe hatte ihn wieder gepackt, als die Kollegen eintrudelten. Wie beim letzten Mal stand er am Fenster, sah hinaus und knackte mit den Fingern. Erst als sie am Tisch Platz genommen hatten, wandte er sich um. »In einer halben Stunde ist Max Schwind ein freier Mann.« Äußerlich völlig ruhig, mit fast sanfter Stimme gab er seine Anweisungen.

Erstens: Mike Staab sollte die Überwachung des Lokals und des Anwesens der Cornelia Schwind organisieren. Ihr Ex-Mann hatte nie aufgehört, ihr nachzustellen. Wenn er der Täter war, konnte man nicht ausschließen, dass sie doch etwas gesehen hatte. Sie schwebte eindeutig in Gefahr.

»Zweitens: Wir dürfen Max Schwind nicht aus den Augen lassen! Rund um die Uhr.« Strobel wandte sich an Claudia Junk. »Das ist deine Aufgabe. Stell drei Teams zusammen, die sich alle acht Stunden abwechseln. Lass dich regelmäßig über seinen Aufenthalt informieren.«

Drittens: Norbert Syndikus musste die Nachbarn noch einmal abklappern. »Vor allem diejenigen, die bisher nicht erreichbar waren. Nehmen Sie sich so viele Leute, wie Sie brauchen! Viertens: Ich will die Stiefel! Die zu den Spuren am Tatort.« Das galt Fritz Bühler, dem Leiter der Spurensicherung. »Wenn Schwind der Täter war, muss er die Stiefel irgendwo gelassen haben. Zu Hause und in seinem Auto waren sie nicht. Das Grundstück grenzt an den Schweinheimer Bach, das Gelände dort ist kaum einsehbar. Möglicherweise hat er sich auf diesem Weg verdrückt, die Schuhe gewechselt und die Stiefel in den Bach geworfen.«

»Ein idealer Ort, um Beweismittel loszuwerden«, gab Bühler zu bedenken. »Der Bach mündet einen knappen Kilometer unterhalb in den Fluss, die Stiefel können schon weiß Gott wo schwimmen!«

»Versuch es«, sagte Strobel ruhig und legte dem Kriminaltechniker die Hand auf die Schulter. Dann sah er in die Runde: »Fünftens: Wir müssen parallel zu den Ermittlungen gegen Max Schwind ganz von vorn anfangen. Wir haben uns zu stark auf den Ex-Schwiegersohn konzentriert. Die alte Kunkel hinterlässt aber auch eine Tochter und einen Sohn. Ich will, dass die beiden komplett durchleuchtet werden: Wer sind sie, was machen sie, mit wem haben sie Umgang, mit wem schlafen sie, ihr wisst schon, die ganze Palette.« Der Kommissar warf einen Blick auf die Armbanduhr. »Ich will für heute Nachmittag um drei einen Termin mit dem Sohn, Thomas Kunkel. Nach dem wenigen, was wir bisher wissen, hat er massive finanzielle Probleme – und seine Mutter saß auf der familiären Schatztruhe. Wenn er kein Alibi hat, lass ich ihn morgen hier antanzen. Außerdem fahre ich jetzt gleich zu Cornelia Schwind und fühle ihr schon mal auf den Zahn. Irgendjemand muss ihr schließlich sagen, dass ihr Ex wieder draußen ist ... Wenn es keine Fragen mehr gibt, legen wir los!«

# 19

Exakt vierundzwanzig Stunden waren seit seinem Besuch in der »Hoffnung« vergangen, da stieß Stiller in Miltenberg erneut eine Wirtshaustür auf. Aber die Welt, die sich vor ihm im »Anker« öffnete, war eine völlig andere. Zwar war auch dieser Raum düster trotz der Novembersonne, die draußen das Pflaster der Straße und die verputzten Fassaden der Fachwerkhäuser versilberte. Doch nichts glich hier der trüben Leere und dumpfen Stille der »Hoffnung«. Der »Anker« war voller Menschen, die sich im Stimmengewirr zu übertönen trachteten und hier und da dröhnende Lachsalven an den Tischen aufsteigen ließen. Geschirr klapperte, Gläser klangen. Die Luft war feuchtwarm wie in den Tropen. Stiller blieb im Türrahmen stehen, blickte wie benommen in das Getümmel, bis sich seine Augen an das Halbdunkel gewöhnt hatten.

Volker hatte ihn kommen sehen und machte durch Winken auf sich aufmerksam. Er rief etwas, die Worte drangen aber nicht weit. Stiller gab ihm mit einem Zeichen zu verstehen, dass er ihn entdeckt hatte, und kämpfte sich durch den Pulk von Männern, der sich an der Theke zusammenballte, zu ihm durch.

»Ei!« Das war Volkers Lieblingsbegrüßung. Es sah aus, als wolle er den französischen Gruß hinterherschmatzen, so nah kam er Stillers Ohr. »Paul«, schrie er, »das hier ist Thomas Kunkel. Von dem ich dir erzählt habe.« Er wies auf den Mann an seiner Seite, dem er sich nun zuwandte: »Thomas, das ist Paul Stiller. Der Zeitungsmensch. Der mit dir plaudern möchte.«

Von Plaudern kann hier ja wohl keine Rede sein, dachte Stiller, während er die Hand ausstreckte, um den Sohn der alten Kunkel zu begrüßen. Doch der machte keine Anstalten, den Gruß zu erwidern. Herzlich wie seine Schwester. »Mein Beileid«, sagte Stiller laut.

»Willscht ebbes trinke?« Der Wirt baute sich auf der anderen Seite der Theke vor ihm auf und stemmte die Fäuste in die Hüften.

Es gab in dieser kleinsten Kreisstadt Bayerns noch immer

zwei erstklassige Brauereien, Faust und Kaltloch, die sich tapfer gegen die Konkurrenz der Fernsehbiere wehrten. Unter Einheimischen galt es daher als Todsünde, in einer der örtlichen Schankwirtschaften einen Kaffee oder ein Wasser zu bestellen. Stiller seufzte. »Ein kleines Bier.«

»E klee Bier hebbe mer net«, plärrte der Wirt. »Da wartscht, bischt Dorscht hascht.«

Aus seinen neun Jahren Miltenberg kannte Stiller diesen alten Witz, der hier überhaupt nur deshalb noch gepflegt wurde, weil er in der nuschelnden Mundart exotischer klang als anderswo. Schon stand ein großes Bier vor ihm. »Trinkscht halt bloß die Hälft'!«, schlug der Wirt großmütig vor und verschwand.

Stiller prostete den beiden anderen zu und musterte Thomas Kunkel. Er konnte es kaum glauben, dass er Cornelia Schwinds Bruder vor sich hatte. Sie war mager, er breit und bullig. Sie hatte langes, kastanienbraunes Haar; ihr Bruder hatte sein fast schwarzes Haar kurz rasiert, vermutlich, weil es in der Mitte schon schütter geworden war. Ein dunkler Dreitagebart ließ ihn ungepflegt wirken. Die Kleidung unterstrich den schmuddeligen Eindruck. Ganz der trauernde Sohn, trug er ein schwarzes Sakko, allerdings ein uraltes Stück, das unter den Achseln spannte und über dem Bauch nicht mehr zu schließen war. Stiller ließ den Blick über die schwarze Jeans weiter nach unten gleiten. An einer Eisenkette hielt Thomas Kunkel zu seinen Füßen eine Art Zuhälterhund, eine Mini-Pitbull-Mischung. Eine Seele von Mensch, die ein seelenverwandtes Tier gefunden hatte.

»Ich weiß nicht, ob ich mit Ihnen reden sollte«, rief Kunkel in einem rauen Bass, der wohl oft und reichlich mit Bier gepflegt wurde. »Sie haben mir die Bullen auf den Hals gehetzt!«

»Was habe ich?« Stiller runzelte die Stirn.

Volker schaltete sich vermittelnd ein. »Dieser Kommissar hat sich für heute Nachmittag bei Thomas angemeldet. Es ist immerhin möglich, dass er den Tipp von dir hat.«

Der Journalist schüttelte den Kopf. »Es bleibt nicht aus, dass Presse und Polizei zusammenarbeiten. Aber ich habe Strobel nicht auf Sie angesprochen«, versicherte er Kunkel. »Die Kripo durchleuchtet die Familie eines Mordopfers von sich aus.«

»Trotzdem!« Sein Gegenüber blieb skeptisch. »Ich muss mich um meinen Laden kümmern und um jede Menge Formalitäten, die mit dem Tod meiner Mutter zusammenhängen. Ich habe keine Zeit, lange mit Ihnen oder den Bullen zu palavern.«

»Mir langt die Zeit, die Sie für Ihr Bier brauchen«, sagte Stiller.

»Das ist meine Mittagspause.« Kunkel war eingeschnappt. »Ich weiß eh nicht, was diese Verdächtigungen sollen. Die Polizei hat das Schwein doch längst festgenommen, meine Mutter selbst hat meinen feinen Herrn Schwager beschuldigt.«

Der Hund knurrte zu den Worten seines Herrchens, trotz des Lärms war sich Stiller da ziemlich sicher. »Ich will Sie nicht verdächtigen«, erklärte er, »im Gegenteil! Sie wissen ja, wie die Leute reden. Sie brauchen Geld, Ihre Mutter gibt Ihnen keines, sie stirbt. Das ist für die klatschsüchtige Öffentlichkeit ein gefundenes Fressen. Ich gebe Ihnen die Möglichkeit, Stellung zu nehmen und zu verhindern, dass irgendwelche Gerüchte aufkommen.«

»Ich war auf das Geld meiner Mutter gar nicht angewiesen!«, erwiderte Kunkel.

»Ich habe gehört, dass Sie Ihren Partner auszahlen müssen und die Bank Ihnen keine Darlehen mehr gewähren will.«

Kunkel warf einen schnellen Blick auf Volker, der sich unbeteiligt gab und auf sein Bier konzentrierte. »Das war auch so. Aber inzwischen habe ich die Zusage, dass die Bank den Kreditrahmen erweitert.«

Stiller hatte begonnen, sich Notizen zu machen. Er sah auf. »Das ist wieder typisch Bank! Jetzt, da Sie erben und auf den Kredit gar nicht mehr angewiesen sind ...«

»Da sind Sie auf dem Holzweg!«, dröhnte Kunkel. »Ich hatte die Zusage schon vorher. Mein Laden liegt im Überschwemmungsgebiet. Die Schlaumeier in der Kreditabteilung hatten ausgerechnet, das Hochwasser würde mir so viele Ausfalltage im Jahr bescheren, dass ich den zusätzlichen Schuldendienst gar nicht aufbringen könnte. Deshalb hatten sie erst abgelehnt. Aber die Stadt baut gerade den Hochwasserschutz, in einem Jahr ist er schon fertig. Das hatten diese Krämerseelen nicht einkalkuliert. Die Schutzwände sind bis zu einem HQ 100 ausgelegt, wissen Sie, was das heißt? Mein Laden wird dann höchstens noch einmal in hundert Jahren überschwemmt. Ich bin jetzt neunundvierzig. Wenn ich Glück habe, erlebe ich das gar nicht mehr.«

»Täusch dich da mal nicht!«, ließ sich Volker hören. »Mit HQ 100 ist ein Hochwasser mit einer Höhe gemeint, die es nur einmal in hundert Jahren erreicht. Das kann aber schon im nächsten Jahr passieren. Es ist ein rein statistischer Wert ...«

Kunkel schnitt seinem Freund das Wort ab. »Na und? Ist doch völlig egal. Jedenfalls wollte mir die Bank das Geld jetzt doch geben. Ich wette, die Bullen haben da längst nachgefragt. Ich hatte keinen Grund, meine Mutter umzubringen. Sowieso ein schwachsinniger Gedanke.« Er leerte sein Glas, hob es und signalisierte dem Wirt, es wieder zu füllen.

»Genau das habe ich gemeint.« Stiller schob die Kappe auf den Füller und steckte den Stenoblock weg. »So räumt man Gerüchte aus. Am besten wäre es natürlich, wenn Sie für die Tatzeit noch ein Alibi hätten.« Er fand keine Zeit mehr, auszuweichen. Blitzschnell packte ihn Thomas Kunkel in Brusthöhe am Pullover und quetschte ihn gegen die Theke. Der Hund war aufgesprungen und kläffte. Schlagartig verstummte das Stimmengewirr ringsum.

»So etwas Geschmackloses wie dich hab ich in meinem ganzen Leben noch nicht getroffen!«, schrie Kunkel aufgebracht in die plötzliche Stille. »Und das will was heißen, ich hab im Laufe der Jahre schon allerhand Kotzbrocken kennengelernt. Ich bin vielleicht nicht so ein feiner Pinkel wie du, ich kann sicher nicht so schön schreiben. Aber ich verstehe was von meinem Geschäft, und ich bin immer sauber geblieben. Also quatsch mich hier nicht dämlich an.« Er zog Stiller ein Stück zu sich heran und rammte ihn dann gegen die Theke. »Verstanden?«

»Sei friedlich, Sportsfreund!«, beruhigte ihn der Wirt.

Kunkel ließ Stiller los. »Das Bier geht auf mich«, sagte er zum Wirt, ohne den Journalisten aus den Augen zu lassen. »Der Herr will gehen.«

Stiller strich den Pullover glatt und versuchte, ruhig zu wirken. Der Angriff hatte ihn völlig überrascht. Er zitterte leicht, seine Hüfte schmerzte. »Tut mir leid, aber das kann ich nicht annehmen!« Seine Stimme klang belegt, das ärgerte ihn.

Er atmete durch, als ringsum die unterbrochenen Gespräche wieder aufflackerten. Die Streithähne waren schon uninteressant geworden. Er kramte ein paar Münzen aus der Hosentasche und legte sie auf die Theke. »Ich danke Ihnen für das Gespräch«, sagte er zu Kunkel und nickte Volker zu. Ohne sich noch einmal umzudrehen, ging er zur Tür. Der Lärm hatte wieder den früheren Pegel erreicht, die Gäste waren mit sich selbst beschäftigt – und doch war er sich sicher, dass die Blicke an seinem Rücken klebten wie Fliegen an einem toten Fisch.

»Ich glaube, ich habe mir eine unangenehm arrogante Art angewöhnt, den Leuten Fragen zu stellen.«

»Wie kommst du denn darauf?«, hallte Kleinschnitz' Stimme aus dem Lautsprecher.

Stiller hatte eine Kurznachricht des Fotografen auf dem Handy gefunden, eine dringende Bitte um Rückruf. Er kam dem Wunsch nach, sobald er ins Auto gestiegen war und das Handy an die Freisprechanlage angeschlossen hatte. Er fasste kurz zusammen, was er im »Anker« erlebt hatte. Zum zweiten Mal in vierundzwanzig Stunden war er ziemlich unwirsch aus einem Lokal gewiesen worden. Wobei »unwirsch« eine freundliche Untertreibung war. Worte wie »Memme« und »Mistkerl« hallten ihm noch nach, und seine Hüfte, die sich im Sitzen besonders schmerzhaft bemerkbar machte, würde die Erinnerung an das Interview in der Miltenberger Schankwirtschaft eine Weile lebendig halten.

»Mach dir nichts draus«, tröstete Peter Kleinschnitz. »Zum Trost erzähle ich dir etwas Nettes: Du hast echt gute Gefühle!«

»Komm, lass das«, grinste Stiller.

»Nein, im Ernst. Der Typ in der ›Hoffnung‹, der, nach dem ich mich erkundigen sollte. Der ist wirklich interessant!«

»Was ist mit ihm? Spann mich nicht auf die Folter.«

»Er ist tatsächlich Cornelia Schwinds Liebhaber. Sie ist wohl schon seit ein paar Monaten mit ihm zusammen. Was sagst du jetzt?«

Stiller verkniff sich den großspurigen Hinweis, er sei es schließlich gewesen, der das vermutet hatte. Cornelia Schwind und der Fremde wirkten wie ein Paar, das seine Verbindung nicht an die große Glocke hängen will. Aber Schweinheim war eben ein Dorf, in dem sich nichts verheimlichen ließ. Trotzdem fragte er nach: »Ist das sicher?«

»Ich war natürlich nicht dabei«, erwiderte Peter Kleinschnitz. »Er verbringt aber jede freie Minute in der ›Hoffnung‹. Wenn keine Gäste mehr da sind oder keine mehr erwartet werden, schließen die beiden ab, kommen aber nicht heraus. Jedenfalls lange nicht.«

Stiller konnte sich gut vorstellen, wie die Nachbarschaft hinter den Fenstern auf der Lauer lag und die Minuten stoppte, die das Paar nach dem Abschließen allein in der Wirtschaft verbrachte. »Was weißt du sonst von ihm?«

»Er heißt Bernd Höhnlein und arbeitet als Tüncher in einem Schweinheimer Malergeschäft. Er ist ein wenig vierschrötig, gilt aber als gutmütig …«

»Na ja! Das hab ich anders in Erinnerung.«

»Ein bisschen Verständnis solltest du schon für ihn aufbringen«, beschwichtigte ihn Kleinschnitz. »Immerhin hast du seiner Liebsten – Moment, wie hieß das gleich? – ›unangenehm arrogante‹ Fragen zum Tod ihrer Mutter gestellt. Das weckt in einem Manne den Beschützerinstinkt. Außerdem hat er dich anders als der Bruder nicht einmal angefasst oder gegen die Theke geschubst.«

»Geschubst, du bist gut!« Stiller schnaufte. Das erinnerte ihn an seinen Jüngsten. Herrje, er hatte vergessen, den Verkehrsbetrieben die Beschreibung der Turnsachen durchzugeben. »Hör mal«, sagte er, »ich halte auf dem Rückweg noch einmal kurz am Busdepot. Dann sollten wir uns dringend bei mir zusammensetzen und über die nächsten Berichte reden, sagt mir mein Gefühl.«

»Na bitte, du hast echt gute Gefühle! Ich wollte ebenfalls vorschlagen, dass wir wieder bei dir einen Kaffee trinken. Ich musste nämlich jede Menge Stückchen erstehen – im Austausch gegen Informationen. Du weißt schon, die Dinger mit den Mundartnamen. Wenn ich sie schon nicht benennen kann, sollten wir sie wenigstens aufessen.«

Die beiden hatten das Gespräch kaum beendet, da meldete sich Stillers Handy erneut. Es war Fenia Saalbach. *»Come stai?«*, begrüßte er sie.

*»Non c'è male«*, gab sie zurück.

»Danke, mir geht es auch gut«, sagte er. Sie lachte hell. Wenn er auch den Anlass nicht ganz verstand, so fand er doch, dass sie ein nettes Lachen hatte. Unwillkürlich musste er lächeln – bis ihn der stechende Schmerz in der Hüfte in die Realität zurückholte. »Findest du, dass ich eine Memme bin?«

»Was ist denn das für eine Frage?«

»Eine Memme. Los, sag schon.«

Sie überlegte. »Du bist nicht gerade das Muster eines kraftstrotzenden und unerschrockenen Mannes. Aber das Wort ›Memme‹ erscheint mir doch ein wenig übertrieben.«

»Na, vielen Dank!«, ächzte er. »Was verschafft mir überhaupt das Vergnügen deines Anrufs?«

»Eigentlich wollte ich dir ja etwas Erfreuliches berichten: Du hast gewonnen!«

»Ach komm«, sagte Stiller. »Und in welcher Disziplin?«

»Im Weissagen. Max Schwind ist frei. Was sagst du dazu?«

Stiller schwieg.

»Bist du noch dran?«

»Ähm, ja. Ich überlege gerade. Schwind ist also draußen, und wir haben zwei Typen, die ihm äußerlich ziemlich ähnlich sind. Kann sein, dass sich die alte Kunkel doch in der Person getäuscht hat, von der sie überfallen wurde.«

»Freu dich nicht zu früh«, bremste ihn die Volontärin. »Auch wenn der Richter keine Untersuchungshaft angeordnet hat, kann es doch Max Schwind gewesen sein. Ich habe Jura studiert, vergiss das nicht. Es gibt Indizien, die eindeutig für ihn als Täter sprechen.«

»Als da wären?«

»Ich will mal nur von einem reden: vom Gift. Er wusste, wo sich das Gift befand, wie man damit umging und wie viel man davon brauchte für eine tödliche Dosis.«

»Vielleicht war er nicht der Einzige …« Stiller sprach mehr zu sich selbst. »Was noch zu beweisen wäre.« Einen Moment war er abgelenkt, weil sich bei Obernburg ein BMW-Fahrer ohne Rücksicht aus der Einfahrt auf die vierspurige Bundesstraße 469 drängte. Der Journalist konnte gerade noch nach links ausweichen. Er fluchte leise. Dann fuhr er fort: »Ich werde das heute Abend selbst überprüfen.«

»Ich verstehe nicht ganz?«

»Das Grundstück der alten Kunkel grenzt an den Schweinheimer Bach. Ich wette, es gibt da einen Zugang. Wenn ich es schaffe, unbemerkt in den Schuppen zu gelangen, in dem Max Schwind das Gift aufbewahrte, habe ich bewiesen, dass er nicht der Einzige gewesen sein muss, der es benutzt haben könnte. Und dann …«

»Das ist illegal!« Fenia Saalbach klang streng. »Das machst du jedenfalls nicht allein!«

»Ich habe schon überlegt, ob ich Peter …«

»Jetzt reicht's mir. Wirklich. Was hast du eigentlich gegen mich?«

Stiller sah den Ausschnitt seines Gesichts im Rückspiegel. Er wurde rot. »Fenia, das ist kein Job für eine …«

Wieder fiel sie ihm ins Wort. »Du stammst ja echt aus der journalistischen Steinzeit!«

»Bleizeit.«

»Wie bitte?«

»So hieß das, als es noch den guten alten giftigen Bleisatz, Schreibmaschinen und keine Computer gab. Ich bin nicht mehr ganz der Jüngste.« Stiller spürte seine Hüfte.

»Eben. Und dein fotografierendes Alter Ego ist es auch nicht. Die Details können wir nachher noch klären. Jedenfalls komme ich mit. Basta!« Weg war sie.

»Frauen.« Stiller tat, als ob er sich ärgerte. Aber ganz übel fand er den Gedanken nicht, am Abend vor der hübschen Volontärin den kraftstrotzenden und unerschrockenen Mann herauszukehren.

# 20

Stiller näherte sich humpelnd dem Eingang der Verkehrsbetriebe und betrachtete sein Spiegelbild in der Glastür. Die Scheibe war nicht ganz plan – jedenfalls hoffte er das –, denn sie zeigte ihn grotesk verkürzt und in die Breite verzerrt. Dazu die grauen Haare, die dunklen Augen in zwei beringten Höhlen, die Kleider zerknittert – rasch verwarf er das Heldenbild, das er eben noch von sich gezeichnet hatte. Er würde Fenia keinesfalls auf seinen nächtlichen Ausflug mitnehmen, auch wenn das eine heftige Auseinandersetzung mit der Volontärin bedeutete. Er musste sich ja nicht freiwillig zum Trottel machen.

Im Busdepot kam er sich erst recht wie ein Trottel vor. Ein Lakai der Verkehrsbetriebe hielt ihm zunächst einen Vortrag über die »ordnungsgemäße Inanspruchnahme des Stadtwerke-Suchservice-Centers«, wie das Fundbüro hier hieß. Nach der Dienstvereinbarung, Paragraph sieben Absatz eins, dürfe der Bedienstete einem Antragsteller, der einen Gegenstand als verloren deklariere, den Augenschein auf entsprechende Fundstücke aus den Omnibussen der Stadtwerke Verkehrs-GmbH nur unter folgenden Maßgaben gewähren: Der Antragsteller müsse sich a-tens anhand des Fahrscheins als der empfangsberechtigte Fahrgast ausweisen sowie b-tens charakteristische Eigenschaften des als verlustig gemeldeten Gegenstands beschreiben können. Anhand dieser Charakteristika müsse der Bedienstete der Stadtwerke Verkehrs-GmbH c-tens einen groben Abgleich mit den im Fundbüro eingereichten Gegenständen durchführen, bevor er dem Kunden den Augenschein gestatte.

Im Klartext: »Sonst könnte ja jeder kommen!« Könnte behaupten, er habe im Omnibus ein Portemonnaie verloren, und dann jedes beliebige Portemonnaie mitnehmen, das ehrliche Buskunden gefunden und im Stadtwerke-Suchservice-Center abgegeben hätten. Wobei in den vergangenen Jahren kein Geldbeutel im Bus verlustig gegangen sei. An der Tabellenspitze der Statistik lägen vielmehr Regenschirme und – Turnbeutel. Zu guter Letzt gewährte er dem Journalisten eine Ausnahme von allen Vorschriften der Dienstvereinbarung, Paragraph sieben Absatz eins. »Schließlich wollen wir hier ein gutes Verhältnis mit der Presse«, erläuterte er und lachte jovial.

Stiller bekam eine Gänsehaut. Unwillkürlich musste er an Catherine denken.

»Der Bedienstete« holte einen rosa Turnbeutel aus dem Lager des Fundbüros und legte ihn auf die Theke. »Da haben wir das gute Stück. Da wird sich der Herr Sohn aber freuen!«

»Entschuldigung«, sagte Stiller, »aber der ist ja rosa!«

»Natürlich ist der rosa«, bestätigte der Lakai, »ich habe nie etwas anderes behauptet.«

»Hören Sie«, Stiller blieb ganz ruhig, »mein Sohn ist vierzehn. Er hasst Rosa.«

Der Lakai schnappte ein. »Dann müssen Sie schon entschuldigen! Ich habe Sie gestern dezidiert gefragt, ob sie mir die Farbe der Turnsachen Ihres Sohnes nennen können. Sie haben mir die Farbe nicht genannt. Sonst hätte sich der mögliche Irrtum rechtzeitig aufklären lassen.«

Die innere Stimme verriet Stiller, diese Kritik besitze eine gewisse Logik. Dennoch hatte er keine Lust, klein beizugeben. Er musste an diesem vermurksten Tag wenigstens einmal siegen können. »Ich gestehe, ich weiß nicht, welche Farbe der Turnbeutel meines Sohnes hat. Rosa kann ich aber ausschließen.«

»Wenn Sie die Farbe nicht kennen, wie können Sie dann eine ausschließen?« Der Lakai schüttelte den Kopf. »Herr Stiller, Ich kenne Ihre feinsinnigen Zeitungskolumnen und kann mir nicht vorstellen, dass Sie Ihre persönliche Meinung in dieser groben Weise verallgemeinern. Als Journalist sollte es Ihnen doch ein Anliegen sein, den Dingen auf den Grund zu gehen. Lassen Sie uns nachsehen.«

Flugs schüttete er den Inhalt des Turnbeutels auf die Theke. Zum Vorschein kamen Turnschuhe und ein Trikot, die eindeutig einem Mädchen gehörten. Daneben ein geblümtes Handtuch und ein rosa Schminktäschchen, das aber nur Waschzeug enthielt.

»Sehen Sie, jetzt können wir Ihren Herrn Sohn mit Sicherheit als Besitzer dieses Turnbeutels ausschließen.« Gottlob war der Lakai damit beschäftigt, die Turnsachen des unbekannten Mädchens wieder in den Beutel zu stopfen, dadurch entging ihm die Mordlust in Stillers Augen. »Am besten nennen Sie mir die Farbe und den Inhalt des Turnbeutels Ihres Herrn Sohnes, dann können wir weitere Verwechslungen vermeiden.«

»Warum zeigen Sie mir nicht einfach die anderen Turnbeutel. Ich bin sicher, ich erkenne den richtigen, wenn ich ihn sehe.«

Nun sah der Lakai auf und schüttelte erneut den Kopf. »Herr Stiller! A-tens halte ich das für höchst unwahrscheinlich, da sie nicht einmal die Farbe kennen. B-tens haben wir derzeit keine anderen Turnbeutel im Fundus. Sie können es natürlich auch beim Fundbüro der Stadt versuchen. Manchmal werden die in den Omnibussen der Stadtwerke Verkehrs-GmbH verlustig gegangenen Gegenstände auch dort abgegeben.« Er sah Stiller ernst an. »Was haben Sie denn, ist Ihnen schlecht?«

»Äh … ja, danke … ich … gestatten … frische Luft«, stammelte Stiller und stürmte hinaus.

In der Redaktion feierte er schließlich die erhofften Triumphe. Zumindest meinte Stiller, in den Gesichtern der Kollegen, die ihm begegneten, eine Art von Bewunderung zu lesen. Er hatte den richtigen Riecher gehabt: Die Staatsanwaltschaft hatte Schwind laufen lassen müssen, die Zweifel an seiner Täterschaft, die Stiller hegte, waren plötzlich keine Hirngespinste mehr.

Das Zusammentreffen mit dem Chefredakteur brachte sein Gemüt kurz ins Wanken, stürzte ihn aber nicht wieder in die Apathie der letzten Monate, aus der ihn der Mordfall Kunkel so abrupt gerissen hatte.

Rex Bausback lehnte sich in seinem Bürostuhl zurück und fuhr sich mit beiden Händen über sein kurzes blondes Haar. »Sie haben sicher schon gehört, dass die Kripo den Mordverdacht gegen Schwind nicht erhärten kann.« Die Freilassung erwähnte er nicht. »Sie können also an dem Fall dranbleiben. Ich würde es begrüßen, wenn Sie ein wenig über mögliche andere

Tatverdächtige spekulierten.« Genau das hatten Stiller und Fenia Saalbach in der Morgenkonferenz angekündigt. »Ich bitte Sie allerdings um das nötige Fingerspitzengefühl. Ich will nicht, dass der Verlag eine Klage an den Hals bekommt. Schreiben Sie nur, was Sie belegen können. Halten Sie sich an die Fakten, verstehen Sie? Fakten, Fakten, Fakten!«

»Ich werd's beherzigen«, murmelte Stiller.

Auf dem Weg in sein Büro bat er Sonja Wagner, Kaffee aufzusetzen. Dann verständigte er Fenia und Kleinschnitz. Die beiden trafen zeitgleich mit dem Kaffee bei ihm ein. Perfekt. Plötzlich klappte alles wie am Schnürchen.

Selbst die Auseinandersetzung mit Fenia lief besser, als es Stiller befürchtet hatte. Er lobte ihr Engagement für die Zeitung. In diesem Fall müsse sie aber an sich selbst denken: Es diene dem beruflichen Fortkommen einer Volontärin wenig, wenn sie in eine illegale Aktion verstrickt würde. »Es ist alles andere als ein Abendspaziergang. Wir wollen in das Gartenhaus auf dem Grundstück der alten Kunkel mehr oder weniger einbrechen. Und das Risiko, dabei aufzufliegen, ist hoch. Das Haus wird sicher überwacht, nachdem Max Schwind wieder auf freiem Fuß ist.«

Fenia Saalbach schwieg einen Moment, nachdem er mit seiner Belehrung fertig war. Dann holte sie tief Luft und ließ einen wahren Regen an Gegenargumenten auf ihn herunterprasseln. Stiller spürte, wie sich seine Zornesfalte anspannte.

Kleinschnitz warf ihm einen schnellen Blick zu, um dann ebenso schnell Fenias Redeschwall abzuschneiden: »Wir brechen heute Nacht sowieso nirgends ein!« Er wandte sich an Stiller. »Darf ich dich vielleicht an das Treffen erinnern, das wir beide für den Abend vereinbart haben? Du warst fast vier Wochen hinter diesem SPD-Stadtrat her, bis er dir endlich den heutigen Gesprächstermin gegeben hat. Sag jetzt bloß nicht ab, sonst werd ich richtig sauer. Es geht immerhin um die innerparteilichen Querelen der Sozis vor den Kommunalwahlen im März. Das Gartenhaus in Schweinheim läuft uns nicht weg, das steht morgen auch noch.«

Stiller sah ihn einen Moment lang verständnislos an, dann

dämmerte es ihm. »Du hast recht«, nickte er. »Na gut, Fenia, lass uns morgen noch mal darüber reden, *d'accordo*?«

Sie strahlte die beiden an. »Einverstanden.«

*

Strobel beschloss, Feierabend zu machen. Er war unzufrieden. Unzufrieden mit der Entwicklung des Falls, unzufrieden mit sich. Dass sie Max Schwind freilassen mussten, war es nicht. Damit hatte er im Grunde seit dem Vortag gerechnet.

Der Besuch in Miltenberg beim Sohn der Ermordeten, Thomas Kunkel, war wenig ergiebig gewesen. Er hatte kein ausreichendes Motiv, nachdem er auf das Erbe seiner Mutter nicht mehr angewiesen war, und ein gutes Alibi. Nachbarn bestätigten, dass er seine Wohnung in Miltenberg ungefähr zur Tatzeit verlassen hatte, es war unmöglich für ihn gewesen, rechtzeitig nach Aschaffenburg-Schweinheim zu kommen.

Kunkel hatte von sich aus erzählt, was die Kripo vom Hörensagen schon wusste: dass er sich nie mit seiner Mutter verstanden hatte, dass sie sich bei jedem Zusammentreffen stritten. Sie habe ihn bedroht, beleidigt und geschlagen. Er habe ihre Launen geduldig ertragen – und sich so selten wie möglich bei ihr sehen lassen.

Warum ausgerechnet er sich nun um die Freigabe der Leiche und um die Beerdigung kümmere? Wer solle es denn sonst tun! Thomas Kunkels Stimme hatte an dieser Stelle einen höhnischen Klang angenommen. Seine Schwester sei doch unfähig. Die Conny habe nie versucht, sich von der Mutter zu befreien, selbstständig zu werden. Stattdessen werfe sie sich jedem Idioten an den Hals. Erst diesem Schwind, einem Menschen, der nie einer geregelten Arbeit nachgegangen sei, sondern sich immer nur habe bedienen lassen. Jetzt diesem Anstreicher aus Schweinheim, einem ungehobelten Klotz, der auch jede freie Minute seines Tages in der Kneipe zubringe.

Strobel hatte den »Anstreicher«, Bernd Höhnlein, schon kennengelernt. Cornelia Schwind selbst hatte ihm ihren neuen Lebensgefährten vorgestellt, als er sie nach seiner Rückkehr aus

Miltenberg in der »Hoffnung« traf. Der Kommissar hatte ihn für den kommenden Vormittag auf die Dienststelle gebeten. Er wollte sich den Mann etwas näher ansehen.

Es war Strobels zweites Treffen mit der Tochter der alten Kunkel gewesen. Er hatte sie bereits am Vortag auf die Dienststelle kommen lassen und ihre Aussage aufgenommen. Aber auch diesmal war ihm Cornelia Schwind keine große Hilfe. Sie blieb wie am Vortag dabei, dass sie von dem Überfall auf ihre Mutter vor der Haustür nichts mitbekommen hatte. Sie sei bei der Morgentoilette gewesen, als sie hörte, wie Hedda Kunkel das Haus verließ. Sie verabschiedeten sich nie voneinander, die beiden führten getrennte Leben in den getrennten Stockwerken, die Mutter im Erdgeschoss, die Tochter in der Mansarde. Aber Cornelia Schwind kannte die Gewohnheiten ihrer Mutter, wusste, dass sie immer montags den Bus zum Waldfriedhof nahm. Sie dachte sich folglich nichts dabei, als sie die Haustür zuschnappen hörte, sie hatte keinen Grund, nach ihr zu sehen.

Als sie erfuhr, dass ihr Ex-Mann aus dem Polizeigewahrsam freigekommen war, zeigte sie zum ersten Mal eine Regung. Sie wirkte erschrocken, verängstigt und überschüttete den Kommissar mit Vorwürfen. Strobel hatte das erwartet. Sie war in ihrer Ehe misshandelt und erniedrigt worden, Schwind hatte sie auch danach noch bedroht. Er war gewalttätig und er konnte nicht ausschließen, dass seine Ex-Frau doch etwas gesehen hatte und vorerst nur aus Furcht schwieg. Sie ängstigte sich also nicht ohne Grund.

»Es tut mir leid«, hatte Strobel sich entschuldigt. »Aber mir sind die Hände gebunden. Wir brauchen mehr für eine Untersuchungshaft. Ohne einen materiellen Beweis, dass Ihr früherer Gatte am Tatort war, können wir ihn nicht länger festhalten. Es hat ihn nicht einmal jemand gesehen, geschweige denn seinen Wagen!« Er sah, wie Cornelia Schwind zögerte. »Es hat ihn doch niemand gesehen, oder?«, setzte er nach.

Sie zuckte die Schultern. »Woher soll ich das wissen? Finden Sie es doch raus.«

Strobel blieb noch ein paar Minuten, aber es kam nichts mehr. Schließlich ging er. Die »Hoffnung« deprimierte ihn. Er freute sich aufs »Domus«.

# 21

Fenias Strahlen ließ Stiller nicht mehr los. »Ich habe ein äußerst schlechtes Gewissen«, gestand er Kleinschnitz, als sie am späten Abend gemeinsam nach Schweinheim aufbrachen. »Wir hätten Fenia nicht belügen dürfen.«

»Das war keine Lüge, das war eine Ausrede«, erwiderte Kleinschnitz.

»Nenn es, wie du willst, aber gut war es nicht. Sie wollte so gerne mit, sie hat sich richtig darauf gefreut. Ich darf gar nicht daran denken, was los ist, wenn sie morgen die Wahrheit erfährt.«

»Du musst ja nicht daran denken!« Der Fotograf warf einen Seitenblick auf seinen Freund. »Was ist denn neuerdings los mit dir? Erst plusterst du dich vor ihr auf wie ein verliebter Gockel, dann tust du so, als würde sie gleich ein halbes Hähnchen aus dir machen, bloß weil sie ihren hübschen Kopf nicht durchsetzen konnte. Ich dachte, gegen diese Masche wärst du immun!«

»Es ist nicht, was du denkst«, gab Stiller zurück. »Ich hätte ihr nur die Wahrheit sagen sollen. Ich wollte sie einfach nicht mitnehmen. Was wir vorhaben, ist mindestens Hausfriedensbruch. Das kann hinter Gittern enden.«

»Ach, solche Sorgen machst du dir um die arme Fenia«, spottete Kleinschnitz. »Und von mir verlangst du bedenkenlos, dass ich bei deiner krummen Tour mitmache! Warum nimmst du nicht den Landchef mit, diesen verklemmten Moralapostel? Dem hätte ich es gegönnt, auf seine alten Tage noch zum Sexsklaven eines knastschwulen Drogenbarons zu werden.«

»Niemand kommt hier in den Knast. Niemand erfährt etwas von unserem Ausflug, es sei denn, du stellst dich wieder an wie ein Elefant im Porzellanladen.« Sie fuhren die Würzburger Straße Richtung Schweinheim, weil sie vor dem Besuch in der Bachtalstraße durch den McDonald's Drive-in fahren wollten, Kleinschnitz' Lieblingslokal. Stiller zeigte auf die Aral-Tankstelle. »Bieg da mal ab!«

»Was willst du denn in der Tanke?«, wunderte sich Kleinschnitz.

»Eine Taschenlampe kaufen. Es ist dunkel, falls du das noch nicht gemerkt hast.«

»Das fällt dir aber früh ein! Zum Glück hast du einen Kollegen, der mitdenkt. Ich habe eine Taschenlampe dabei.« Kleinschnitz klopfte auf die Fototasche, die er wie immer als Armlehne auf die Sitzbank gestellt hatte. »Du darfst mich vom Ersparten zum Big-Mac-Menü einladen.«

»Nichts gegen deinen USA-Fimmel«, sagte Stiller. »Aber kulinarisch solltest du dich anderweitig beraten lassen. Du hast inzwischen Rettungsringe, mit denen könntest du sogar deinen Buick über Wasser halten, wenn du ihn in den Main fährst.«

»Ich kann mir ja ein paar Rezepte von deiner Ruth geben lassen. Die ist gerade dabei, dich in einen fleischlosen Westentaschen-Casanova zu verwandeln. Du brauchst ja nur eine Metzgereiverkäuferin anzusehen, und schon kippst du aus den Latschen.«

»Immerhin sehe ich noch nicht aus wie ein wandelnder Big Mac.«

»Nein, sondern wie einer, aus dem sie die Fleischanteile entfernt haben«, sagte Kleinschnitz und bog in den Drive-in ein. »Ich bestelle dir einen Salat, wenn dir das lieber ist, du Gourmeggle.«

Wenig später standen sie auf dem Parkplatz, mampften ihre Menüs und sahen schweigend aus dem Wagen. Es war ein heftiger Sturm aufgezogen, der durch die Zweige der Ahornbäume pfiff und an den letzten braunen Blättern riss. Es zog kalt durch die Beifahrertür, die nicht dicht schloss.

»Fast romantisch«, sagte Stiller, »fehlt nur noch die passende Musik.«

»Tut mir leid, das Radio empfängt nur Mittelwelle. Ist ein amerikanisches Modell.« Kleinschnitz stopfte die Reste und Abfälle des gemeinsamen Mahls in eine Papiertüte, die er nach hinten warf. »Halb elf«, fuhr er fort. »In Schweinheim haben sie längst die Gehsteige hochgeklappt. Genau die richtige Zeit für unseren Ortstermin.«

Sie schwiegen wieder, während Kleinschnitz den Wagen durch Schweinheim steuerte. In der Bachtalstraße wies Stiller auf einen blauen BMW vor dem Haus der alten Kunkel. »Da stehen sie. Wie ich es mir gedacht habe, das Haus wird überwacht. Von vorne kommen wir nicht hinein.«

»Überredet«, gab Kleinschnitz zurück, »lass es uns vom Bach aus versuchen.«

Er parkte den Wagen einige Straßen weiter. Der stadtbekannte Buick sollte kein Aufsehen erregen, falls Polizeistreifen das Viertel kontrollierten.

Es war schwieriger als erwartet, die Rückseite des Kunkel-Anwesens zu erreichen. Von beiden Seiten grenzten Privatgrundstücke an den Bach, der in einer Mulde floss. Es gab keinen Weg entlang des Wasserlaufs. Auch nicht am oberen Rand der steilen Böschung: Dort hatten die Grundstücksbesitzer Zäune gezogen oder Mauern errichtet, um sich vor Eindringlingen zu schützen. Vor diesen Einfriedungen gab es nur einen schmalen Grasstreifen, der halbwegs eben und begehbar war.

Die Liebezeitstraße, die vom Schweinheimer Ortskern zur Bachtalstraße führte, überquerte den Bach auf einer Brücke. Von dort aus arbeiteten sich Stiller und Kleinschnitz vorsichtig auf dem Grasstreifen zum Kunkel-Grundstück vor. Sie mussten sich an die Zäune klammern, um nicht abzurutschen: Der Regen der letzten Tage hatte die Böschung aufgeweicht, der Boden war glitschig. Die beiden fluchten leise, Stiller wegen der schmerzenden Hüfte, Kleinschnitz, weil er die schwere Fototasche mitschleppte. Zu alledem zerrten die Sturmböen inzwischen so heftig an ihnen, dass sie kaum noch das Gleichgewicht halten konnten.

Kleinschnitz ging voran. »Ich fass es nicht!«, rief er plötzlich.

»Was gibt es denn?« Stiller versuchte, ihm über die Schulter zu sehen.

»Das muss das Kunkel-Grundstück sein. Ich fass es nicht«, wiederholte Kleinschnitz.

Trotz der Dunkelheit erkannte Stiller die hohe Mauer, die das Grundstück zum Bach begrenzte. Es war mit Abstand die höchste.

»Die Alte muss eine höllische Angst vor ungebetenen Gästen gehabt haben«, sagte Kleinschnitz.

»Vielleicht wollte sie sich mit der Mauer gegen Hochwasser schützen«, erwiderte Stiller. »Heute sind solche Bauten im Überschwemmungsgebiet übrigens verboten. Was uns im Augenblick allerdings nicht weiterhilft.«

»Mit was für einem Hochwasser hat diese Frau gerechnet? Mit der Sintflut? Das sind ja fast drei Meter!« Kleinschnitz begann, sich an der Mauer entlangzutasten und einen Durchlass zu suchen. Nach einigen Metern stießen sie auf ein Holztor, das sich aber nicht öffnen ließ – auch nicht, als sich der bärige Fotograf dagegenwarf. »Kein Schloss«, sagte er. »Also ein Riegel. Einer von uns muss auf die andere Seite.«

»Vielleicht sollten wir die Sache lieber abblasen«, schlug Stiller missmutig vor.

»Jetzt sind wir so weit gekommen, jetzt will ich es wissen!«, gab Kleinschnitz zurück. »Mach mal eine Räuberleiter!«

»Ich soll dich da raufheben? Das sehe ich genau andersherum. Du bist doppelt so schwer wie ich, mein Guter.«

Kleinschnitz ließ nicht mit sich reden. »Erstens: Du bist auch nicht gerade grazil. Zweitens: Mit deiner lädierten Hüfte kletterst du da niemals hoch.«

Stiller gab nach, lehnte sich mit dem Rücken gegen die Mauer und faltete die Hände zu einem Steigbügel.

Kleinschnitz setzte einen Fuß hinein und sagte: »Ich steige hoch und du hebst an. Auf drei! Eins, zwei … drei.«

Der Fotograf schwang sich nach oben. Im selben Augenblick fühlte Stiller, wie seine Füße auf dem glitschigen Boden abglitten. Wie auf Seife rutschte er rücklings an der Mauer und dann die Böschung hinab. Kleinschnitz war zwar sofort abgesprungen, doch er fand ebenfalls keinen Halt mehr und landete auf dem Bauch. So schlitterte er neben seinem Freund die Böschung hinunter. Die Talfahrt endete erst, als sie mit den Füßen im Bach lagen. Sekundenlang blieben sie reglos im Schlamm liegen. Beiden war klar, welch ein groteskes Bild sie abgegeben haben mussten.

Kleinschnitz kicherte albern. »Ich habe übrigens immer Gummistiefel im Kofferraum. Für alle Fälle. Die hätte ich gescheiter angezogen.«

Stiller musste grinsen. »Wenn ich aus diesem Schlamassel jemals wieder herauskomme, schreibe ich einen vernichtenden Artikel über die Schwarzbauten im Überschwemmungsgebiet des Hensbachs!«

Auf allen vieren suchten sie die Böschung hinaufzuklettern, glitten aber immer wieder ab. Nach einer Ewigkeit erreichten sie den schmalen Grasstreifen am Rand der Böschung. Stiller sah an sich hinab. »Ich sehe aus wie ein Schwein!«

»Und jetzt hast du dich auch noch eingesaut.« Kleinschnitz kicherte erneut. »Los, zweiter Versuch. Ich hab nasse Füße.«

Sie suchten eine Stelle aus, die einen besseren Halt versprach, da einige Steine aus dem schlammigen Boden herausragten. Wieder formten Stillers Hände einen Steigbügel, wieder zählte Kleinschnitz auf drei. Diesmal gelang es ihm, sich zur Mauerkrone hinaufzuschwingen und aufzustützen.

»Schieben«, rief er, »du musst schieben!«

»Geht es vielleicht noch etwas lauter?«, ächzte Stiller. Seine Hüfte schmerzte, er fror, er war wütend. Er nahm seine gesamte Kraft zusammen und wuchtete den völlig überraschten Fotografen über die Mauer. Trotz des Sturms war von der anderen Seite der dumpfe Aufprall zu hören – und ein hässlicher Fluch.

Stiller fand keine Zeit für Mitleid. Von der Last plötzlich befreit, verlor er das Gleichgewicht, stürzte vornüber und schoss, diesmal bäuchlings und Kopf voran, die Böschung hinab in den Bach. Reflexartig streckte er die Hände vor und konnte es gerade noch verhindern, mit dem Kopf einzutauchen. Das Wasser war eisig. Er grinste nicht mehr, sondern rappelte sich hoch und watete fluchend bis zu der Stelle der Böschung, an der ihm beim letzten Mal der Aufstieg gelungen war. Unterwegs merkte er, dass er einen Schuh verloren hatte. War vermutlich irgendwo im Schlamm stecken geblieben. Egal, er würde ihn später suchen. Hatte ohnedies nicht viel gekostet, stammte aus einem Billigladen in der Herschelgass'.

Endlich stand er oben. Im selben Augenblick öffnete sich das

Tor in der Mauer. Kleinschnitz erschien. Er rieb sich die Schulter.

»Wehe, ich hab mir was gebrochen. Das hat dir wohl noch Spaß gemacht, du Sadist!«, beschwerte er sich.

»Schau mich an!«, sagte Stiller nur.

»Das Thema hatten wir schon. Komm jetzt.« Kleinschnitz packte die Fototasche, die am Fuß der Mauer stand, und verschwand im Garten der alten Kunkel. Stiller platschte frierend hinterher.

Im Garten peitschte der Sturm drei hohe Fichten, deren schwarze Silhouetten sich auf halbem Weg zwischen dem Mauertor und dem Haus in den nächtlichen Himmel reckten. Die Hütte stand genau in dem Dreieck, das die Fichten bildeten. Kleinschnitz erreichte sie als Erster. Er rüttelte an den Fensterläden, die aber fest verschlossen waren. Dann probierte er die Tür. Knarrend schwang sie nach innen auf. Stiller pfiff leise durch die Zähne. Rasch schoben sie sich durch den Spalt.

Drinnen war es stockdunkel, vollständige Finsternis. Stiller sog die Luft durch die Nase. Der Geruch versetzte ihn unvermittelt in seine Kindheit zurück. Diese Mischung aus Torf und Erde, Insektengift und Mäuseköttel, feuchtem Moder, fauligem Obst und getrockneten Blumen erinnerte ihn an das Gartenhaus seiner Großeltern. Mit einem Mal sah er sich wieder in jener Hütte stehen, die ihn als Kind stets magisch angezogen und zugleich geängstigt hatte mit all ihren verbotenen Giftschränken, den Düngersäcken, den scharfen Äxten und Beilen, den Wespennestern im Sommer und, vor allem, mit den fetten Spinnen im Herbst. Im November zum Beispiel.

»Was hältst du davon, Licht zu machen?«, schlug er vor und passte auf, dass er nichts berührte. Hing er nicht schon mit den Haaren in einem Spinnennetz?

»Meinst du, hier gibt es Licht?«, fragte Kleinschnitz zurück.

»Ich habe nicht den geringsten Schimmer, wenn ich das einmal so sagen darf. Aber ich habe einen umsichtigen Kollegen, der eine Taschenlampe bei sich trägt.«

»Ja klar, die Taschenlampe, ich Depp!« Kleinschnitz wühlte in seiner Fototasche. Plötzlich erschien ein leichtes Glimmen aus seiner Richtung. An der gegenüberliegenden Wand tauchte ein bläulicher Kreis auf – kaum größer als ein Zweieurostück.

»Was soll das denn sein?«, erkundigte sich Stiller beunruhigt. »Sag bloß, das ist deine berühmte Taschenlampe.«

»Das ist eine Maglite«, gab der Fotograf beleidigt zurück. »Ich hab sie aus dem Walmart in Boston! In den USA hat jeder Autofahrer so eine dabei, damit er im Dunkeln das Türschloss findet.«

»Na toll«, sagte Stiller. »Dann lass uns die nächsten vier Stunden nach dem Gift suchen.« Plötzlich erstarrte er. »Pst! Draußen schleicht jemand herum!«

Beide lauschten. Es klang, als umkreise jemand schlurfend die Hütte. »Vielleicht der Sturm!«, flüsterte Kleinschnitz. Doch zwischen zwei Böen gab es keinen Zweifel mehr: Jemand rüttelte an dem Fensterladen auf der Seite des Gartenhauses, die dem Bach zugewandt war.

»Mist«, entfuhr es Kleinschnitz, »die Bullen.« Hektisch jagte er den dünnen Lichtstrahl durch die Hütte. Er hielt inne. »Da!«

Rechts von ihnen war so etwas wie ein alter Kleiderschrank zu erkennen. Sofort stürzten sie los. Ein stechender Schmerz durchzuckte Stiller. Etwas Scharfkantiges hatte ihm in den Knöchel geschnitten. Vor ihm erklang ein Poltern; ein Stuhl oder ein kleiner Tisch stürzte zu Boden.

»Verflucht, mein Knie!«, zischte Kleinschnitz und, nach einem dumpfen Schlag: »Verdammt, mein Kopf!« Endlich hatten sie die erhoffte Zuflucht erreicht. Auch die Schranktür knarrte beim Öffnen. Das Lämpchen des Fotografen schnitt ein hellblaues Zickzackmuster in die Schwärze: Drinnen lehnten in einer Ecke langstielige Gartengeräte, vermutlich Rechen, Harken und Besen. Auf der anderen Seite hingen speckige Jacken oder Kittel, vielleicht Mäntel.

»Mach schon!« Stiller schob den Freund in den Schrank, quetschte sich hinterher. Bauch an Bauch klemmten sie zwischen den muffigen Kleidungsstücken. »Ich krieg die Motten!«, flüsterte Stiller, worauf Kleinschnitz erneut zu kichern begann. Sie schafften es gerade noch, die Schranktür zuzuziehen, als sich – hörbar am Knarren – unendlich langsam die Gartenhaustür öffnete.

Eine Weile blieb alles still. Keine Schritte, nicht das geringste Geräusch. Stiller überlegte schon, ob es vielleicht doch nur der Wind war, der an den Läden gerüttelt und die Tür aufgedrückt hatte, da meinte er, durch ein Astloch im Holz Licht zu sehen.

Mit einem Mal wurde die Schranktür aufgerissen, ein greller Lichtstrahl richtete sich auf ihre Gesichter und blendete die beiden, die erschrocken zurückfuhren und sich dabei heillos in den Gartenklamotten verhedderten.

Langsam senkte sich der Lichtstrahl, wanderte an ihren Körpern hinab bis zu den Füßen. Als er dort angekommen war, hatten sich ihre Augen erholt. Sie erkannten, wer ihnen gegenüberstand: Fenia Saalbach.

»Na«, lachte sie, und Stiller fand ihr Lachen in diesem Augenblick nicht mehr reizend, »ist euer wichtiges Treffen mit dem SPD-Stadtrat ins Wasser gefallen?«

Später saßen sie, in flauschige Decken gehüllt, im Wagen der Volontärin, einem schwarzen Fiat Punto. Fenia hatte ihnen die Decken gereicht.

»Die hab ich immer dabei«, lächelte sie die Kollegen an. »Man weiß ja nie …«

Vor dem Einsteigen hatten sich die beiden hinter dem Wagen bis auf die Unterhosen ausziehen müssen. Sie bestand darauf: »So schmutzig kommt ihr mir nicht in mein Auto!« Die beiden sahen ein wenig betreten drein. »Keine Angst, ich schau schon nicht hin«, versprach die Volontärin. »Oder meint ihr, mir graut vor gar nichts?« Als sie sich die Decken übergeworfen hatten, stopfte Fenia die nassen Kleider in Plastikbeutel, die sie in den Kofferraum warf.

Sie selbst sah aus wie aus dem Ei gepellt. Einzig ihre ursprünglich quietschgrünen Gummistiefel waren etwas schlammig. Sie setzte sich auf die Kante des Kofferraums, streifte sie von den Füßen und zog warme Boots über. Peter und Paul sahen sich an wie zwei begossene Pudel.

»Hier«, sagte sie und hob die Gummistiefel hoch, »die hab ich immer im Kofferraum. Für alle Fälle.« Kleinschnitz wurde knallrot. Sie leuchtete ihm mit der Taschenlampe ins Gesicht. »Du hast eine Platzwunde am Kopf. Lass mal sehen ... Nichts Ernstes, blutet nur stark. Was war das denn?«

»Ein Klassiker«, murmelte er, »ich bin auf einen Rechen getreten und hab mir den Stiel an die Stirn geschlagen.«

Fenia reichte ihm den Verbandskasten. »Vielleicht kannst du daraus etwas gebrauchen.« Sie schlug die Heckklappe zu und befahl: »Einsteigen!« Die Zeitungsapostel folgten gehorsam und setzten sich nach hinten.

Fenia ließ den Motor an und drehte die Heizung auf. Dann griff sie in ihren Rucksack, der auf dem Beifahrersitz stand, zog eine Thermoskanne heraus und schraubte die Deckeltasse ab. »Hat jemand Lust auf heißen Tee?«

»Den hast du zufällig auch immer dabei?« Mit der Wärme unter der Decke taute Stillers Sprachzentrum wieder auf. Es war der erste Satz, den er seit der Entdeckung im Schrank von sich gab.

»Zur Vorsicht«, nickte sie und lächelte in den Rückspiegel. »Ich wusste ja nicht, ob ich vielleicht nass werde.« Sie wandte sich um und reichte die Kanne samt Tasse nach hinten. »Ehrlich gesagt, hatte ich es mir schwerer vorgestellt, auf das Grundstück zu kommen. Aber zum Glück stand die Tür offen.«

Unwillkürlich rieb sich Kleinschnitz die Schulter, während Stiller einen kleinen Schluck Tee in die Tasse goss. Als er trinken wollte, bremste ihn der Fotograf.

»Moment!« Er zog einen Flachmann aus der Fototasche. »Ist zwar kein Rum, aber ein guter Klarer. Sechsundvierzig Prozent.« Er füllte die Tasse bis zum Rand. »Den hab ich immer dabei«, äffte er die Volontärin nach, »ich wusste ja nicht, ob ich vielleicht nass werde.«

Die Tasse machte die Runde, dann, neu gefüllt, noch eine. Den Rest des Klaren tranken Peter und Paul direkt aus dem Flachmann – Fenia Saalbach lehnte weiteren Alkohol ab. »Ich muss euch schließlich noch nach Hause bringen.«

»Toll!«, krähte Kleinschnitz. »Das h-habe ich schon la-lange nicht mehr gehört.«

»Ruth wird begeistert sein!«, sagte Stiller mit schwerer Zunge, während er sich ausmalte, wie er seiner Frau in Unterhosen den Beutel Schmutzwäsche überreichte.

# 22

Er schrak hoch. Er wusste nicht, wie lange er geschlafen hatte und wie spät es war. Ächzend richtete er den Oberkörper auf, stützte sich auf die Ellenbogen und lauschte. Was war das für ein Geräusch, das ihn aus dem Schlaf gerissen hatte?

Im Zimmer war es dunkel und kalt. Sein Blick wanderte nach rechts über das Bett hinweg, in dem dreiundfünfzig Jahre lang seine Frau gelegen hatte, suchte den Wecker auf dem Nachtkästchen. Er selbst hatte nie einen Wecker besessen. In all den Jahren war sie stets als Erste aufgestanden, hatte den Morgenmantel übergezogen, Kaffee gekocht. Zu Beginn ihrer Ehe musste sie noch den Herd anschüren, erst Anfang der siebziger Jahre hatten sie sich einen Elektroherd zugelegt, zusammen mit der Ölheizung. Nach ihrem Tod vor zwei Jahren hatte er den Wecker auf ihrer Seite des Bettes stehen lassen, aus Gewohnheit. Vor achtundzwanzig Jahren zog das letzte der vier Kinder aus, seit sechzehn Jahren war er im Ruhestand, eine Ewigkeit lebte er nun schon allein. Es gab keine Notwendigkeit mehr für ihn, den Wecker zu stellen. Obwohl es ein neuer war, den seine Frau erst wenige Monate vor ihrem Tod bei Elektro Süß gekauft hatte, weil er große Ziffern hatte, die im Dunkeln bläulich leuchteten. 02:32 zeigten sie.

Er lauschte. Es war ein Novembersturm aufgezogen. Ein kräftiger, unbeugsamer Wind, der durch die Straßen fegte, um die Hausecken heulte und an den Fensterläden rüttelte, die er wie immer offen gelassen hatte. Heftige Böen folgten rasch aufeinander, ließen das Geäst der Bäume in den Gärten brausen und die Dachziegel seines Hauses klappern. Aber keines dieser Geräusche hatte ihn aufschrecken lassen. Es war nichts Vertrautes gewesen. Es war ein Geräusch, das nicht hierher gehörte.

Er fühlte es kalt durch das Fenster hereinziehen, das einen Spalt geöffnet und festgehakt war. Sie hatte immer gewollt, dass er das Fenster einen Spalt geöffnet ließ, im Sommer wie im Winter, bis zuletzt. Den Heizkörper im Schlafzimmer hätten sie sich schenken können damals. Er konnte sich nicht erinnern, ihn jemals aufgedreht zu haben. Höchstens als die Heizung neu war und sie den Freunden voller Stolz vorführten, wie mollig warm sie es im Schlafzimmer haben konnten. Aber irgendwann hatten alle eine Ölheizung. Sie wollte das Fenster offen haben, weil sie den Schweißgeruch nicht vertrug, den Menschen unter ihren Bettdecken verströmen. Oder die Ausdünstungen eines Mannes, der Knoblauch liebt. Außerdem warf sie ihm vor, er furze im Schlaf wie ein alter Hund.

Durch das Fenster fiel trübes Laternenlicht ins Zimmer und warf ein matthelles Quadrat an die gegenüberliegende Wand. Darüber zeichnete die Gardine ein feines Muster verschwommener Linien. Das Quadrat schaukelte an der Wand hin und her, weil die Laterne im Wind schwankte. Außer dem Sturm war draußen nichts zu hören, auch kein Auto. Trotzdem, etwas hatte ihn geweckt. Das Geräusch ließ ihm keine Ruhe mehr.

Er warf die Decke zur Seite, hob die Beine aus dem Bett, zog die gefütterten Hausschuhe über die Füße und trippelte zum Fenster. Was er sah, überraschte ihn: Unter der Laterne stand ein Pärchen. Um diese Jahreszeit! Der junge Mann packte mit beiden Händen den Schal, den sie um ihren Nacken gelegt hatte, und zog ihren Kopf heran. Sie küssten sich. Dann ließ er seine Hände an ihrem Mantel hinabgleiten, zog ihre Hüften gegen seine. Sie beugte ihren Oberkörper leicht zurück und lachte. Der Wind wirbelte Laub um sie herum, ließ die Haare und den Schal der Frau flattern.

Er wandte sich vom Fenster ab. Das war es nicht. Das Flüstern des Pärchens, das Lachen der jungen Frau, all das verwehte, bevor es in sein Zimmer drang. Plötzlich wurde ihm bewusst: Das Geräusch, das ihn geweckt hatte, musste aus dem Haus gekommen sein.

Möglicherweise die Katze der Nachbarskinder. Sie schlich manchmal ins Haus, wenn er bei der Gartenarbeit die Verandatür offen ließ. Sie kam gerne zu ihm, weil er sie verwöhnte. Warme Milch, in die er alte Brötchen brockte. Er wusste, er sollte das nicht. Kuhmilch war schädlich für Katzen. Sie sollten nur Wasser trinken. Heimlich gab er der Katze die Milch doch. Alkohol zum Beispiel schadet den Menschen auch. Trotzdem trank er jeden Abend sein Glas Wein und lebte noch. Hatte alle seine Freunde überlebt. Und seine Frau.

Er ging zur Tür und öffnete sie. »Miez, miez, miez!«, rief er in den dunklen Flur, von dem die Treppe hinab ins Erdgeschoss führte. Seine Stimme klang ungewohnt. Er hörte sie kaum noch, seit er allein lebte. Noch einmal rief er: »Miez, miez, miez!« Alles blieb still. Dennoch spürte er stärker als zuvor, dass etwas anders war. Er war nicht allein.

Seine Hand tastete nach dem Lichtschalter im Flur, fand ihn, kippte ihn. Nichts. Es blieb dunkel. Er stutzte. Hatte er die Birne der Flurlampe nicht erst vor zwei Wochen ausgewechselt? Er meinte sich gut zu erinnern, denn es fiel ihm zunehmend schwerer, auf den Stuhl zu steigen und sich so lange zu strecken, bis er den Schirm abgenommen, die alte Birne aus der Fassung heraus- und die neue hineingeschraubt hatte. Aber wenn er auf den Besuch eines seiner Kinder warten wollte, müsste er bis Weihnachten nachts durch den dunklen Gang irren. Oder so lange, bis er die Treppe hinabstürzte.

Als er so in die Schwärze starrte und die Ohren spitzte, hatte er plötzlich eine Ahnung, fast eine Gewissheit: Er würde keines seiner Kinder wiedersehen.

Es waren sogar zwei Lampen an den Schalter angeschlossen: die Flurlampe und die Treppenlampe. Dass beide Birnen gleichzeitig durchglühten – das hatte es noch nie gegeben. Er schaltete aus und wieder an. Kein Licht. Probeweise griff er hinter sich, kippte den Lichtschalter neben der Tür im Schlafzimmer. Auch hier ging das Licht nicht. Er warf einen Blick auf den Elektrowecker. Die Digitalanzeige war erloschen.

Die Nervosität, die er gerade noch gespürt hatte, fiel von ihm ab. Die Sicherung war durchgebrannt. Ein Kurzschluss. Das war das Geräusch, das ihn geweckt hatte. Es blieb aber das Gefühl, als sei er nicht allein im Haus. Er machte drei zögernde Schritte in den schwarzen Gang hinein. »Hallo? Ist da wer?« Er hörte seine ängstliche Stimme und kam sich im selben Augenblick lächerlich vor. Ein alter Mann, der außer einem Leben, das er ohnehin nicht mehr lange behalten konnte, nichts zu verlieren hatte, fürchtete sich vor einem Einbrecher. Er, der nie mehr als zweihundertfünfzig Euro im Haus aufbewahrte, den armseligen Schmuck seiner Frau unter den beiden Töchtern aufgeteilt hatte, der weder Fernseher noch Stereoanlage noch Fotoapparat von Wert besaß. Er würde doch nicht auf seine alten Tage noch zu spinnen anfangen!

Er tastete sich an der Wand entlang zum Treppenabsatz. Der Wind heulte ums Haus und ließ die Ziegel klappern. Es klang wie eine Warnung. Aber der Stromzähler hing ein Stockwerk tiefer im Flur. Er musste die Sicherung austauschen, sonst taute die Gefriertruhe ab und seine Sachen verdarben.

Zwischen zwei Windstößen lauschte er erneut: Eine Diele hatte geknarrt, ganz sicher, er kannte jedes Geräusch im Haus. Es hatte geklungen, als sei jemand auf eine der lockeren Dielen im unteren Flur getreten.

Er beschloss, nicht mehr zu rufen. Er hatte die Treppe erreicht. Langsam begann er, hinabzusteigen. Das Alter zwang ihn, kleine Schritte zu machen. Aber hier auf der Treppe war es egal. Er lebte seit fünfundfünfzig Jahren in diesem Haus. Er hatte es als junger Mann selbst gebaut, um seiner Frau ein Heim zu geben und den Kindern, die noch kommen sollten, ein Nest. Er kannte jede Stufe dieser Treppe. Er wusste, welche er zu meiden hatte.

*

Das Feuer war fast erloschen. Johannes Strobel, erschöpft, aber schlaflos, erhob sich und sah auf die Armbanduhr, die alles war, was er am Köper trug. Viertel vor drei. Mein Gott, er sollte schlafen! Er ließ die Scheibe vor dem Kamin nach oben gleiten, packte eines der Holzscheite im Korb, schob es in die Glut. Dann legte er ein zweites über Kreuz darüber. Die trockene Buche fing sofort Feuer. Ein fahler, rötlicher Lichtschein verbreitete sich im Zimmer.

Strobel betrachtete Sabine. Sie war auf dem Bärenfell vor dem Kamin eingeschlafen. Sie hatte die Bassetti-Decke über sich gezogen, die aber eine Schulter und eine ihrer kleinen, süßen Brüste sehen ließ. Im Licht des Feuers wirkte ihre Haut wie Samt. Sie atmete sanft. Ihre Kleider lagen verstreut auf dem Boden, auch ihr BH und ihr Höschen aus roter Spitze. Er verspürte den Drang, die Decke wegzuziehen und sie noch einmal zu betrachten. Etwas hinderte ihn daran. Es war unbeschreiblich schön gewesen mit ihr, anders als mit allen vorher. Zudem hatte sie mehr Stil und Geist als alle anderen. Strobel stellte verblüfft fest, dass er sie nicht mehr gehen lassen wollte. War das Liebe?

Zwei Tage lang hatte sie sich nicht bei ihm gemeldet, in dieser Zeit hatte er bereits gespürt, wie sehr sie ihm fehlte. Dann rief sie ihn an, er war gerade aus Miltenberg zurückgekehrt, wo er mit dem Sohn der alten Kunkel gesprochen hatte.

Sabine und er hatten sich für sechs im »Domus« verabredet, die übliche Zeit, der übliche Ort. Er war pünktlich, sie ließ ihn fast zwanzig Minuten warten. Sie kam gerade noch rechtzeitig, bevor er begann, mit der blonden Bedienung zu flirten. Sie aßen Tapas und Salat, tranken spanischen Rotwein. Sie plauderten und scherzten, sie regten sich über ihre jeweiligen Kollegen auf und trösteten sich gegenseitig. Unversehens begannen sie, eine gemeinsame Zukunft zu planen, zumindest sprachen sie davon, wie sie die kommenden Wochenenden verbringen wollten. Er fühlte sich zu ihr hingezogen und er spürte, dass sie ähnlich für ihn empfand. Gegen elf überredete er sie, mit zu ihm zu kommen – auf ein Glas seines Rotweins, nur zum Vergleich. Sie willigte überraschend schnell ein.

Sie kamen nicht mehr dazu, das Glas auszutrinken. Sie hatten es sich auf dem Bärenfell bequem gemacht. Kaum knisterte das Kaminfeuer und Norah Jones' sanfte Stimme klang aus den Lautsprechern, begannen sie auch schon, sich gegenseitig auszuziehen. Er wusste es nicht mehr genau, aber er hätte schwören können, dass sie begonnen hatte. Sie schauerte lustvoll, als er ihren Körper erkundete, mit den Händen, mit den Lippen, der Zunge. Und Wellen der Lust liefen durch seinen Körper, wenn sie ihn berührte. Erst lange nach ein Uhr ließen sie von einander ab. Als er aus dem Bad zurückkehrte, lag sie unter der Decke und schlief. Er ließ sich auf das Fell sinken, hob die Decke vorsichtig an und schlüpfte darunter. Sabines Haut duftete, sie war warm und noch feucht.

Er war müde und völlig erschöpft. Dennoch fand er keinen Schlaf.

Er wusste, was ihn wach hielt: die Nachricht auf seiner Mobilbox. Cornelia Schwind hatte auf seinem Handy angerufen, laut Anzeige um 22:48 Uhr – nicht lange, bevor er mit Sabine nach Hause gekommen war.

Ihre Stimme klang beunruhigt: *»Guten Abend, Herr Strobel. Mir ist noch etwas Wichtiges eingefallen. Es gibt vielleicht doch jemanden, der meinen Ex-Mann in der Bachtalstraße gesehen hat. Oder vielmehr sein Auto. An der Ecke zur Liebezeitstraße wohnt ein alter Mann, Willi Staudt, der steht von früh bis spät am Fenster. Geht nur noch zum Einkaufen aus dem Haus und kommt danach auf ein Glas Weißwein in die ›Hoffnung‹. Er war heute Nachmittag da, kam gleich nach Ihnen. Hat erzählt, er hätte den Wagen meines Ex am Montag früh in der Liebezeitstraße gesehen. Hätte sich noch gewundert, warum er nicht in die Bachtalstraße eingebogen sei. Ich wollte mich ja gleich melden, dachte aber, sie fragen ihn sowieso noch. Jetzt mache ich mir aber doch Sorgen, nachdem Max wieder draußen ist. Wer weiß, wem der Willi das noch erzählt hat …«*

Es war nach elf, als Strobel die Nachricht abhörte, zu spät, um noch etwas zu unternehmen. Selbst wenn er jemand zu ihm schicken könnte – der alte Mann würde schon schlafen, und es gab keinen Grund, ihn mitten in der Nacht zu wecken.

Er legte einen Arm über Sabine und streichelte mit der Hand sanft ihren Busen. Vielleicht hatte Willi Staudt tatsächlich noch anderen erzählt, dass er Schwinds Auto zur Tatzeit gesehen hatte – wenn es Schwinds Auto war. Aber das hieß noch lange nicht, dass Schwind bereits erfahren hatte, dass es einen Zeugen gab. Nein, der alte Mann war bis zum Morgen sicher in seinem Haus. Schwind wurde überwacht. Von ihm ging keine Gefahr aus.

Ein Handy piepste. Es war seines. Strobel rollte sich zur Seite, tastete mit der Hand über den Boden, bis er das Mobiltelefon gefunden hatte, das in der Nähe des Kamins lag. Er drückte die grüne Taste.

»Hallo, Jo.« Es war Claudia Junk. Sie klang aufgeregt. »Ich weiß nicht, wie es kam, aber wir haben ihn verloren.«

Auf einen Schlag war Strobel hellwach. »Fahr sofort in die Bachtalstraße 2«, befahl er. »Auf der Stelle!«

*

Es kam ihm vor, als habe es eine Ewigkeit gedauert, hinabzusteigen. Vorsichtig hatte er Fuß vor Fuß gesetzt, drei der fünfzehn Stufen musste er auslassen, weil sie knarrten, vier andere durfte er nur an bestimmten Stellen belasten. Trotzdem war sein Abstieg nicht lautlos gewesen, da gab er sich keinen Illusionen hin. Aber der Sturm, der immer heftiger brauste, würde das Knarren des Holzes, das Rascheln seines Schlafanzugs und das leichte Pfeifen seines Atems vielleicht übertönen. Außerdem, tröstete er sich, konnte ein Fremder nicht wissen, ob die Geräusche, die er hörte, zum Haus gehörten, ob sie vom Sturm verursacht wurden oder von einem Menschen.

Am Fuße der Treppe blieb er stehen, atmete durch, lauschte. Rechter Hand war die Haustür, durch deren schmale Milchglasscheibe mattes Licht in den Flur fiel, der sich zu seiner Linken erstreckte. Der Flur war leer. Ihm gegenüber an der Wand des Flurs stand die altmodische Garderobe mitsamt dem Schirmständer, einer alten Milchkanne, mit Bauernmalerei verziert. Seine Frau hatte sich in das blecherne Ungetüm verliebt in ihrem ersten gemeinsamen Urlaub vor fünfundvierzig Jahren im Bayerischen Wald. Mit zwei kleinen Schritten war er dort, breiter war der Flur nicht. Vorsichtig zog er den Stock seiner Frau heraus. Ganz wie sie es ihm auf dem Sterbebett versprochen hatte. Sie würde ihm beistehen, über den Tod hinaus.

Mit dem Stock als Waffe in der Hand fühlte er sich sicherer. Dennoch spürte er stärker als zuvor, nicht allein zu sein. Beobachtet zu werden. Unsinn! Er sah sich noch einmal um: Alle Türen waren geschlossen. Das Haus seufzte im Wind, als er sich von der Garderobe löste und in den Flur hineintrippelte. Vorbei an der Küchentür rechts. Noch ein paar Schritte weiter führte links eine Tür nach unten in den Keller. Der Kellertür gegenüber, genau zwischen Küche und Wohnzimmer, saß der Stromkasten, eingelassen in die Wand.

Als er ihn erreicht hatte, war die Angst verflogen. Gleich würde er wieder Licht haben. Er lehnte den Stock an die Wand und öffnete das eintapezierte Holztürchen, das den Kasten verschloss. Seine Hand tastete über den Boden des Kastens und ergriff die speckige Schachtel, in der er seit fünfundfünfzig Jahren die Ersatzsicherungen aufbewahrte. Dann starrte er in das schwarze Viereck vor sich und versuchte, sich zu konzentrieren. Welche war die Sicherung für den Hausstrom?

Während er noch überlegte, hörte er es wieder: Eine Diele knarrte. Das Geräusch kam aus der Küche. Die Schachtel mit den Ersatzsicherungen in der Hand schlich er den Flur zurück. An der Küche angekommen, legte er ein Ohr an die Tür und lauschte. Nichts. Oder doch? War da nicht ein leichtes Schaben? Eher ein Kratzen innen an der Tür. Das war kein Mensch, das war …

Er hielt den Atem an, drückte die Klinke und stieß im selben Augenblick die Tür auf. Er war selbst überrascht über die Schnelligkeit, die er noch entwickeln konnte. Zu früh zum Sterben, frohlockte er, während seine Augen im Dunkeln die Ursache der unheimlichen Geräusche suchten. Dann sah er sie, schemenhaft: Vor ihm am Boden hockte die Katze der Nachbarskinder. Blitzschnell musste sie der Tür ausgewichen sein. Im milchigen Licht, das von der Haustür her in den Flur fiel, blickte sie zu ihm auf.

»Mensch, Mieze«, sagte er laut und erschrak erneut über seine Stimme, »du kannst einem aber einen Schrecken einjagen! Brauchst mich gar nicht so vorwurfsvoll anzuschauen.« Er beugte sich ächzend herab, um sie zu streicheln, aber sie ließ sich nicht berühren. Ihr Fell sträubte sich, sie sprang auf und lief zur Haustür. »Jaja«, rief er, »ich lass dich schon hinaus. Aber Vorsicht: Ist kalt draußen!« Er öffnete die Haustür einen Spalt. Die Katze schlüpfte ins Freie.

Er zuckte zusammen. Der Luftzug hatte eine Tür zuschlagen lassen. Oben! Die Schlafzimmertür, er hatte sie offen gelassen. Der Sturm heulte durchs Haus. Dennoch hörte er es. Deutlich.

Eine Diele knarrte. Es war hinter ihm im Flur. Im Augenwinkel meinte er, eine Bewegung wahrzunehmen. Er wandte sich um und erstarrte. Das Blut wich ihm aus den Fingern, die Schachtel stürzte zu Boden, die Ersatzsicherungen kullerten durch den Flur. Er sah dem Tod ins Auge. Ein schwarzer Schatten mit schwarzen, hohlen Augen. Er duckte sich, als der Schatten den Arm hob, aber er war nicht schnell genug. Der Arm sauste nieder, und er spürte einen brennenden Schmerz in der Schulter. Rasend schnell breitete sich der Schmerz in seinem Körper aus. Ihm schwindelte. Er wollte sich an die Haustür klammern, doch seine Hände gehorchten nicht mehr. Er glitt am Holz entlang auf den Boden. Ein Krampf schüttelte seinen Körper. Sein Herz raste. Er würgte vor Übelkeit. Übergab sich.

Aber er hatte keine Angst. Wie eine Ewigkeit waren ihm die zwei Jahre ohne seine Frau vorgekommen. Nun holte der Tod ihn zu ihr. Er würde nicht mehr einsam sein, nie mehr. Er sah, wie sich der Schatten in seine Frau verwandelte. Mit letzter Kraft rief er ihren Namen: »Gertrud!« Dann hatte er ausgeatmet. Die Luft und alles Leben waren aus ihm gewichen.

# 23

»Ich bin begeistert!« Scheppernd stellte Ruth die Kaffeetasse vor ihrem Mann auf den Frühstückstisch. Stiller schrak zusammen. Die Tasse war immerhin eines ihrer frühen Keramikwerke. Um genau zu sein, ein Überbleibsel aus dem ersten selbst gestalteten Frühstücksservice. Ihre Eintrittskarte in den Berufsverband Bildender Künstler, ein Kreis, der sich sonst ängstlich gegen Neulinge abzuschotten pflegte.

»Nanu, so schreckhaft heute früh?«, fuhr Ruth fort. »Gerade klang es noch so, als hättest du gestern Abend mit einer wahrhaft todesmutigen Heldentat das zivilisierte Abendland vor einem katastrophalen Justizirrtum bewahrt.« Klappernd verteilte sie die Teller. »Das ist natürlich viel wichtiger, als sich zu Hause mit der Banalität eines verstopften Abflusses zu beschäftigen. Das überlassen Helden gerne ihren fleißigen Heimchen.«

Richtig, der Vortag war ein Mittwoch gewesen. Der Töpferkurs. Stiller schielte zu seinem Jüngsten hinüber. »Du könntest deine Schwester wecken«, schlug er vor.

Jan schnaufte. Ruth strich ihm über das Haar. »Du solltest für deinen Vater ein wenig Verständnis zeigen«, flötete sie. »Er ist schließlich schwer angeschlagen. Er hat sich die Hüfte an einer Kneipentheke geprellt und einen Knöchel an einem Rasenmäher aufgeschnitten. Alles Opfer im Dienste der Gerechtigkeit. Oder der Zeitungsauflage, je nachdem.«

Ächzend langte Stiller über den Tisch und griff sich eine Scheibe Toast. »Es war in der Tat rein beruflich.«

»Beruflich nennt man das heute«, sagte Ruth ironisch. »Darf ich den investigativen Journalisten vielleicht daran erinnern, in welchem Zustand er gestern Nacht nach Hause gekommen ist? Oder sollte ich sagen: gekommen wurde?«

»Hol doch mal die Zeitung, Jan!«, befahl Stiller.

»Ich bin doch kein Hohler.« Jan blieb sitzen. Stiller begann, sich aufs Büro zu freuen.

Ruth ließ sich an der Seite ihres Sohnes nieder, legte ihm eine Hand auf die Schulter und zeigte mit der anderen über den Tisch auf Stiller. »Er war nahezu nackt!«, sagte sie und senkte die Stimme. »Er trug nichts außer einer feuchten Unterhose und einer Kamelhaardecke. Sie stand ihm so gut, als wäre sie sein Fell. Ich dachte einen Moment, nanu, da kommt ja ein richtiges Kamel ... Butter?«

Sie reichte Stiller die Butterdose über den Tisch. Jan grinste.

»Du machst den Jungen ganz verlegen«, rügte Stiller seine Frau. »Du willst das doch gar nicht hören, stimmt's, Jan?«

»Wieso?«, erkundigte sich der Jüngste. »Klingt doch interessant!«

»Interessant, da hast du recht«, fuhr Ruth fort. »Klingt interessant, weil er mich vor seiner beruflichen Eskapade noch angerufen und mir am Telefon eine ganz andere Geschichte aufgetischt hatte. Angeblich wollte er mit Peter Kleinschnitz losziehen, seinem guten Kumpel. Irgendwelche Theorien überprüfen, um einen stadtbekannten Spitzbuben und Trinker zu entlasten, den die Polizei irrtümlich für einen Mörder hält. Zwei wahrhaft Heilige.«

Sie erhob sich, nahm das Marmeladeglas, umrundete den Tisch und knallte es so heftig auf den Tisch, dass Stillers Teller hüpfte. Ihre Augen funkelten, aber ihre Stimme blieb sanft. »Es war dann allerdings die junge Volontärin, die ihn um Mitternacht nach Hause gebracht hat. Eine aparte Person, rassig und reizend.«

»Sie war zufällig auch da«, verteidigte sich Stiller, während er sich möglichst ungerührt den Toast butterte. Insgeheim war er froh, dass er Ruth immerhin die Wahrheit über seine nächtlichen Pläne gesagt hatte. Wenn er auch ihr die Geschichte vom Treffen mit dem SPD-Stadtrat aufgetischt hätte, um sie nicht zu ängstigen, hätte er jetzt ein echtes Glaubwürdigkeitsproblem. »Wir wussten nichts davon, ehrlich!«

»Zufälle gibt es, nicht wahr, Jan?« Ruth lächelte böse und nahm das Messer, das Stiller zur Seite gelegt hatte, um nach der Marmelade zu greifen. »Immerhin trug sie noch alle Kleider. Da kann dein Vater von Glück sagen, sonst ...« Sie fuhr mit dem Daumen über die Klinge des Messers. »Ich meine, wenn so ein

Engelchen mit den braunen Rehaugen klimpert, sind schon ganz andere Heilige schwach geworden.«

»Jetzt reicht es!« Die Zornesfalte präsentierte sich als tiefe Furche auf Stillers Stirn. »Niemand ist schwach geworden. Ich habe mich ausschließlich aus beruflichen Gründen …«

»… ausgezogen?«, vollendete Ruth.

Stiller grinste schief. »Nein, das war Fenias Wunsch.«

»Selbstverständlich war es auch kein Zeichen der Schwäche, sondern die Schuld der kaputten Hüfte und des verletzten Knöchels, dass sich dein Vater auf dem Weg über den Platz wie ein Klammeraffe um die Volontärin geschlungen hat«, sagte Ruth zu Jan. »Ganz bestimmt hat es auch nichts mit Alkohol zu tun gehabt. Dein Vater trinkt nie etwas Alkoholisches, wenn er arbeitet. Da hat er Prinzipien, der heilige Paulus.«

Das Telefon klingelte. Ruth wandte sich um und ging in Richtung des Apparats. »Komisch nur, dass er eine Alkoholfahne hatte wie ein Kegelclub am Vatertag«, rief sie über die Schulter zurück. »Und geschnarcht hat er wie das Großsägewerk Pollmeier im Hafen.« Sie nahm das Mobilteil aus der Station. »Ruth Stiller!« Ihre Miene verfinsterte sich. »Ach, Frau Saalbach, gerade haben wir von Ihnen gesprochen … Natürlich, er ist schon wach. Ein bisschen jedenfalls. Ich hoffe, er ist Ihnen gestern nicht lästig geworden.« Sie trug das Mobilteil an den Tisch, hielt es Paul vor die Nase und ließ es in seinen Schoß plumpsen. »Deine Volontärin«, sagte sie spitz.

»Fenia«, sagte Paul kleinlaut und verkniff sich eine italienische Bemerkung. Er wollte Ruth nicht noch mehr verärgern. Er lauschte und wurde plötzlich ernst. »Sag, dass es nicht wahr ist … Ja, ich höre es mir gleich an … In einer halben Stunde bin ich in der Redaktion.« Er legte das Telefon auf den Tisch, stand auf und sah Ruth an: »Es gibt einen neuen Mord. Vermutlich das gleiche Gift. Und Max Schwind ist untergetaucht.«

Der Lokalsender unterbrach alle fünfzehn Minuten das übliche Schlagergedudel für den Fahndungsaufruf. *»Gesucht wird der achtundvierzigjährige Max Schwind. Er ist dringend verdächtig, seine frühere Schwiegermutter und einen möglichen Tatzeugen* *umgebracht zu haben.«* Es folgte ein O-Ton des Hauptkommissars: Strobel gab eine kurze Personenbeschreibung des Flüchtigen und nannte die Telefonnummer der Kripo für Hinweise auf den Aufenthaltsort des Verdächtigen.

Stiller schaltete das Radio aus, ging zu Ruth und nahm sie in den Arm. »Tut mir leid, ich muss los. Den Schaden begrenzen.«

»Was ärgert dich denn so?«, fragte sie. »Dass du dich geirrt hast und er es vielleicht doch war? Wenn es dich tröstet: Ich glaube das noch immer nicht.«

Stiller drückte sie schweigend an sich.

»Oder hast du Angst, dass du in den Augen deiner Kollegen an Ansehen verlierst? Dass dich die liebe Fenia nicht mehr bewundert?«

»Wie du so was überhaupt nur denken kannst!« Stiller schob sie ein Stück zurück und sah ihr ernst ins Gesicht. »Bitte mach dir keine Gedanken wegen Fenia. Sie ist eine Kollegin, das ist alles. Eine Fenia kann dir doch nicht gefährlich werden.«

»Aber dir«, sagte sie leise.

Er fuhr ihr mit den Fingerspitzen durchs Haar und nahm ihren Kopf in seine Hände. »Es gibt für mich keine andere Frau als dich, gerade jetzt zeigt sich das wieder.«

»Alter Schmeichler«, lächelte sie.

»Lass uns am Abend mal wieder was unternehmen«, schlug er vor. »Gehst du heute nicht zur Vernissage in den Kunstlanding? Ich begleite dich, wenn du willst.«

»Das wäre ja eine echte Überraschung!« Sie lächelte erneut, dann sah auch sie ihn ernst an. »Also gut, dann sieh mal zu, dass du jetzt loskommst.«

Der Sturm der vergangenen Nacht hatte die Luft blank geputzt, Abgase und Gestank aus den Straßenschluchten der Stadt hinausgeblasen. In den letzten Stunden hatte es geregnet, doch nun hob sich die Sonne an einem eisblauen Himmel über die Dächer und betrachtete, was der Orkan über den nassen, im Licht gleißenden Asphalt gefegt hatte: abgerissene Zweige, sogar Äste, braunes Laub, die Scherben von Dachziegeln, Papierfetzen und Plastiktüten aus umgestürzten Mülltonnen.

Es hätte ein schöner Tag werden können! Doch er wusste, der Tag würde alles andere als schön werden. Er sah die Szenen, die ihn in der Redaktion erwarteten, vor sich ablaufen wie einen Kinofilm.

Rex Bausback würde die übliche Mischung aus gespielter Verzweiflung und persönlicher Betroffenheit mimen. Wahrscheinlich übte er bereits seine Monologe und vermeintlichen Pointen ein: »Ein zweiter Mord, Herr Stiller, und der Lokalsender hat diese auflagenrelevante Tatsache einen Tag lang exklusiv, während wir unseren Lesern den Mörder als Unschuldslamm verkaufen. Mir kommen die Tränen!« Der Chefredakteur würde, um diese Worte zu unterstreichen, ein Taschentuch zücken und sich die Augenwinkel auswischen. »Vielleicht handelt es sich ja um eine Verwechslung? Sicher könnte Max Schwind, dieser gute Mensch, den Irrtum aufklären. Doch leider ist er verschwunden. So ein Pech aber auch. Es ist natürlich fraglich, ob er einen gutgläubigen Journalisten gefunden hätte, der ihm seine rührselige Verwechslungskomödie abkauft.«

Plötzlich würde sich Bausback nach vorne lehnen und mit der Hand auf Paul Stiller weisen, der wie gewöhnlich am anderen Ende des Ovals zu finden wäre. »Jetzt ist Schluss mit der Gefühlsduselei. Ich will Fakten von Ihnen, Herr Stiller. Sie waren einmal ein guter Journalist, das erzählt man sich zumindest. Ich will Sie hier in keiner Konferenz mehr sehen, bis sie unseren Lesern berichten können, wo sich Max Schwind aufhält, oder besser, dass er gestanden hat. Das wäre es für heute, an die Arbeit, Kollegen.«

Noch während sich der Chefredakteur erhöbe, würde sich der Landkreischef räuspern. »Da ist noch das Problem mit der Volontärin ...«

»Richtig, Frau Saalbach. Sie hätte ich ja fast vergessen. Von Ihnen erwarte ich bis heute Abend einen umfassenden Beitrag über den zweiten Mord. Alles, was damit zusammenhängt, Sie kennen ja wohl die berichtsrelevanten Fragen. Zeigen Sie den Amateurfunkern mal, was Journalismus ist. Und zeigen Sie es ruhig auch den älteren Kollegen, die ihr Handwerk scheints verlernt haben.« Mit zwei Schritten würde er zur Tür eilen, um nach seiner Ansprache ohne weitere Diskussion aus dem Raum zu stürmen. »Enttäuschen Sie mich nicht, sonst sitzen Sie morgen wieder in der Landkreisredaktion.«

Auf seiner Leinwand beobachtete Stiller, wie die Kollegen an ihm vorbei aus dem Zimmer zogen, während er noch kurz sitzen blieb, um »berichtsrelevant« zu notieren. Er blickte nicht auf, und sie sahen ihn nicht an. Auch Fenia Saalbach nicht.

In der Redaktion begegnete ihm keine Menschenseele. Stiller atmete auf, als er, schwer humpelnd, sein Büro erreicht hatte. Fenia und Kleinschnitz waren noch nicht im Haus, also nahm er sich die Post vor. Die Zahl der E-Mails zum Mordfall Kunkel potenzierte sich. Das lag vor allem am Rundfunkbericht über den zweiten Giftmord. Viele Leser wollten nicht auf die Online-Veröffentlichung warten, sondern gleich wissen, ob an der Geschichte etwas dran sei. Schon meldeten sich auch Menschen, die den ermordeten Rentner gekannt hatten, Wichtigtuer boten Informationen oder Theorien an – selbstverständlich gegen entsprechendes Honorar. Er überflog die Liste, konnte sich aber nicht darauf konzentrieren.

Welches Motiv hatte der Mörder von Hedda Kunkel für diesen weiteren Mord? Im Rundfunk war von einem möglichen Zeugen die Rede. Aber ein Zeuge wofür? Stiller zog ein Blatt Papier aus der Schreibtischschublade und begann, verschiedene Konstellationen aufzumalen.

Angenommen, Max Schwind war der Mörder der alten Kunkel und es gab einen Zeugen, der ihn belasten konnte, dann hätte der Haftrichter den Hauptverdächtigen niemals laufen lassen. Zumindest hätten Kripo und Staatsanwalt den Zeugen nicht ohne Schutz gelassen. Da knirschte doch etwas.

Angenommen, der Zeuge hatte einen anderen belastet, warum gab es dann keine Festnahme und warum fahndete die Polizei weiter nach Schwind? Überhaupt: Wenn Schwind unschuldig war, weshalb war er dann untergetaucht? Das knirschte auch.

Stiller ließ den Papierbogen wieder in der Schublade verschwinden. Das brachte ihn nicht weiter, er wusste einfach zu wenig über den zweiten Mord. Den würde er Fenia überlassen, er wollte noch einmal beim ersten ansetzen, ganz von vorne anfangen. Immerhin kannte er inzwischen die Verdächtigen, sollte nicht irgendwo noch der große Unbekannte auftauchen.

»Erste Frage«, wie so oft, wenn Stiller allein in seinem Zimmer grübelte, sprach er mit sich selbst, »wer hat kein Alibi?«

Er sah auf die Uhr, es war noch vor acht. Zeit für einen erneuten Anruf bei Mike Staab. Stiller streckte die Hand aus. Das Telefon klingelte, noch bevor er es erreicht hatte.

# 24

An alles zu denken, das war eines seiner Markenzeichen, ohne die er es niemals mit achtunddreißig an die Spitze des Kommissariats geschafft hätte. Ein Markenzeichen, das er in diesem Fall sträflich vernachlässigt hatte. Er hatte nicht an die Tiefgarage gedacht. Vielmehr nicht daran, dass noch ein anderer Weg nach draußen führen könnte als die mit Rolltoren versehene Einfahrt. Aber es gab ihn: einen Notausgang für Fußgänger.

Strobel stand am Fenster des Besprechungsraumes. Er sah hinaus in den klaren Morgen. Die Soko Kunkel hatte sich längst um den Tisch versammelt. Die Kollegen schwiegen, nur das Knacken seiner Finger unterbrach von Zeit zu Zeit die Stille.

Sicher, er hatte die Freilassung des Max Schwind nicht zu verantworten, er hatte sogar versucht, sich dagegen zu widersetzen. Wenn es ein Fehler gewesen sein sollte, ihn laufen zu lassen, dann war er unverzeihlich. Ein Fehler, der einen Unschuldigen das Leben gekostet hatte.

*Wenn* es ein Fehler gewesen sein sollte. Strobel zweifelte mehr und mehr daran. Sicher, der Rentner hätte Max Schwind belasten können. Aber genügte das dem Verdächtigen als Grund, wenige Stunden nach seiner Entlassung aus dem Polizeigewahrsam den möglichen Zeugen mit einer Giftspritze zu ermorden und dann unterzutauchen? Da hätte er sich auch gleich ein Bekennerschreiben an die Stirn kleben können. »Schaut her, ich bin der Mörder!«

Wenn er Schwind aber ausnahm, hatte er plötzlich überhaupt keinen Verdächtigen mehr. Wer sollte denn sonst einen Grund gehabt haben, den alten Mann umzubringen? Strobel begann, den Fall zu hassen. Er wandte sich um, warf einen Blick auf Claudia Junk und nickte.

Sie räusperte sich. »Er ist aus dem Notausgang der Tiefgarage davon. Wir hatten die Haustür und die Ausfahrt der Garage im Blick. Aber der Notausgang liegt um die Ecke, eine Art Kellertreppe führt von da nach oben. Davon hat uns niemand was gesagt.«

Strobel winkte ab und nahm Platz.

Sie setzte ihren Bericht fort: »Er fuhr nach seiner Entlassung gleich nach Hause. Gegen fünf kam er noch einmal heraus, es war schon dunkel. Er ging zu Fuß zum Edeka und kaufte Konserven, abgepacktes Vollkornbrot und Bier ein. Wir haben ihn keinen Moment aus den Augen gelassen.« Sie warf einen unsicheren Blick in die Runde. »Er kehrte zurück und machte sich vermutlich etwas zu essen. Jedenfalls war Licht in der Küche. Gegen sieben wechselte er ins Wohnzimmer. Er stellte sich ein paarmal ans Fenster und sah herunter. Oder er lief in der Wohnung herum. Um Viertel nach acht schaltete er den Fernseher ein. So blieb das dann: Das Licht im Wohnzimmer brannte, und der Fernseher flimmerte.«

Claudia Junk legte eine Pause ein, rieb sich mit den Fingerspitzen die Schläfen.

»Erst lange nach Mitternacht wurden wir misstrauisch. Es gab keine Bewegung mehr in der Wohnung. Erst dachten wir, er sei vielleicht eingeschlafen. Schließlich hatten wir ihn nicht das Haus verlassen sehen. Zwischen acht und Mitternacht herrschte ein ständiges Kommen und Gehen. Aber er war nicht dabei, das kann ich beschwören. Er saß auch in keinem der Autos, die aus der Tiefgarage herausfuhren. Da hätte er schon in einem Kofferraum liegen müssen.«

Wieder sah sie sich um, aber die Kollegen blieben stumm.

»Gegen zwei Uhr beschlossen wir, ihn anzurufen. Wir ließen es klingeln, bis das Besetztzeichen kam, aber er nahm nicht ab. Es war überhaupt keine Reaktion zu erkennen, kein Anzeichen, dass er vielleicht aufgewacht wäre. Also stiegen wir hinauf. Wir läuteten und klopften an der Wohnungstür, aber wieder reagierte er nicht. Schließlich riefen wir den Hausmeister. Den Rest kennst du ja. Die Wohnung war leer. Er muss also zwischen Viertel nach acht und zwei Uhr verschwunden sein. Sein Auto hat er nicht angerührt, es stand auf dem Parkplatz neben den Mülltonnen, wo er es immer parkt. Er muss zu Fuß nach Schweinheim gegangen sein, um den zweiten Mord zu verüben, es sei denn, er hatte irgendwo noch ein Fahrrad oder ein anderes Transportmittel. Die Befragung der Taxi- und Busfahrer war jedenfalls negativ.«

Claudia Junk schwieg. Strobel sah auf, weil sich die Tür öffnete. Mike Staab betrat den Besprechungsraum. Strobel blickte ihn fragend an.

»Ich komme gerade von den Testfahrten nach Schweinheim zurück«, begann Staab. »Wir haben überprüft, ob es Max Schwind möglich war, am Montag in nur neunundzwanzig Minuten vom Hibiskusweg in die Bachtalstraße zu fahren, Hedda Kunkel zu ermorden und wieder zurückzukehren. Drei Routen kamen in Frage. Wir haben sie parallel getestet und sind zur selben Zeit aufgebrochen, wie es bei Schwind am Montag der Fall gewesen sein müsste.«

Er zog einen der unvermeidlichen Schokoriegel aus der Brusttasche und packte ihn umständlich aus, während er weitersprach. »Es war äußerst knapp. Auf zwei Strecken haben wir insgesamt länger als dreißig Minuten gebraucht. Über die Schweinheimer Straße und über die Spessartstraße – da herrscht morgens einfach zu viel Verkehr.« Er schob den Riegel in den Mund und nuschelte: »Es gibt allerdings den Schleichweg, der am südlichen Rand von Schweinheim entlangführt, bevor er in den Ortskern abknickt. Tja, da wird keineswegs geschlichen, da kannst du ordentlich durchrauschen. Wir haben es in fünfundzwanzig Minuten geschafft. Auf diesem Weg hätte Max Schwind also sogar einen Zeitpuffer von vier Minuten gehabt.«

Strobel unterdrückte den Drang, mit den Fingern zu knacken. Er legte die Hände wie ein Schulbub auf den Tisch und lehnte sich zurück. »Wir müssen den Test am Montag noch einmal wiederholen, damit wir auch den gleichen Wochentag haben. Trotzdem: gute Arbeit«, sagte er zu Staab und wandte sich dann Claudia Junk zu: »Auch von dir, Claudia! Ich hätte selbst an den Notausgang denken müssen. Das nehme ich auf meine Kappe.«

Wieder öffnete sich die Tür, der Jungkommissar schob sich ins Zimmer. »Herr Strobel«, sagte er aufgeregt, »es will jemand zu Ihnen. Ich weiß, Sie wollen während der Besprechung nicht gestört werden, aber es scheint wichtig zu sein.« Er wartete.

»Sicher werden Sie mir auch noch sagen, um wen es sich handelt?«, ermunterte der Kommissar den jungen Kollegen.

»Sicher, ja. Es handelt sich um eine Frau. Sie sagt, sie sei mit Max Schwind liiert. Sie wisse, wo er sich aufhält.«

»Führen Sie sie in mein Zimmer, ich komme gleich«, ordnete Strobel an. »Und organisieren Sie irgendwo ein freies Diktiergerät.«

Der Jungkommissar machte keine Anstalten zu gehen. »Sie hat noch etwas gesagt. Etwas Wichtiges. Schwind hat ein Alibi.«

# 25

Die Handynummer, die auf dem Display erschien, war ihm unbekannt. Anders die Stimme, die sich meldete, nachdem er den Anruf angenommen hatte.

»Nun raten Sie mal, wen ich hier neben mir stehen habe?«, trompetete Wolfi Schreck gut gelaunt ins Telefon. Er hatte sich vom Schreck der Toten im Bus offenbar gut erholt. Das lag vermutlich am Namen.

»Ich rate nur ungern. Mir ist es lieber, wenn mir einer klar sagt, was er weiß«, verkündete Stiller einen seiner Grundsätze.

»Ich wollte es ein wenig spannend machen!« Schreck war ein Meister der Spannung, der Hitchcock unter den Busfahrern.

»Hat jemand den Turnbeutel gefunden?« Stiller wusste, das war eine absurde Frage.

»Was für einen Turnbeutel?«

Na bitte.

»Also gut, ich sage es Ihnen.« Pause. »Neben mir steht ein gewisser Manfred Ostheimer.« Pause.

Who the fuck is Manfred Ostheimer?, dachte Stiller. Laut sagte er: »Angenehm!«

»Bestimmt wollen Sie wissen, wer das ist«, fuhr der Busfahrer fort.

Stiller zog beredtes Schweigen einer ehrlichen Antwort vor.

»Das ist der Fremde, der neulich im Bus saß«, platzte Wolfi Schreck endlich heraus. »Der, zu dem die Tote etwas gesagt hat. Also bevor sie starb.« Pause. Sicher wollte er von seinem Gesprächspartner gelobt werden, doch dem war heute nicht danach. Dem Busfahrer blieb nichts anderes übrig, als sich selbst auf die Schulter zu klopfen: »Der, mit dem Sie gerne sprechen wollten. Ich bin richtig stolz auf mich!«

»Gut«, sagte Stiller und überlegte, ob das Gespräch mit dem Fremden, das ihm zuvor so wichtig erschienen war, unter den neuen Gesichtspunkten überhaupt etwas bringen würde. Wahrscheinlich nicht. Andererseits bot es eine hervorragende Ausrede, der Morgenkonferenz zu entgehen. Damit hatte er seine Entscheidung getroffen. »Wo finde ich ihn denn?«

»Er fährt in meinem Bus mit bis zur Haltestelle an der Großmutterwiese. Herz-Jesu-Kirche. Sie können ihn dann im ›Back‹ treffen. Das ist ein Café hinter der City-Galerie.«

Stiller kannte das »Back«. Schon seit er Schüler gewesen war, weil es so schön versteckt lag und doch nur ein paar Schritte vom Kronberg-Gymnasium entfernt. In der Kollegstufe hatte er da manche Stunde geschwänzt, die Zeit mit Schafkopfspiel und Mohrenkopfweck verbracht. Ungezählte Schüler hatten ihr Taschengeld dort gelassen – bis es der Inhaberin reichte, das Café zu renovieren. Fortan mussten die Jugendlichen draußen bleiben. Heute war es ein Treffpunkt für betagte Witwen, die mit Tortenstückchen und koffeinfreiem Kaffee die allzu spät gewonnene Freiheit genossen. Was suchte der Fremde aus dem Bus in diesem Sanatorium?

»Ich bin in zehn Minuten da«, sagte er. »Wahrscheinlich bin ich der einzige männliche Gast. Wenn nicht, lege ich die Zeitung vor mir auf den Tisch, damit er mich erkennt.«

*

Strobel empfand so etwas wie Mitleid mit der Frau. Sie war Ende vierzig, hatte weißblond gefärbte Haare, die ihm entgegengellten wie ein Hilfeschrei vor dem Altern. Sie war dünn, eher mager, und faltig. Ihre Haut hatte eine ungesunde gelbliche Färbung. Er kannte diese Art Frauen: Sie ernährten sich vorwiegend von Kaffee und Zigaretten. Sie lächelte ihm unsicher zu, als er sein Zimmer durch die Seitentür betrat. Unsicher, weil sie wusste, dass sie dabei eine Reihe schlechter Zähne zeigte.

Der Jungkommissar hatte sie auf dem Stuhl vor Strobels Schreibtisch Platz nehmen lassen. Er war neben ihr stehen geblieben und streckte seinem Vorgesetzten das Diktiergerät entgegen. »Um aufzunehmen, müssen Sie diese Taste drücken. Hier können Sie vor- und zurückspulen und hier …« Er brach ab, als er den vernichtenden Blick des Hauptkommissars bemerkte. »Ich gehe dann mal.«

»Bleiben Sie«, seufzte Strobel, nahm ihm das Diktiergerät aus der Hand, umrundete den Schreibtisch und setzte sich. Der Jungkommissar sah sich suchend um und lehnte sich dann an die Fensterbank.

»Mein Name ist Strobel«, begann der Kommissar und schaltete das Diktiergerät ein.

»Ich weiß, wer Sie sind«, gab die Frau mit heiserer, aber dünner Stimme zurück.

»Gut«, sagte Strobel. »Sie heißen?«

»Gaby Sauer.«

»Wohnhaft?«

»Egerer Straße 2, Aschaffenburg-Leider. Die Postleitzahl auch?«

»Bitte!«

»63741. Jahrgang 1961. Verheiratet. Aushilfsjob als Kassiererin beim Norma in Leider. Noch was?«

»Es sieht aus, als hätten Sie es eilig.«

»Darf ich hier rauchen?« Es klang wie ein Krächzen.

Strobel schüttelte den Kopf. »Tut mit leid, Nichtraucherzimmer.«

»Dann habe ich es eilig.«

»Mein Kollege ...«, der Kommissar warf einen Blick auf den Neuling, »... sagt, Sie könnten Max Schwind ein Alibi geben. Ist das richtig?«

Sie stieß ein Lachen aus, das in einen Hustanfall überging. »Woher soll ich wissen, was Ihr Kollege sagt? Aber es stimmt! Max ist kein Mörder. Wir waren zusammen.«

»Letzte Nacht?«

»Und am Montag. Sie müssen sich einen neuen Mörder suchen.«

Strobel gab sich unbeeindruckt. »Erst mal der Reihe nach. Sie sind mit Max Schwind befreundet?«

»Na, das ist vielleicht eine Frage!«

»Sind Sie?«

»Ja.«

»Eine intime Freundschaft?«

»Wir vögeln fast täglich, wenn Sie das meinen.« Wieder hustete sie. »Genau deshalb ist er gestern Nacht auch zu mir gekommen. Sie haben ihn zwei Tage lang eingesperrt. Wir sind frisch verliebt, da können Sie sich doch vorstellen, dass wir eine gewisse Sehnsucht nacheinander verspürten.«

»Schwind war also in der Nacht bei Ihnen. Wann ist er gekommen?«

»Gegen zweiundzwanzig Uhr. Früher ging es nicht. Er musste ja erst Ihre Kollegen einlullen, die unten auf der Straße auf der Lauer lagen. Die sollten nicht zu früh Verdacht schöpfen.«

»Er kam zu Fuß?«

Sie nickte. »Ja«, fügte sie hinzu, als der Kommissar auf das Diktiergerät wies.

»Wann ist er wieder gegangen?«

»Er ist gar nicht gegangen. Er lag noch im Bett, als ich mich auf den Weg zu Ihnen gemacht habe.«

»Sie behaupten also, er war die ganze Nacht bei Ihnen?«

»Ich behaupte das nicht. Es ist die Wahrheit.«

»Können Sie mit Sicherheit ausschließen, dass er die Wohnung zwischendurch verlassen hat, sagen wir mal, so gegen zwei? Vielleicht haben Sie geschlafen.«

»Das kann ich ausschließen. Er war die ganze Nacht bei mir – genau deshalb kam ich gar nicht zum Schlafen. Er kann den alten Mann nicht umgebracht haben, wie sie im Radio behaupten.«

Strobel sah aus dem Fenster. Dunkle Wolken zogen von Westen auf. War das ein Omen? Der leitende Oberstaatsanwalt würde ihn in der Luft zerreißen, wenn er sich auf den falschen Täter eingeschossen hatte.

»Darf ich eine Frage stellen?«, unterbrach der Jungkommissar die Stille. »Warum hat sich Max Schwind Ihrer Meinung nach aus dem Haus geschlichen und sie heimlich besucht, statt einfach zu Ihnen zu fahren?«

»Weil er mich raushalten wollte. Ich bin verheiratet. Mein Mann ist total eifersüchtig. Wenn er rausbekommt, was zwischen mir und Max läuft …« Sie hustete. »Da bin ich meines Lebens nicht mehr sicher. Mindestens können Sie mich dann im Klinikum besuchen.«

Strobel wandte sich ihr wieder zu. »Wo war denn Ihr Mann letzte Nacht?«

»Er ist bis zum Wochenende auf Dienstreise in Krakau. Deshalb kam Max zu mir. Gewöhnlich treffen wir uns bei ihm.«

»Zum Beispiel in der Nacht auf Montag?«

»Zum Beispiel, ja.«

»Wie lange sind Sie denn am Montag geblieben? Wissen Sie das noch?«

Sie fuhr sich mit der Zunge über die obere Zahnreihe, was ihr Gesicht seltsam entstellte. »Ich habe ihn um drei viertel neun verlassen. Die alte Frau mit dem Hund aus dem vierten Stock hat mich aus der Wohnung kommen sehen, kam wohl gerade vom Gassigehen zurück. Sie tickt zwar nicht mehr richtig, aber wenn sie noch nicht ganz verblödet ist, kann sie das bezeugen.«

»Was sagt denn Ihr Mann dazu, wenn Sie die ganze Nacht wegbleiben?«

»Mein Mann kriegt das gar nicht mit.« Wieder lachte sie rau. »Wir haben getrennte Schlafzimmer. Er kommt spätnachts von seinen Kneipentouren zurück, sturzbesoffen natürlich, und schläft mindestens bis zehn. Ich schließe vorsichtshalber mein Zimmer ab, wenn ich im Bett bin. Und wenn ich ausgehe, eben auch.«

»Sehen Sie, Frau ...«, Strobel warf einen Blick auf seine Notizen, »... Sauer, das knirscht leider ein bisschen. Ihr Freund hat ein wasserdichtes Alibi für den Mord an Hedda Kunkel, er macht aber keinen Gebrauch davon – um Sie aus dem Spiel zu lassen? Nehmen Sie es mir nicht übel, aber das klingt ein wenig unglaubwürdig. Für so feinfühlig hätte ich ihn jedenfalls nicht gehalten.« Zudem war Gaby Sauer nicht die Frau, für die ein Mann notfalls in den Knast gehen würde, dachte er.

»Wenn's nach ihm gegangen wäre, hätte er mich auch sofort in die Pfanne gehauen. Aber ich habe von ihm gewollt, dass er erst mal die Klappe hält. Ich hatte einfach Angst. Um mich. Sie kennen meinen Mann nicht.«

»Und jetzt plötzlich ist Ihnen das egal?«

Sie verdrehte die Augen. »Nicht plötzlich. Ich wollte ja nur, dass er ein wenig abwartet, nachdem die Kunkel tot war. Er hatte sie schließlich nicht auf dem Gewissen. Ich war sicher, dass sich das von allein aufklärt. Aber jetzt, der Mord an dem alten Mann – und wieder sieht es so aus, als wär's Max gewesen. Da kann ich doch nicht mehr zugucken. Außerdem denke ich, mein Mann muss es ja nicht unbedingt erfahren.«

Strobel nickte. »Vorerst können wir das so halten. Ich weiß aber nicht, wie lange. Wir müssen Ihre Geschichte überprüfen.«

Sie schwieg.

»Noch eines will mir nicht ganz einleuchten«, setzte Strobel wieder an. »Da Sie nun doch mit dem Alibi rausrücken, warum ist Schwind dann nicht gleich mitgekommen?«

Sie hob theatralisch die Schultern, wandte ihm die Handflächen zu. »Sie hätten ihm ja doch nicht geglaubt. Alles spricht gegen ihn. Er hat mit dem Gift rumgemacht, er hat seine Schwiegermutter gehasst. Das tun tausend Männer, aber bei ihm ist das etwas anderes, denn er hatte eine Spritze in der Tasche. Kaum kommt er aus dem Knast, stirbt dieser angebliche Zeuge. Sie hätten ihm nie geglaubt, seien Sie ehrlich. Sie glauben ja nicht mal mir.«

»Wir ermitteln in alle Richtungen. Was ich glaube, spielt da keine Rolle.« Strobel schaltete das Aufnahmegerät aus. »Sagen Sie ihm, er soll sich stellen, oder ich lasse ihn holen. Ich betrachte ihn als Zeugen. Allerdings ist er zur Fahndung ausgeschrieben. Bis zu einem neuen Termin beim Haftrichter wird er daher in Polizeigewahrsam bleiben. Wenn er Glück hat, ist er morgen wieder draußen.«

Ein drittes Mal widmete sie dem Kommissar ihr Lächeln, aber diesmal wirkte es nicht unsicher. Sie triumphierte. »Wenn er Glück hat …«, wiederholte sie. »Ich weiß, Max ist oft brutal und kann ein richtiges Schwein sein, und wenn er im Bett nicht so gut wäre, hätte ich ihn längst in die Tonne gekloppt. Aber ich weiß, dass er kein Mörder ist. Wir waren beide Male zusammen. Er hat ein Alibi.«

# 26

Das Café »Back« hatte seine Jugend verloren, wie Stiller selbst. Aber es war schneller gealtert. Er war Mitte vierzig, die Kundschaft kaum unter siebzig.

Die Gespräche verstummten, als er durch die Hintertür eintrat. Fast hineinstürzte, weil es auf die letzten paar Meter wieder zu regnen begonnen hatte. Der Gehsteig begann zu überfrieren – der Boden und der Wind waren eisig kalt. Die Luft drinnen kam ihm dagegen überhitzt und abgestanden vor.

Das Café war fast leer, ein halbes Dutzend älterer Damen verteilte sich auf zwei Tische. Typ wohlhabend. Auf jeden Fall gut gekleidet. Wie festgefroren legten sich ihnen die violett glänzenden weißen Haare um die Köpfe. Schweigend sahen sie zu, wie er sich aus der Winterjacke schälte und auf die gepolsterte Bank hinter einem Tisch rutschte, an dem er vor sechsundzwanzig Jahren schon gesessen haben musste, weil ihm das Einfädeln und die Perspektive so vertraut vorkamen. Er musterte die Damen ebenfalls. Sie kamen bestimmt aus dem Elisabethenstift an der Herz-Jesu-Kirche, wollten und konnten sich etwas Besseres leisten als das Heimfrühstück. Er wusste: Am Nachmittag würde es hier kein freies Plätzchen mehr geben, da fiel das gesamte Stift zum Kaffeekränzchen ein.

Er widerstand der Versuchung, wie früher einen »Schock« zu bestellen. Stattdessen orderte er einen doppelten Espresso, weil er Angst hatte, der Kaffee könnte ihn einschläfern. Als ihm die Bedienung die Tasse brachte, tauchte hinter ihr der Mann aus dem Bus auf. Stiller erkannte ihn sofort, der Busfahrer hatte ihn einwandfrei beschrieben. Er hatte einen Mantel über den Arm gelegt, trug ein graues Wollsakko, darunter einen schwarzen Rollkragenpullover und schwarze Jeans. Stiller sah überrascht, dass weniger die tiefen Falten oder die auffällige Nase das Gesicht des Fremden prägten als seine freundlichen Augen.

Augen, die es den Kundinnen des Cafés angetan hatten. Sie schienen ihn zu kennen – und umgekehrt. Ein Seufzen ging durch den Raum, als er ihn durchschritt. Die Blicke wandten sich dem Neuen zu. Bewundernde Blicke. Gesichter begannen zu leuchten, Lippen kräuselten sich zum Lächeln. »Guten Tag, Herr Ostheimer«, wurde gerufen.

Er grüßte fröhlich, hielt an beiden Tischen kurz an, um ein paar Worte fallen zu lassen, die mit Heiterkeit quittiert wurden. Dann stand er endlich bei Stiller. »Herr Stiller, nehme ich an?«

Stiller erhob sich, so weit es der Tisch zuließ. »Herr Ostheimer?«

Der Mann nickte, warf den Mantel auf die Bank und zog sich einen Stuhl heran.

»Danke, dass Sie sich so spontan die Zeit für das Gespräch genommen haben!«, begann Stiller.

»Nicht der Rede wert«, wehrte Ostheimer ab. »Ich wollte hier sowieso einen Kaffee trinken.« Schon erschien die Bedienung und setzte ein Kännchen nebst Tasse vor ihm ab.

»Stammkunde?«

»Ganz recht. Ich arbeite für die Allianz. Meine Aufgabe ist es, mich um die Lebens- und Rentenversicherungen der Altenheimbewohner in dieser Stadt zu kümmern. Wir haben da einige Kunden, die meisten hier im Elisabethenstift. Sie brauchen professionelle Unterstützung, selbst wenn oder gerade weil sie noch jüngere Familienmitglieder haben, die ihnen den Papierkram abnehmen könnten.«

»Verstehe«, nickte Stiller. »Deshalb sind Sie am Montag an der Haltestelle Altenwohnheim ausgestiegen. Das ist das Heim der Arbeiterwohlfahrt.«

»Richtig.« Ostheimer schälte zwei Zuckerwürfel aus dem Papier und ließ sie in den Kaffee plumpsen.

»Ich will gar nicht lange herumreden«, fuhr Stiller fort. »Der Busfahrer sagt, Sie haben vor dem Aussteigen noch mit Hedda Kunkel gesprochen – der Frau, die wenig später an einer Vergiftung gestorben ist.«

Ostheimer rührte den Kaffee. »Die Ermordete, ich weiß. Gesprochen ist fast schon zu viel gesagt. Sie kam den Gang nach hinten getorkelt und schrie herum. Ich dachte, ihr sei schlecht. Ich hatte den bequemen Sitzplatz gleich hinter der Plattform.

Da ich ohnehin aussteigen musste, bin ich aufgestanden und habe ihr meinen Platz angeboten.«

»Sie hat etwas zu Ihnen gesagt?«

»Nicht gleich. Sie wollte sich nicht setzen. Also habe ich ihr zugeredet: Hier sei sowieso meine Haltestelle, sie nehme mir diesen Platz nicht weg, sie müsse sich setzen, bis es ihr wieder besser gehe. Dabei habe ich versucht, sie auf den Sessel zu schieben. Erst dann hat sie etwas zu mir gesagt, das ist richtig.« Ostheimer hielt inne und sah Stiller nachdenklich an. »Es ist übrigens interessant, dass Sie danach fragen. Ihre Worte sind mir nämlich bis heute nicht aus dem Kopf gegangen. Sie hat etwas Merkwürdiges gesagt.«

»Und zwar?«

»Finger weg! So schlimm ist das nicht ...«

*

»Du solltest dir das ansehen, Chef.« Fritz Bühlers Stimme schnarrte aufgeregt aus dem Telefon. Der Leiter der Spurensicherung war nicht so leicht aus der Ruhe zu bringen. Wenn er aufgeregt klang, hatte er einen Grund.

»Was gibt es denn?«, fragte Strobel.

»Jemand ist vergangene Nacht in die Gartenhütte auf dem Kunkel-Grundstück eingebrochen. Mindestens drei Personen. Es gab eine tätliche Auseinandersetzung zwischen ihnen, das ergibt sich klar aus den Spuren.«

»Ich komme«, entschied Strobel.

Hemmungslos ließ er die Finger knacken, während der Jungkommissar den BMW nach Schweinheim lenkte. Strobel gab sich keine Mühe mehr, seine Unruhe zu verbergen. Die Ereignisse überschlugen sich, so kam es ihm vor. Schwerer drückte ihn allerdings die Empfindung der Machtlosigkeit nieder, das Gefühl, dass er nicht mehr Herr der Lage war. Der Ablauf der Ereignisse glich einem Zug, der an ihm vorbeiraste, den er nicht anhalten und auf den er nicht aufspringen konnte. Er kannte dieses Gefühl aus der Zeit, in der er noch keine Verantwortung trug, sie nicht tragen durfte, und er hatte gehofft, dass er mit der

Leitung eines Kommissariats auch ein für alle Mal das Heft des Handelns übernehmen würde.

In der Bachtalstraße war kaum noch ein Parkplatz zu finden, die schmale Straße war zugestellt mit Streifenwagen und den Kleinbussen der Spurensicherung. An der Ecke zur Liebezeitstraße stand noch immer ein Sanka, dahinter hatte sich ein Leichenwagen eingereiht.

Bühler empfing den Kommissar am Gartentürchen. Strobel musste sich auf dem Weg dahin am Lattenzaun festklammern, der Gehsteig war spiegelglatt.

»Kaum zu glauben, dass sich das sozusagen unmittelbar vor unserer Nase abgespielt hat! Die ganze Nacht stand eine Streife vor dem Haus.«

Strobel wollte abwinken, unterließ es aber, um nicht auszurutschen. Der Streife war kein Vorwurf zu machen. Sie sollte das Haus im Auge behalten, verhindern, dass Max Schwind seiner Ex-Frau einen unliebsamen Besuch abstattete. »Es gab keinen Grund, den Schuppen zu überwachen«, sagte er.

»Vielleicht wollte jemand an das Gift kommen«, warf der Jungkommissar ein, der hinter seinem Chef herschlitterte.

»Es war längst kein Gift mehr im Gartenhaus«, gab Strobel zurück. »Wir haben alles abgeholt, an die Rechtsmedizin Würzburg geschickt oder in die Asservatenkammer gebracht.«

»Das hat der Mörder möglicherweise nicht gewusst«, beharrte der Jungkommissar. »Vielleicht weil er in unserer Haftzelle saß …«

Bevor der Kommissar etwas erwidern konnte, hob Bühler die Schultern. »Ich glaube nicht, dass der Einbruch ins Gartenhaus mit dem Mordfall in Verbindung steht. Jedenfalls gab es nach der Spurenlage nicht nur *einen* Einbrecher, sondern mehrere. Und eines kann ich jetzt schon sagen: Mindestens einer von ihnen war kein Täter, sondern ein Opfer. Jemand ist bis aufs Blut gequält worden.«

# 27

Stiller sah das Glatteis und war froh, dass er für das Treffen mit dem Versicherungsagenten das Rad stehen gelassen und den Redaktionswagen genommen hatte. Während er mit Ostheimer im Café saß, hatte es draußen nicht mehr aufgehört zu nieseln. Der Regen gefror auf dem kalten Boden. Die Autos schlichen im Schritttempo durch die Straßen.

Stiller verließ das »Back« durch die Hintertür und bewegte sich vorsichtig an der Hauswand entlang, bis er den Verlags-Polo erreicht hatte. Er setzte sich hinters Steuer, startete aber nicht, sondern ließ sich das Gespräch mit Ostheimer noch einmal durch den Kopf gehen. Die Äußerung der alten Kunkel erschien ihm tatsächlich merkwürdig.

»Finger weg! So schlimm ist das nicht.«

Da wird diese Frau angeblich von ihrem Schwiegersohn überfallen. Sie schreit im Bus herum, dass er sie umbringen wollte. Und dann, keine zwei Minuten vor ihrem Ableben, lehnt sie Hilfe ab.

So schlimm ist das nicht? Stiller legte den Kopf aufs Lenkrad. Er fühlte sich müde, war es nicht mehr gewohnt, Hochprozentiges zu trinken, spät ins Bett zu fallen und früh aufzustehen. Seine Hüfte und sein Knöchel schmerzten. Er brauchte dringend Ruhe, er musste nachdenken, die Mosaiksteinchen sortieren.

In Gedanken kehrte er wieder zum ersten Mord zurück. Welche Fakten hatte er denn? Hedda Kunkel hatte ihren früheren Schwiegersohn bezichtigt. Schwind hatte ein starkes Motiv, Hass oder Rache, und er trug eine Spritze bei sich, die mit größter Wahrscheinlichkeit die Mordwaffe war. Das alles war Fakt.

Andererseits gab es weder Beweise noch Zeugen dafür, dass Schwind am Tatort war. Wenn nicht, weshalb hatte ihn seine Ex-Schwiegermutter dann belastet? Sicher, sie könnte einen anderen mit ihm verwechselt haben. Stiller dachte an Thomas Kunkel, den Sohn der Alten, und an Bernd Höhnlein, den Freund ihrer Tochter. Welche Motive könnten die beiden gehabt haben, Hedda Kunkel zu ermorden?

Der Sohn hatte finanzielle Probleme; vielleicht waren sie doch nicht so leicht zu lösen, wie er behauptet hatte. Eine besondere emotionale Bindung an seine Mutter hatte Thomas Kunkel offenbar nicht, auf jeden Fall traute Stiller ihm den Mord zu.

Höhnlein schien gar kein Motiv zu haben. Es sei denn, er hätte den Mordanschlag für Cornelia Schwind verübt. Die Tochter hatte stets unter der Alten gelitten, auch bei ihr könnten daher Hass oder Rache als Motiv in Frage kommen. Und auch sie hatte ihre Mutter nicht gerade geliebt. Aber ein Mord? Und war Höhnlein der Mann, der sich zu einer solchen Tat überreden ließ? Eher nicht.

Stiller schüttelte den Kopf. Er musste mit Strobel reden oder wenigstens inoffiziell mit Staab, um etwas über die Alibis der Verdächtigen zu erfahren. Als er den Zündschlüssel umdrehte, meldete sich sein Handy, das er an die Freisprechanlage angeschlossen hatte.

Es war Fenia Saalbach. »Wo steckst du denn? Bausback tobt.«

»Kann ich mir denken.« Stiller war froh, dass er die Konferenz geschwänzt hatte. »Ich habe mich schließlich mit Schwind geirrt.«

»Im Gegenteil, du hattest recht. Schwind hat ein Alibi. Bausback tobt, weil du nicht da bist. Du hältst ihn nicht auf dem Laufenden.«

»Sag das noch mal!«

»Du hältst ihn nicht auf dem Laufenden.«

»Nein, das mit dem Alibi.«

Fenia lachte fröhlich. »Ich weiß, sorry. Max Schwind hat ein Alibi. Für beide Morde.«

»Ist das offiziell?«

»Strobel persönlich hat angerufen. Wir sollen keinen Fahndungsaufruf bringen. Er will aber, dass wir die Information noch zurückhalten. Es könnte sonst die Ermittlungen stören.«

»Und der Rundfunk?« Stiller lenkte den Polo vorsichtig in

den Wittelsbacherring Richtung Schießhausbrücke. Da lag der Anschluss an die Ringstraße; er hoffte, dass der Winterdienst alarmiert worden war und zumindest die Hauptverkehrsadern streute.

»Hat den Fahndungsaufruf abgesetzt. Aber kein Wort von Schwinds Alibi.«

»Gut. Demnach ist es möglich, dass selbst die Angehörigen der alten Kunkel noch nichts davon wissen? Cornelia Schwind, ihr Bruder und ihr Freund?«

»Ich denke, genau das will Strobel erreichen.«

Stiller dachte nach. »Mein Schwiegersohn will mich umbringen« und »So schlimm ist das nicht«: die beiden letzten Äußerungen der alten Kunkel vor ihrem Tod. Und beide trafen offensichtlich nicht zu.

Die Ampel an der Schießhausbrücke schaltete auf Grün. Stiller ließ den Polo langsam die Rampe zur Ringstraße hinabrollen. Eher gleiten – natürlich war hier noch nicht gestreut.

»Ich hab da so eine Idee«, sagte er dann. »Ist vielleicht total verrückt. Trotzdem fahre ich jetzt mal nach Schweinheim in die ›Hoffnung‹.«

»Paul, ich will mal deinen Freund Peter zitieren: Arbeitest du neuerdings für die Rätselecke?«

»Entschuldige, Fenia, ich kann dir jetzt nicht mehr sagen. Das ist alles noch zu vage.«

»Wir sind ein tolles Team!«

»Also gut. Angenommen, das Alibi ist echt und Schwind war nicht der Mörder der alten Kunkel. Da gibt es zwei Mosaiksteine, die einfach nicht passen, oder?«

Fenia überlegte kurz. »Einen kenne ich: den zweiten Mord. Warum wurde der alte Mann umgebracht, und wer war's? Es gibt plötzlich kein Motiv und keinen Täter mehr. Und der andere Mosaikstein?«

»Die Spritze. Wie kam sie in Schwinds Tasche – und wo?« Stiller hielt den Wagen an. Auf der Rampe zur Schweinheimer Straße standen zwei Autos quer. Vermutlich noch mit Sommerreifen unterwegs. Das würde teuer werden!

»Trotzdem solltest du zuerst in die Redaktion kommen.« Fenia klang besorgt. »Bausback verdonnert dich für den Rest deines Berufslebens zum Tischdienst.«

»Damit kann er vielleicht einer Volontärin drohen«, erwiderte Stiller. »Mich dagegen kann die Aussicht nicht schrecken, bei so einem Mistwetter künftig im Warmen zu sitzen.«

»Wer's glaubt! Ich will doch nur nicht, dass du unnötig Ärger kriegst.«

»Danke fürs Mitgefühl.«

»Du bist manchmal richtig stur«, schalt sie ihn. »Du kommst mir vor wie mein Vater.«

Ich mir auch, dachte Stiller. Er schwieg und sah zu, wie die beiden Autos auf der Rampe langsam nach unten rutschten. Sie wollten offensichtlich zurück auf den Ring und den Weg für die Abbieger frei machen, bevor die Polizei erschien.

»Was suchst du überhaupt in der ›Hoffnung‹?«, ließ sich Fenia Saalbach endlich hören.

»Ich will einen Versuchsballon steigen lassen. Du kannst mir übrigens helfen.«

»Okay«, sagte sie. »Was soll ich tun?«

»Du könntest in Miltenberg bei Thomas Kunkel anrufen. Bitte ihn um eine offizielle Stellungnahme: Was er dazu sagt, dass Schwind auf freiem Fuß bleibt, solange man seine Anwesenheit am Tatort nicht beweisen kann. Und solange man nicht nachweisen kann, dass er das Gift bei sich zu Hause aufbewahrt hatte. Im Hibiskusweg, das ist wichtig.« Die Rampe war frei, langsam löste sich der Stau auf, der sich vor dem Redaktionswagen gebildet hatte. Stiller fuhr vorsichtig hinauf und bog nach links in die Schweinheimer Straße. Drei Tage zuvor hatte hier der Bus gestanden.

»Ich verstehe das nicht ganz, aber ich mach's.« Sie seufzte. »Und du tu, was du nicht lassen kannst. Viel Glück.«

*»Grazie.«*

... von der Hoffnung verschlungen, dachte er, während er dem bleifarbenen Novembertag den Rücken kehrte und in das Dunkel des Lokals eintauchte. Anders als bei seinem ersten Besuch war der Gastraum nicht völlig leer. Cornelia Schwinds Neuer saß am Tisch neben der Tür, das Fenster hinter sich. Stiller rief sich das wenige ins Gedächtnis, was er über den untersetzten, breitschultrigen Mann wusste: Bernd Höhnlein, Anfang vierzig, ledig, angeblich Tüncher von Beruf, aber sichtlich nicht ausgelastet. Vor sich hatte er die Zeitung ausgebreitet. Mit einem Blick erkannte Stiller: Es waren die Artikel zum Mordfall Kunkel, die er überflog.

Höhnlein nahm sein Weinglas und trank. Dabei hob er die Augen und betrachtete stumm den Journalisten. Stiller grüßte mit der Hand, durchquerte den Raum und stellte sich an die Theke.

»Conny!« Die raue Stimme des Tünchers hallte durch die dumpfe Stille des Lokals. »Kundschaft. Und was für eine.«

Cornelia Schwind erschien im Gang seitlich der Theke. Wie eine alte Frau schlurfte sie über die Buchendielen. Grußlos ergriff sie ein kleines Bierglas und zapfte unaufgefordert einen Schnitt.

»Danke«, sagte Stiller. Er hob das Glas in ihre Richtung, trank und wischte sich mit dem Handrücken den Schaum von den Lippen. »Ich hatte gehofft, ich könnte noch ein paar Worte mit Ihnen wechseln.«

»Worte wechseln«, höhnte Höhnlein in seinem Rücken. »Ihr Schreiberlinge seid alle gleich. In Wahrheit redet doch nur ihr. Zuhören könnt ihr gar nicht.«

Stiller wandte sich nicht um. Er betrachtete Cornelia Schwind und versuchte sich vorzustellen, wie sie ausgesehen haben mochte, als sie jung gewesen war. Oder wie sie heute aussehen würde, wäre ihr Leben anders verlaufen. Es erschien ihm, als habe jemand auf einen schönen, sinnlichen, lebenshungrigen Körper das Bild einer ausgezehrten, alten Frau projiziert.

Plötzlich sah sie ihn an, wich seinem Blick nicht aus. »Was wollen Sie denn noch wissen?« Sie verschränkte die Arme und lehnte sich gegen den Gläserschrank an der Wand hinter der Theke.

Wieder der dröhnende Bass ihres Freundes: »Wissen Sie nicht sowieso alles besser? Sie waren es doch, Sie haben ihn rausgeschrieben. Können Sie eigentlich noch in den Spiegel sehen? Sie müssen sich doch selbst ankotzen!«

»Sie irren sich«, erwiderte Stiller, ohne die Augen von Cornelia Schwind abzuwenden. »Der Haftrichter hat Schwind entlassen, weil die Beweise für seine Täterschaft nicht ausreichten. Es gibt zu wenig Handfestes für eine Untersuchungshaft. Die Staatsanwaltschaft hat im Grunde nichts als die Aussage des Opfers.«

Cornelia Schwinds Augen verdüsterten sich.

»Was Sie nicht sagen!« Höhnlein lachte rau. »*Nur* die Aussage des Opfers.«

»Und selbst die lediglich vom Hörensagen, wenn Sie so wollen«, fuhr Stiller fort. »Von den Zeugen im Bus.«

»Meine Mutter ist tot«, sagte Cornelia Schwind leise, »sie kann nicht mehr aussagen.«

»Ich weiß«, sagte Stiller betroffen, »entschuldigen Sie bitte.« Er senkte den Blick.

»Blödsinn«, tönte es aus dem Hintergrund, »ich sag ja: Alles müsst ihr verdrehen, ihr Schreiberlinge.« Höhnlein stieß mit einem Ruck den Tisch von sich, erhob sich. »Von wegen keine Beweise! Haben Sie da nicht eine Kleinigkeit vergessen? Eine Spritze vielleicht? Mit Resten vom Gift der Braunen Witwe drin?« Er näherte sich und blieb hinter Stiller stehen, der sich zwang, sich nicht umzudrehen. »Gefunden im Parka des Verdächtigen. Und habe ich nicht in Ihrem Blatt gelesen, dass es genau diese Spritze gewesen ist, mit der Hedda Kunkel das Gift gespritzt wurde?«

»Noch einen Schnitt, bitte«, sagte Stiller und schob das Glas über die Theke. Cornelia Schwind löste sich vom Schrank, nahm das Glas und hielt es unter den Zapfhahn. »Nein«, erwiderte er dann, »dass es genau diese Spritze gewesen ist, stand nicht in meinem Blatt. Da fehlt noch das Untersuchungsergebnis der Rechtsmedizin. Und selbst wenn: Wer sagt, dass Schwind selbst die Spritze in die Tasche seines Parkas gesteckt hat?«

Höhnlein stellte sich neben ihn an die Theke. »Was soll das nun wieder heißen?«

Stiller nickte Cornelia Schwind zu, die ihm sein Glas reichte. Eine Strähne hatte sich aus den hochgesteckten Haaren gelöst und fiel ihr ins Gesicht. Das gab ihr etwas Jugendliches. »Das heißt: Wenn ich der Mörder wäre, würde ich nicht warten, bis zwei Stunden nach der Tat die Polizei bei mir aufkreuzt und die Mordwaffe in meiner Tasche findet.« Zum ersten Mal sah er Höhnlein an. »Sie vielleicht?«

Höhnlein schwieg. Cornelia Schwind hatte sich wieder an den Schrank gelehnt. Das Herausfordernde war aus ihrem Blick verschwunden, gleichgültig betrachtete sie die Szene. Stiller hatte einen Moment geglaubt, einen Zugang zu ihr zu finden. Doch nun wirkte sie wieder spröde und abweisend.

»Die Spritze allein ist für die Kripo bedeutungslos«, fuhr Stiller fort. »Wo hat Schwind das Gift aufbewahrt, das er für die Tat benutzte? Das ist die Frage. Warum wirft er das Giftfläschchen weg und behält die Spritze? Selbst die Stiefel, die er trug, als er den Überfall verübte, hat er beseitigt. Aber die Mordwaffe nicht ...«

»Das ist doch nicht Ihr Problem. Oder meines.« Höhnlein umrundete die Theke und bediente sich selbst aus der Weinflasche. »Darum soll sich die Polizei kümmern.«

Stiller prostete ihm zu. »Wie man es nimmt. Solange die Beweise gegen Schwind nicht eindeutig sind, sind alle verdächtig. Auch Sie.«

Prustend spuckte Höhnlein den Mundvoll Wein in die Spüle. »Mit so einem Hinterfotz wie dir trink ich doch nicht«, sagte er dann. »Ich hätt es mir denken können.«

Cornelia Schwind rieb sich mit den Händen die Oberarme, als sei ihr kalt. »Sie werden verstehen, dass ich Angst habe. Max hasst mich. Er hat mich in den letzten Wochen ein paarmal bedroht. Sie können sich das ja leisten, alles in Frage zu stellen. Aber ich habe keinen Grund, an den Worten meiner Mutter zu zweifeln. Mein Ex-Mann hat sie umgebracht. Nun ist er draußen. Es hat schon einen zweiten Mord gegeben. Dieser nette Mann an der Ecke ist tot, nur weil er das Auto meines Ex gesehen hat. Ich bin vielleicht die Nächste auf der Liste.« Bei der letzten Silbe meinte Stiller ein leichtes Zittern in ihrer Stimme zu hören. Er sah sie aufmerksam an. Sie blickte durch ihn hindurch, starrte auf das Regal mit den Schnapsflaschen an der Wand hinter ihm. »Wissen Sie eigentlich, was ich mit Max durchgemacht habe?«

Stiller nickte. »Nein«, sagte er dennoch, »jemand wie ich kann sich das sicher nur schwer vorstellen. Vielleicht erzählen Sie es mir. Es interessiert mich. Wirklich.« Ihr Ton, ihre Haltung, alles offenbarte mit einem Mal die Schutzlosigkeit und Verletzlichkeit hinter der sonst so ausdrucklosen und unnahbaren Fassade. Die Geschichte dieser Frau war ebenso spannend wie die Jagd nach dem Mörder. Er musste mit ihr sprechen – aber nicht, solange Höhnlein in der Nähe war.

»Jetzt gräbt er dich auch noch an«, dröhnte Höhnlein. »Tut so, als wollte er dir helfen. Ich sag ja, ein Hinterfotz.«

»Ich bin nicht gekommen, um Ihnen etwas vorzumachen«, sagte Stiller und trank sein Glas aus. »Ich bin eigentlich hier, um ein paar Fragen zu klären. Kann jemand bestätigen, dass Max Schwind am Tatort war? Wer profitiert vom Tod Ihrer Mutter? Und …«, er wandte sich Höhnlein zu, »… haben Sie ein Alibi?«

»Das geht dich alles 'nen Scheißdreck an!«, brüllte Höhnlein.

Fragend sah Stiller zu Cornelia Schwind, die den Kopf schüttelte. »Schade«, sagte er dann. »Aber gut, solange die Kripo nicht nachweisen kann, dass Schwind über das Gift verfügte, bleibt er auf freiem Fuß.«

»Es war sein Gift, er hatte es im Gartenhaus«, seufzte Cornelia Schwind.

»Das Gartenhaus war verschlossen«, entgegnete Stiller und fühlte, wie er errötete. »Jedenfalls bis Montag. Ihre Mutter selbst hat die Schlösser austauschen lassen. Ihr Ex-Mann besaß keinen Schlüssel.«

Sie schwieg. Höhnlein sah ihn an und atmete durch den Mund.

»Nein«, nahm Stiller den Faden wieder auf. »Wenn die Kripo nicht beweisen kann, dass er etwas von dem Gift bei sich zu Hause aufbewahrt hatte, bleibt er auf freiem Fuß.«

Sie schauerte. Höhnlein nahm sie in den Arm, eine Geste, die Stiller überraschte. »Mach dir keine Sorgen, sie werden schon etwas finden! Er muss es ja bei sich gehabt haben.«

Stiller spürte, wie ihm das Bier zu Kopfe stieg. »Ich bin auch froh, wenn der Fall geklärt ist. Soweit ich weiß, kommen morgen Experten vom Institut für Tropenmedizin in Hamburg hierher. Sie nehmen die Bude im Hibiskusweg noch einmal mit speziellen Spürmitteln unter die Lupe.« Er sah die beiden an. »Sie haben ja meine Karte, wenn Ihnen noch etwas einfällt ... Darf ich zahlen? Mit steht der Sinn nach Leberkäs.«

»Ach, von Celine.« Cornelia Schwind hob die Augenbrauen. »Seit sie hier ist, sind die Schweinheimer Männer ganz wild auf Fleisch.« Da war wieder das spöttische Zucken um ihre Mundwinkel, das ihm beim ersten Treffen schon aufgefallen war. »Sie ist die geborene Metzgerin. Ihre Spezialität sind Hanswürste.«

# 28

Er sah Sonja Wagner an, und es war ihm klar: Bausback hatte sie geschickt. Die Sekretärin war stets freundlich, gerade für Stiller tat sie oft weit mehr als üblich – jedenfalls gehörte es nicht zu ihren Pflichten, Kaffee für seine kleinen Besprechungen zu kochen. Aber wenn sie etwas vom Chefredakteur auszurichten hatte, schien sie sich zu verwandeln, wirkte sie leicht überheblich. Sie wusste: Niemand würde es wagen, sich den Anweisungen des Vorgesetzten zu widersetzen. Das erhöhte die Botin über die Empfänger. Sie war das Fleisch gewordene Wort des Chefredakteurs, das keinen Widerspruch duldete. Ihr Gesicht wurde zum Spiegel ihrer so gewonnenen Bedeutung – und der Bedeutung der Nachrichten, die sie weitergeben durfte.

»Herr Bausback wünscht Sie um halb drei bei sich im Büro zu sehen.« Rote Flecken zeigten sich auf ihren Wangen.

Stiller saß an seinem Schreibtisch. Er warf einen Blick auf die Armbanduhr. Zehn vor halb drei. »Was will er denn?«

»Das wird er Ihnen dann schon sagen. Es geht um den Mordfall Kunkel. Er wünscht ausdrücklich, dass Sie kommen. Sowie Frau Saalbach und Herr Kleinschnitz.« Die Nachricht war überbracht, sofort nahm Sonja Wagner wieder einen besorgten Ton an. »Wo waren Sie eigentlich in der Morgenkonferenz?«

»Was soll das heißen, wo ich in der Morgenkonferenz war? Ich war da gar nicht! Ich war anderswo.«

»Das meinte ich ja. Herr Bausback hat sich bei mir erkundigt, wo Sie stecken. Ich konnte es ihm nicht sagen. Er war sehr aufgebracht!«

»Ich hatte die ganze Zeit das Handy dabei.« Stiller erhob sich.

»Ich sorge mich doch nur um Sie. In letzter Zeit machen Sie sich bei allen unbeliebt«, schalt sie ihn. »Mal sind Sie ruppig, mal sarkastisch. Sie gehen den meisten Kollegen aus dem Weg und schwänzen die Konferenzen. Was ist los mit Ihnen?«

Gute Frage, dachte Stiller. »Kommen Sie«, sagte er versöhnlich. »Ich gehe zum Chef.«

Unterwegs ließ er sich noch einen Kaffee aus dem Automaten. Mit dem heißen Plastikbecher zwischen den Fingern schlenderte Stiller ins Zimmer des Chefredakteurs. Er trat so lässig wie möglich auf – trotz der Schmerzen, die ihm jeder Schritt bereitete. Nach ihm trafen Fenia Saalbach und Peter Kleinschnitz ein. Auch der Fotograf versuchte sein Humpeln zu verbergen. Ein breites Pflaster zierte seine Stirn.

Bausback lehnte in seinem Sessel. Er bat sie nicht an den Besprechungstisch, sondern ließ sie vor dem Schreibtisch Platz nehmen. »Pünktlich, pünktlich«, begann er, »das lob ich mir. Was ich vom Rest Ihrer Arbeitsweise weniger sagen kann.« Er legte eine Pause ein.

Stiller lieferte ihm die gewünschte Reaktion. »Worüber reden wir gerade?«

»Über den Mordfall Kunkel.« Der Chefredakteur zog die Brauen hoch, als wundere er sich über die Frage. »Ich bin äußerst unzufrieden darüber, wie wir die Sache in unserem Blatt behandeln.«

Stiller warf zwei schnelle Blicke auf die beiden Kollegen, die rechts und links von ihm saßen. »Das verstehe ich nicht«, sagte er dann. »Wir haben den Fall in all seinen bisher bekannten Facetten dargestellt. Wir haben uns nicht auf die Pressemitteilungen der Polizei beschränkt, sondern eigene Informanten aufgetan und das in den Berichten auch immer deutlich gemacht. Die Leserresonanz ist enorm, auch im Internet läuft die Geschichte wie geschmiert.«

Bausback winkte ab. »Das weiß ich. Aber alle Ihre Beiträge haben einen negativen Touch. Sie sind nicht konstruktiv. Ich habe das Gefühl, dass wir die Ermittlungsarbeit der Kripo eher erschweren denn fördern.«

»Hat sich Kommissar Strobel beschwert?«

»Strobel ist kein Mann, der sich über die Presse beschwert.« Der Chefredakteur suchte mit beiden Händen sein struppiges Haar zu glätten. »Er hat sich heute Mittag nur ein wenig mit mir ausgetauscht.« Verärgert sah er Kleinschnitz an, der in bellendes Husten ausgebrochen war. »Ich glaube jedenfalls, dass Sie wesentliche Aspekte des Falls entweder nicht wahrnehmen oder bewusst ignorieren.«

Bausback beugte sich weit vor, legte seinen Oberkörper fast auf den Schreibtisch, schlug die Augen zu ihnen auf und fragte mit verschwörerischer Stimme: »Wussten Sie zum Beispiel, dass in der vergangenen Nacht jemand in das Gartenhaus der alten Kunkel eingebrochen ist? Es muss sich dort ein Drama abgespielt haben.«

Einen Moment herrschte Schweigen. Dann zog Kleinschnitz mit einem Ruck ein riesiges Schnupftuch aus der Tasche, presste es vor das Gesicht und schnäuzte sich laut. Stiller kniff sich in die Hüfte, Fenia Saalbach neigte den Kopf, blätterte in ihrem Stenoblock nach einer Notiz. Ein Vorhang schwarzer Haare fiel ihr vors Gesicht.

»Sind Sie krank?« Der Chefredakteur sah den Fotografen misstrauisch an und lehnte sich zurück. »Ich will mir nichts einfangen. Meine Frau und ich wollen Weihnachten zum Skifahren.« Er sammelte sich und kam auf den Einbruch zurück. »Das war natürlich klar, dass Sie davon noch nichts wissen. Mir hat Strobel alles berichtet. Sie können sich später bei ihm nach den Details erkundigen.«

Er verschränkte die Hände im Nacken und begann zu erzählen. »Nach den bisherigen Erkenntnissen der Spurensicherung sind in der vergangenen Nacht mindestens zwei Unbekannte auf das Grundstück der Ermordeten und in das Gartenhaus eingedrungen. Der Einbruch blieb unbemerkt, obwohl das Anwesen während der gesamten Nacht von Spezialisten der Kripo überwacht wurde. Es muss sich also um echte Profis gehandelt haben.«

Fenia Saalbach senkte den Kopf noch etwas tiefer.

»Es ist noch nicht heraus, was sie im Gartenhaus suchten. Möglicherweise das Gift, mit dem Max Schwind seine Ex-Schwiegermutter ermordet hat. Das ist eine der Fragen, die Strobel mit einem Presseaufruf geklärt haben möchte. Wie auch immer ...«, Bausback löste die Hände und begann zu gestikulieren, »... sie wurden offensichtlich bei ihrem Vorhaben gestört. Nach den Spuren tauchte eine zweite Einbrechergruppe auf – vermutlich zwei Personen, eine davon eine Frau, das lässt sich an den Schuhabdrücken erkennen. Wiederum Profis. Die zwei – oder drei –, die schon in der Hütte waren, wollten sich zwar in einem alten Kleiderschrank in Sicherheit bringen, aber umsonst.«

Der Zwang der Dramaturgie war stärker als die Furcht vor einem grippalen Infekt: Bausback beugte sich erneut weit vor. »Es kam zu einer tätlichen Auseinandersetzung mit mehrfacher Gewaltanwendung.«

»Unglaublich«, murmelte Stiller dumpf.

Der Chefredakteur nickte. »Die Spurenlage lässt keinen anderen Schluss zu. Nach dem Zustand der Hütte zu urteilen, gab es zwischen den vier bis sechs Personen einen heftigen Kampf. Jedes Mittel war recht, sogar mit Stühlen wurde geworfen. An mehreren Stellen findet sich Blut, bevorzugt an scharfen Gegenständen – selbst an den Messern eines alten Rasenmähers. Blut von einer anderen Person fand sich am Stiel eines Rechens. Damit hat jemand einen brutalen Schlag auf den Schädel erhalten, das Opfer hat vermutlich nicht nur eine auffällige Wunde, sondern auch eine schwere Gehirnerschütterung.«

Kleinschnitz zuckte, doch Stiller legte ihm beruhigend die Hand auf den Unterarm.

»Ja, das klingt schrecklich!« Rex Bausback kramte in seinem Gedächtnis nach weiteren Details. »Am Ende muss es der einen Gruppe gelungen sein, die andere zu überwältigen. Auszuschalten, sozusagen, denn die konnten sich nicht mehr mit eigener Kraft fortbewegen. Sie wurden entweder geschleppt oder geschleift. Jedenfalls haben höchstens drei Personen die Hütte selbstständig verlassen. Und die Frau muss bei den Opfern gewesen sein.«

»Unglaublich«, wiederholte Stiller, »was der Erkennungsdienst in dieser kurzen Zeit alles ermitteln kann.«

»Nein«, erwiderte der Chefredakteur stolz. »Das war eben meine Theorie. Eine Frau hätte ja wohl kaum einen der schweren Jungs durch den Garten stemmen können. Eher wurde sie getragen. Nach der bisherigen groben Auswertung der Spuren müssen wir vom Schlimmsten ausgehen!«

Bausback kam so in Fahrt, dass er sich vorübergehend mit der Polizei identifizierte. »Wir müssen davon ausgehen, dass die Opfer der Gewalttat nicht mehr am Leben sind. Sie wurden in den Hensbach geschleift! Die Stellen sind deutlich zu erkennen. Deshalb ist sich die Kripo auch so sicher, dass es sich um mindestens zwei, wenn nicht gar drei Opfer gehandelt haben muss.«

Er lehnte sich zurück, entspannte sich. Die Geschichte näherte sich dem Ende. »Im Wasser verlieren sich die Spuren. Es ist aber anzunehmen, dass die Opfer den Bach nicht mehr lebendig, zumindest nicht bei Bewusstsein verlassen haben. Dafür gibt es ein klares Indiz.«

»Welches denn?«, fragte Fenia Saalbach mit heiserer Stimme hinter dem Vorhang ihrer Haare.

»Ein Schuh! Ein Winterschuh.« Bausback blickte sich Beifall heischend um. »Muss ich Ihnen erst sagen, was das bedeutet? Eines der Opfer hat einen Schuh verloren und im Schlamm stecken lassen. Im November. Bei dieser Kälte. Abgesehen davon: Wer bewegt sich überhaupt mit nur einem Schuh fort, auch ohne Frost? Doch wohl niemand, der bei klarem Verstand ist und im Vollbesitz seiner geistigen Kräfte!«

Stiller begann heftig zu husten.

»Es ist doch etwas Ansteckendes, nicht wahr?«, erkundigte sich Bausback ängstlich. »Wo war ich? Ach ja, der Schuh. Leider ist es ein Allerweltsschuh, Dutzendware aus einem Laden in der Herschelgass'. Strobel hat mir ein Bild gezeigt.« Er wandte sich an Stiller: »Ich glaube, Sie selbst haben gestern genau solche Schuhe getragen. Da können Sie mal sehen, wie verbreitet die sind. Strobel bittet uns trotzdem, das Bild zu veröffentlichen. Vielleicht weiß doch jemand etwas über den fehlenden Schuh.«

Bausback stützte die Ellenbogen auf den Tisch und legte die Fingerspitzen zusammen. »Das ist es, was ich eigentlich sagen wollte: Das stelle ich mir unter einer konstruktiven Arbeitsauffassung vor. Wir sind auf die Kripo angewiesen und die Kripo auf uns. Das ist ergebnisrelevant! Frau Saalbach …«

Die Volontärin sah auf und strich sich die Haare hinter die Ohren.

»... Ich darf Sie bitten, sich um den nächtlichen Vorfall zu kümmern. Herr Kleinschnitz, Sie können Bilder von der Hütte schießen und von den Schleifspuren am Bach, das habe ich geklärt. Herr Stiller, bleiben Sie an den Verdächtigen dran. Wäre doch gelacht, wenn wir diesen Fall nicht zu einem positiven Ende bringen.«

Bausback erhob sich, umrundete den Schreibtisch und hielt die Tür auf. »Dann wollen wir mal keine Zeit verlieren.«

Die drei standen ebenfalls auf und zogen an ihm vorbei durch die Tür. Erst Fenia Saalbach. Als Stiller ihr folgen wollte, stellte der Chefredakteur fest: »Sie humpeln ja.«

»Bin auf dem Glatteis ausgerutscht«, erklärte Stiller.

»Na, Sie tragen ja auch Sommerschuhe. Ausgerechnet heute! Da waren sogar die Billigwinterschuhe noch besser geeignet, die Sie gestern anhatten.« Überrascht sah er Kleinschnitz an, der sich hinter Stiller durch die Tür schob. »Mir fällt erst jetzt auf, dass Sie ein Pflaster auf der Stirn tragen. Was ist Ihnen denn zugestoßen? War es auch das Glatteis?«

»Nee«, erwiderte der Fotograf. »Ich bin zu Hause gegen die Tür gerannt.«

Bausback lachte und schlug ihm kollegial auf die Schulter, was Kleinschnitz heftig zusammenzucken ließ. »So etwas gibt es also wirklich! Dabei habe ich vor wenigen Tagen eine Studie gelesen, nach der das Gegen-die-Tür-Rennen die häufigste Schutzbehauptung von Frauen ist, die von ihren Männern geschlagen werden. Wenn Ihnen das passiert ist, könnte es doch diesen Frauen in Wahrheit auch so ergangen sein! Immerhin sind Sie mit Abstand die ehrlichste Haut, die ich kenne.«

Draußen auf dem Gang bekam Fenia Saalbach einen Hustenanfall.

# 29

»Pol!«

Wie ein Peitschenknall hallte sein Name durch die abendliche Siedlung. Catherine fing ihn vor der Einmündung der Dankwartstraße in den Legatplatz ab. In diesem Nadelöhr hatte er keine Chance, ihr zu entkommen. Stiller bremste erschrocken, dennoch sorgsam darauf bedacht, einen ähnlich ungalanten Abstieg von seinem Rad wie beim letzten Mal zu vermeiden.

Suchend sah er sich um, bis er sie in der Dunkelheit erkannte. Sie trug einen schwarzen Mantel. Zumindest war sie diesmal der Jahreszeit gemäß bekleidet.

»Pol!«

»Catherine? Ich habe vielleicht einen Schrecken bekommen!«

Sie lief auf ihn zu. »Das ‘ast du auch nischt anders verdient! Schlimme Sachen ‘öre isch von dir. Du ‘ast deiner Rüth das ‘erz gebrochen.«

»Ich habe was?«

Unter der Laterne standen sie sich gegenüber. Catherine dampfte in der kalten Luft des Novemberabends. »’ör auf, dich zu verstellen«, rief sie. »Isch ‘abe disch gestern Nacht selbst kommen gese’en. In aller Öffentlischkeit ‘ast du deine Arme um diese, dies, dieses Flittschen gelegt. Wie schamlos du sie an disch gedrückt ‘ast. Es muss die ‘ölle gewesen sein für deine Frau, disch so zu se’en. Mit ihr.«

»Catherine, du irrst dich, es war ganz harmlos. Die Frau, die mich gestern heimgebracht hat, war Fenia Saalbach. Eine Kollegin aus der Redaktion. Ich hatte ein paar … ähm … Unfälle gestern und brauchte eine Stütze.«

Catherine legte den Handrücken an die Stirn und spreizte die Finger. »Ein Kollegin, auch das noch. ‘ast du denn gar keine Ehrgefühl? Isch ‘abe disch für eine Mann von Anstand ge’alten, aber du bist auch nur eine treulose ‘und wie all die anderen Mecs.«

»Nochmals, Catherine, es war nicht das, wonach es aussah«, sagte Stiller und blickte sich um. Wieder schien es ihm, als bewegten sich hinter einigen Fenstern die Gardinen. »Ich brauchte Hilfe, sie hat sie mir gegeben. Das ist alles.«

»Das ist alles? Das ist zu viel!« Sie warf den Kopf zurück. »Du ‘ast nischt nur deine Rüth beleidischt. Du ‘ast auch misch tief ins ‘erz getroffen! Wie oft ‘abe isch dir schon meine ‘ilfe angeboten? Immer ‘ast du misch zurückgestoßen. Aber das ist natürlisch etwas ganz anderes bei diese, dies, dieses …«

»Sag es nicht noch einmal, Catherine! Fenia ist nicht so eine.«

Die Französin lachte verächtlich. »Sie ist sischer etwas Besonderes, *n'est-ce pas*? Armer Pol, da muss isch lachen!« Sie lachte noch einmal. »Unglaublisch, dass isch an so etwas wie disch meine ehren'afte Gedanken vergeudet ‘abe. Du ‘urenbock!« Sie wandte sich um und lief auf ihr Haus zu.

»Catherine«, rief er ihr hinterher, »warte doch mal!«

»Das ‘ättest du dir früher überlegen sollen«, warf sie über die Schulter zurück. »Isch gehe ins ‘aus. Isch habe keine Lust, mir deinetwegen ‘ier ‘eraußen den Tod zu ‘olen!« Schon hatte die dunkle Tür sie verschluckt.

Stiller seufzte. Vielleicht würde ihm in nächster Zeit einiges erspart bleiben. Schon begann er, es zu vermissen.

Im Haus erwartete ihn Dunkelheit und Stille – sonst niemand. Er rieb sich die bitzelnden Hände, als er an den Küchentisch trat, der nicht nur der Mittelpunkt des Familienlebens war, sondern auch die Nachrichten-Drehscheibe der Stillers. An seinem Platz klebte der gelbe Zettel.

*Jan ist in der Musikschule, er kommt um acht.*
*Charlotte ist mit ihrem Freund im Kino, sie muss um zehn zurück sein.*
*Ich bin auf der Vernissage des BBK im Kunstlanding.*
*Eigentlich wolltest du mit, schon vergessen?*
*Auf dem Herd steht noch eine Portion Auberginen-Risotto,*
*ansonsten findest du Brot und Käse.*
*Es wird sicher spät, warte nicht auf mich.*
*Grüße*

Stiller schluckte; er hatte die Ausstellungseröffnung vergessen. Die Wiedergutmachung für den Vorabend. Ruth hielt es sicher für Absicht, der Ton ihrer Nachricht verriet es. Schließlich wusste sie, dass ihn mit dem BBK nicht gerade die große Liebe verband. Der Berufsverband Bildender Künstler verstand es ähnlich gut wie Lehrer oder Konzertkritiker, einem Lokalredakteur das Leben zur Hölle zu machen.

Auch den Vernissagen im Kunstlanding gewann er nicht viel ab. Der etwas windschiefe, knarrende Altbau in der Landingstraße hatte sich auf Avantgarde und abstrakte Sparten verlegt – offensichtlich brotlose Kunst, wie die Ausstellungseröffnungen bewiesen. Seichter Weißwein aus Baden, meist viel zu warm. Salzstängelchen. Das war's. Die bodenständigen Ausstellungen im Schönborner Hof waren ihm lieber. Da gab es zur Vernissage Schwarzbrot, Kochkäse und Ascheberger Schinkenknacker. Dazu das Kellerbier vom Schlappeseppel. Naturtrüb und kalt. Das beste Bier bundesweit, bis heute der Stolz der Stadt, obwohl es längst vor den Toren Aschaffenburgs in Großostheim gebraut wurde.

Stiller zog die Kühlschranktür auf, um nachzusehen, ob er vielleicht selbst noch welches vorrätig hatte. Natürlich nicht. Er schloss den Kühlschrank. Trotzdem, im Kunstlanding, nein, da versäumte er nichts.

Es war Ruth ein Gräuel, dass er die Qualität der Ausstellungen am kulinarischen Angebot des Eröffnungsabends festmachte. Quer durch Deutschland nahm sie ihn in Kunsthallen und Galerien mit, damit er seinen Horizont öffnen und sein Kunstverständnis schärfen könne. Ihre Kollegen vom BBK schüttelten dennoch traurig die Köpfe. Wie hatte sich die begnadete Bildhauerin an diesen Banausen binden können? Stiller pflegte seinen Ruf. Gerne erzählte er in Künstlerkreisen, am meisten angesprochen habe ihn bisher die Ausstellung »Nackt« im Frankfurter Städel. Da könne sich die hiesige Kunstszene etwas abschauen.

Das war natürlich ungerecht. Das Aschaffenburger Völkchen besaß einen ausgeprägten Kunstsinn. Längst sprach der Oberbürgermeister bei jedem öffentlichen Auftritt von der Kulturstadt Aschaffenburg. Gleich nach Amtsantritt hatte er einen städtischen Kulturpreis gestiftet. Er pries die heimischen Künstler und würdigte die Arbeit der Galeristen – mehrere Dutzend alles in allem. Er hatte die städtische Galerie Jesuitenkirche in den Olymp einer »Kunsthalle« erhoben und versprach dem neuen Kunstverein seit Jahren die Generalsanierung des Kunstlandings. Ein Wort, das er sicher noch vor der nächsten OB-Wahl halten würde.

Nein, die Banausen saßen jenseits des Spessarts in der unterfränkischen Bezirkshauptstadt Würzburg. Dort ließ der Bischof im Dom-Museum die Darstellung eines Jesus abhängen, der aller irdischen Utensilien entblößt gen Himmel fuhr. Und der Würzburger Landgerichtspräsident verbannte am Aschermittwoch das »Justizmännle« ins Depot, das vor dem neuen Strafjustiz-Zentrum stand. Die clowneske Figur im weiß-blauen Bronzekittel beleidige die Justitia und ihre Beschäftigten.

In Aschaffenburg wäre das nicht passiert. In der Friedrichstraße saß der »nackte Jüngling« vor einem Gebäude, in dem jahrzehntelang die Landeszentralbank residiert hatte. Erhoben die Bankkunden deshalb je den Verdacht, sie würden da drinnen ausgezogen? Einem nackten Mann greift ohnedies niemand in die Tasche. Vor dem Verlagshaus lag eine bronzene Wildsau – und doch fühlten sich die Zeitungsleute, die oft genug im Schlamm wühlen müssen, nicht als Spessart-Schwarzwild verhöhnt. Die »üppige Nackte« hinter dem Kinopolis wurde bisher weder an Aschermittwoch noch an Christi Himmelfahrt verhängt. Als besonders volkstümliches Kunstwerk galt der »Ascheberger Arsch«, den ein frustrierter Steinmetz vor Jahrhunderten in die Stadtmauer gemeißelt hatte. Bei jeder Stadtrallye mussten ihn die Schüler hinterm Efeu der Suicardusstraße entblößen.

So waren sie eben, die Aschaffenburger: bodenständig, aber kunstsinnig. Paul Stiller war hier nun einmal groß geworden. Seufzend belegte er sich eine Käsestulle und packte sie in eine Tupperdose. Er brühte sich einen Kaffee in die Thermoskanne, die er mitsamt der Dose in seine Umhängetasche stopfte. Noch einmal las er den Zettel auf dem Küchentisch. Ruth war wütend, zu Recht. Er hatte ein schlechtes Gewissen.

Er zückte den Füller und setzte ein paar Zeilen unter ihre Nachricht.

*»Liebe Ruth, tut mir leid, aber ich hatte sehr viel zu schreiben und die Vernissage darüber vergessen. Sei mir nicht böse, ja? Mach dir bitte auch keine Sorgen, falls ich nicht zu Hause bin, wenn du kommst. Ich muss etwas Wichtiges herausfinden und kann nicht sagen, wie lange es dauert. Mit etwas Glück ist die Sache heute Nacht vorbei, dann holen wir den versäumten Abend nach. Bis morgen, liebe Grüße!«*

# 30

Es gab kein Zurück mehr.

Der Weg war vorgezeichnet wie die Schienenstränge vor einem Zug. Sie ließen kein Wenden und kein Ausweichen zu. Hatte der Zug Fahrt aufgenommen, hohe Geschwindigkeit erreicht, band er sein Ziel, sein Schicksal und seine Bestimmung an die Gleise. Kontrolle erlaubte nur noch das Vorhergesehene, das Fahrplanmäßige. Alles, was sich dem Zug überraschend in den Weg stellte, musste er zermalmen. Andernfalls würde er aus den Schienen springen und brausend zerbersten mit allem, was er an Leben in sich trug.

Dieser Zug durfte nicht zerbersten. Jetzt nicht mehr. Zu weit war er gekommen, zu schnell fauchte er auf den Schienensträngen dahin, die seine Bestimmung waren. Die Gleise verhinderten eine Umkehr, es gab keine Notbremse, die schicksalhafte Fahrt aufzuhalten. Jedes Hindernis musste er zermalmen.

Da lag das Haus. Kein Licht in den Fenstern. Einsam, trotz der vielen Menschen, die hier lebten. Vier Uhr. Die Zeit war gut gewählt. Der dunkle, eiskalte Novembermorgen. Noch lagen alle in ihren warmen Betten und schliefen. In einer Stunde frühestens würden die Ersten aufstehen und fröstelnd mit sich selbst beschäftigt sein.

Die Finger umschlossen die Schlüssel. Niemand wusste von ihrer Existenz, obwohl es so leicht war, sie zu beschaffen. Die Haustür ließ sich problemlos öffnen, wie fünf Tage zuvor schon einmal. Das Treppenhaus lag leer und ruhig hinter der Tür. Fahl nur fiel das Licht der Straßenlaternen durch die Fenster auf jedem Treppenabsatz. Wer die Stufen erklomm, dem lief ein blasser Schatten voraus, sobald er die Fenster im Rücken hatte.

Zweimal erschien und verschwand der Schatten. Als er zum dritten Mal auf dem milchigen Kunstmarmor auftauchte, stockte er. Das Treppenhaus war nicht leer. Neben der Wohnungstür lehnte ein Mann. Er bewegte sich leicht, als der Schatten seine Füße erreichte.

Es war, als explodiere alles ringsumher. Ein Blitz zerriss das Dunkel, ein Brausen toste durch die morgendliche Stille. Das Brausen des Zuges, der aus den Gleisen gesprungen war und an einem Brückenpfeiler zerbarst.

*

Als der Schatten seine Füße erreicht hatte, löste sich Stiller von der Wand. Lange war er an diesem Abend vor dem Wohnblock im Hibiskusweg auf und ab gegangen. Dann, als es im Haus still wurde, schlüpfte er mit einem Spätheimkehrer ins Treppenhaus. Einige Stunden saß er auf der Treppe, der Tür zu Schwinds Wohnung gegenüber, erst als er befürchtete, er könne einschlafen, lehnte er sich an den Türpfosten. Jetzt betrachtete er die Silhouette der Frau, das graue Oval ihres Gesichts.

»Guten Morgen, Frau Schwind«, sagte er leise.

Cornelia Schwind wirkte sekundenlang wie erstarrt, sah ihn an, aber schien ihn nicht wahrzunehmen. Dann stieg sie die letzten drei Stufen hinauf, stand ihm gegenüber.

»Sie haben mich erwartet?« Ihre Stimme klang dumpf, die Worte hallten im Treppenhaus.

Er schlug kurz die Augen nieder, deutete ein Nicken an. »Ich war nicht ganz sicher. Sie oder Herrn Höhnlein. Sie wollen etwas vom Gift der Braunen Witwe in der Wohnung Ihres Ex-Mannes verstecken. Damit es die Experten aus Hamburg morgen finden.«

Sie sah ihn an, doch ihre Miene blieb ausdruckslos, soweit es das fahle Licht erkennen ließ. »Es gibt keine Experten, nicht wahr?«

Erneut schlug er die Augen nieder.

»Sie sind gerissen, das muss ich Ihnen lassen. Ich hätt's mir denken können. Sie sind ein Mann.«

»Ich wollte mit Ihnen reden«, sagte Stiller. »Das ist die Wahrheit.«

Sie schwieg und blickte auf die Hand, die den Schlüssel hielt. »Sie sind allein?«, fragte sie endlich.

Er nickte.

»Gehen wir hinein, wenn Sie wollen. Im Treppenhaus haben die Wände Ohren.« Sie schloss auf, öffnete die Tür und ging vor. »Woher haben Sie gewusst, dass ich einen Nachschlüssel besitze?«

»Ich habe es nicht gewusst«, sagte er. »Aber es gab keine andere Erklärung. Jemand muss die Spritze in die Manteltasche Ihres Ex-Mannes gesteckt haben. Wenn er selbst die Wohnung nicht verlassen hatte, muss es hier drin passiert sein. Erzählen Sie mir, wie Sie es gemacht haben?« Sie durchquerten den Flur im Dunkeln. Mehrmals trat Stiller auf Kleidungsstücke. Es roch nach Schweiß.

Erst in der Küche schaltete Cornelia Schwind das Licht an und sah sich um. Teller mit Essensresten und zwei halb volle Bierflaschen standen auf dem kleinen Küchentisch, daneben lag eine Illustrierte. Über den Stuhllehnen hingen getragene Hemden und Socken. Auf dem Herd müffelten Töpfe mit verkrusteten Rändern, dreckiges Geschirr stapelte sich in der Spüle. »Er ist und bleibt ein Schwein«, sagte sie. »Er ist immer eines gewesen.« Mit zwei Schritten war sie am Tisch, sammelte die Wäsche ein, die an den Stühlen hing, und trug sie ins Bad. »Sie können sich setzen«, sagte sie, als sie an ihm vorbeikam, »ich laufe Ihnen schon nicht weg! Ich laufe vor niemandem mehr davon.«

Stiller schob das Geschirr auf dem Tisch zusammen und nahm Platz. Sie kam zurück, knöpfte den Mantel auf und setzte sich ihm gegenüber.

»Ich werd's Ihnen erzählen. Die ganze Geschichte.«

Stiller zog den Stenoblock und den Füller aus der Umhängetasche.

Ihr Gesicht versteinerte. »Nein, schreiben Sie nichts auf. Hören Sie zu, fragen Sie meinetwegen. Aber wenn Sie mitschreiben wollen, sage ich kein Wort mehr.«

Er schob die Kappe wieder auf den Füller. »Gut.«

Sie stützte die Ellenbogen auf den Tisch und legte das Gesicht in die Hände. So verharrte sie eine Weile. Dann massierte sie mit den Handflächen die Schläfen. Endlich hob sie den Kopf, verschränkte die Arme vor sich auf dem Tisch und lachte rau.

»Der Witz ist, dass es ihre eigene Idee war«, begann Cornelia Schwind. »Im Grunde hat meine Mutter ihren Mord selbst geplant. Ich sollte ihr eine ungefährliche Dosis des Spinnengiftes spritzen, mit dem Max experimentierte. Sie wollte im Bus herumerzählen, dass er versucht hätte, sie zu ermorden, wollte dann zum Arzt und zur Polizei. Alles nur, um ihn hinter Gitter zu bringen.«

»Ihre Mutter wollte Sie beschützen?«, fragte Stiller.

»Mich?« Wieder lachte sie. »Meine Mutter hat immer nur an sich gedacht. Sie wollte ihn loswerden, aber er hat sich von ihr nicht abschrecken lassen. Auch die Anzeige nutzte nichts. Er kam immer wieder. Nicht nur, weil er ins Gartenhaus wollte, um mit dem Gift zu experimentieren. Nein, er wollte ihr Angst machen. Er hat sie bedroht. Er wollte sie bestrafen, für all die Gehässigkeiten, die er in unserer Ehe von ihr erdulden musste. Er hat sie abgrundtief gehasst. Aber das beruhte ja auf Gegenseitigkeit.«

Sie sprach mit ihrer merkwürdig tonlosen Stimme. Obwohl sie Stiller ansah, wirkte sie in sich gekehrt, fern. »Ich glaube, sie hat ihn noch mehr gehasst als mich. Vielleicht weil sie nicht mit ihm umspringen konnte, wie sie wollte. Weil sie sich zum ersten Mal selbst vor jemandem fürchtete. Während ich mich nie gewehrt habe. Nie fähig war, mich zu wehren. Einen Moment, ja?«

Sie erhob sich und öffnete die Hängeschränke über der Küchenzeile. Im zweiten fand sie, wonach sie gesucht hatte: eine Grappa-Flasche.

»Wusst ich's doch! Er ändert sich nie.« Sie nahm zwei Schnapsgläser aus demselben Schrank und betrachtete sie prüfend gegen das Licht, bevor sie zum Tisch zurückkehrte. »Auch?«, fragte sie und hielt Stiller die Flasche entgegen. Er nickte und sah zu, wie sie die beiden Gläser füllte.

»Ich habe nie gelernt, mich zu wehren«, fuhr sie fort, nachdem sie an ihrem Grappa genippt hatte. »Von Anfang an, so lange ich mich erinnern kann, waren die Rollen klar verteilt. Ich war die Schlechte, die Schuldige, die Versagerin. Ich war diejenige, die in den Augen meiner Mutter nie etwas richtig machte.

Die ihr nur Ärger brachte, ihr das Leben verdarb. Wie oft habe ich das zu hören bekommen: ›Wenn es damals schon die Pille gegeben hätte, müsste ich mich heute nicht mir dir rumärgern.‹ Hat Ihre Mutter das jemals zu Ihnen gesagt?«

Stiller schüttelte stumm den Kopf, während sie erneut einen Schluck nahm.

»Natürlich nicht. Keine Mutter sagt so etwas zu ihrem Kind, nicht einmal im Zorn. Für mich war es Alltag. Spott, Vorwürfe, Erniedrigungen. Es war ihr egal, wer dabei war. Verwandte, Freundinnen, Jungen, die sich für mich interessierten. Bald brachte ich niemanden mehr nach Hause, so sehr schämte ich mich. Erzählte nichts mehr, nicht von der Schule, nicht von Freunden.«

Sie nickte Stiller zu und deutete auf sein Schnapsglas. »Trinken Sie ruhig. Haben Sie Angst, ich will Sie betrunken machen oder so?«

»Nein«, sagte er heiser und hob das Glas. »Ich habe Ihnen zugehört, das ist alles.«

Wieder nickte sie. »Genau genommen ist das schon viel. Dass mich jemand anhört. Ich weiß, das heißt nicht, dass ich auch Verständnis finde. Wer kann es schon verstehen, wie das ist, wenn man sein Leben lang erniedrigt wird. Ich bekam nur zu hören, wie schlecht ich bin. Ich konnte es ihr nie recht machen. ›Du bist sogar zu blöd zum Putzen‹, schrie sie, wenn ich die Theke in der ›Hoffnung‹ nicht blank genug gewienert hatte. Brachte ich eine gute Note nach Hause, höhnte sie: ›Hast deinem Lehrer wohl schöne Augen gemacht? Vielleicht kannst du ja wenigstens das!‹ Mit der Zeit habe ich es selbst geglaubt: Ich war an allem schuld.«

Sie betrachtete ihr leeres Glas, das sie zwischen den Fingern drehte. »Damit begann der eigentliche Teufelskreis. Ich wollte mich bessern, machte aber natürlich wieder nur alles falsch. Die Folge waren neue Vorwürfe. Und bei jedem Streit kamen die alten Geschichten gleich mit auf den Tisch. Jeder Versuch, mich zu wehren, lief ins Leere. Wenn ich widersprach, war ich ungezogen oder verlogen. Wenn ich diskutierte, war ich arrogant oder frech. Wenn ich aufbrauste, war das ein Eingeständnis meiner Schuld. Wenn ich verstummte, war ich verstockt. Ich wollte raus aus diesem Teufelskreis, aber ich fand keine Tür.«

Stiller nahm die Flasche, zog den Korken ab und füllte sein Glas neu. »Darf ich?«, fragte er. Conny Schwind nickte und streckte ihm ihr Glas hin. Er schenkte ihr ein und sah sie an. »Haben Sie nie versucht, Ihre Mutter zu verlassen?«

Sie zuckte die Achseln. »Das war vielleicht mein wirklicher Fehler, dass ich es nie ernsthaft versucht habe. Immer habe ich darüber nachgedacht, zu gehen, und bin doch geblieben. Wo sollte ich hin, wovon leben? Nach der Hauptschule war für mich Schluss. Eine Lehre ließ sie mich nicht machen. Wir hatten ja die Gastwirtschaft. Ich musste zu Hause und in der Kneipe schuften und bekam kaum etwas dafür. Ich durfte nicht fernsehen, nicht einmal lesen, da käme ich nur auf dumme Gedanken. Heimlich lieh ich mir Bücher in der Pfarrbibliothek. Aber sie bekam es doch heraus, und dann war der Teufel los. Ich durfte nicht ausgehen und konnte oder wollte niemanden einladen. Wie sollte ich jemanden kennenlernen, um anderswo ein neues Leben zu beginnen?«

Cornelia Schwind stellte das Glas auf den Tisch, setzte sich aufrecht und wies mit der Hand auf ihren Kopf und ihre Brust. »Sehen Sie sich an, was aus mir geworden ist. Dabei hatte ich einmal dieselben Sehnsüchte und Wünsche wie all die anderen Kinder um mich herum. Mit Freundinnen Geburtstag feiern. Etwas geschenkt bekommen. Spielsachen und schicke Kleider haben. Ausgehen. In den Arm genommen werden. Zärtlichkeit fühlen und Lust empfinden. Ein schönes Heim schaffen.«

Sie nahm das Glas und leerte es mit einem Schluck. »Ich sage Ihnen, was mir am meisten fehlte: Wärme und Nähe. Niemand hat mir mal etwas Nettes ins Ohr geflüstert, meine Hand gehalten, mich bewundert oder begehrt. Niemals. Bis ich Bernd Höhnlein kennenlernte.«

»Was war mit Max Schwind?«, unterbrach Stiller. »Sie waren immerhin verheiratet.«

Ihre Mundwinkel zuckten spöttisch. »Im Laufe der Jahre habe ich das Talent entwickelt, genau das zu tun, was mir am meisten schadet, schön die Fehler zu machen, die mir meine Mutter vorausgesagt hat. Max habe ich nie geliebt. Am Anfang dachte ich das. Aber eigentlich war ich nur froh, dass sich ein Mann für mich zu interessieren schien, der sich nicht gleich von meiner Mutter in die Flucht schlagen ließ. Natürlich habe ich gewusst, dass er lieblos war, auch brutal, vor allem wenn er zu viel getrunken hatte. Ich habe ihn lange genug in der ›Hoffnung‹ erlebt. Aber ich glaubte, ich würde ihn schon ändern können. Von wegen! Ich kam vom Regen in die Traufe.«

»Er hat Sie nicht geliebt?«

Sie schüttelte den Kopf. »Einen Begriff wie Liebe überhaupt mit dieser Beziehung in Zusammenhang zu bringen ... Ich wollte meinem Gefängnis entfliehen, das war alles. Und er suchte in mir so eine Art Rundum-Sorglos-Paket. Ich musste ihm jederzeit zu Diensten sein. Ein Mensch mehr, dem ich nichts recht machen konnte. Das begann mit Kleinigkeiten. Der Kühlschrank war stets gefüllt, aber nie mit den richtigen Lebensmitteln. Er hatte immer gebügelte Hemden, aber es war nie das eine dabei, das er gerade anziehen wollte. Die wenigen Bekannten, die noch kamen, waren ihm nicht recht. So ging das mit allem – bis ins Bett. Natürlich war ich da auch nicht so, wie er es gerne haben wollte.«

Stiller sah die Veränderung, die in ihr vorging. Ihre Miene war ausdruckslos geblieben, als sie von den Erniedrigungen durch ihre Mutter gesprochen hatte, ihre Stimme tonlos. Doch mit einem Mal klang sie bewegt. Ihre Augen röteten sich. Als sei ihr das unangenehm, senkte sie den Blick. Er ahnte, wie sehr sie verletzt worden war.

»Sie können sich nicht vorstellen, wie das ist.« Ihre Stimme zitterte. »Dazusitzen und auf die nächste Spitze zu warten, auf den nächsten Vorwurf. Und auf die Schläge. Immer in der Angst, etwas Falsches zu tun. Zu wissen, dass ein unbedachtes Wort ausreicht. Der geringste Anlass genügte ihm, mich zu schlagen. Wenn ich ihm widersprach. Wenn ich eine andere Meinung hatte als er, ihm nicht gleich zustimmte. Wenn er seine Tiraden losließ über Politiker, Ausländer, Arbeitslose oder Weiber – in dieser Reihenfolge. Oder wenn etwas nicht klappte mit der Rundum-Versorgung.«

Wieder stützte sie die Ellenbogen auf den Tisch und legte die Stirn in ihre Hände. Leise, mit brüchiger Stimme, fuhr sie fort: »Es genügten auch Anlässe, für die ich gar nichts konnte. Wenn mich ein Gast in der ›Hoffnung‹ zu lange ansah, schlug er mich bereits. Natürlich nicht vor den Leuten. Erst Stunden später. Bevor er mit mir ins Bett wollte. Sie können sich nicht vorstellen, was ich durchgemacht hatte, als ich dann auch noch die Scheidung verlangte!«

Plötzlich ließ sie die Hände sinken, hob den Kopf und sah Stiller gerade an. Ihre Augen glänzten und hatten rote Ränder. »Als ich alt genug war, um alleine hinter der Theke zu stehen, tauchte meine Mutter kaum noch in der Wirtschaft auf. Die ›Hoffnung‹ war daher lange Zeit meine einzige Zuflucht. Doch mit Max wurde sie zum Grab meiner Hoffnungen. Bis Bernd Höhnlein kam. Da war ich schon anderthalb Jahre geschieden. Trotzdem hatte Max nie aufgehört, mir nachzustellen. Er war krank vor Eifersucht, hat immer behauptet, ich hätte ihn wegen einer heimlichen Liebschaft verlassen. In seiner Eifersucht ist er zu allem fähig. Nicht auszudenken, was er Bernd antut, wenn er von uns erfährt …«

Ihr Blick wanderte zur Grappa-Flasche. Sie schwieg.

»Darum wollten Sie ihn aus dem Weg haben?« Stiller versuchte, neu anzuknüpfen.

Sie seufzte. »Aus dem Weg haben … Max und ich sind geschieden. Wir hatten nichts mehr miteinander zu schaffen. Er sollte mich in Ruhe lassen, aus meinem Leben verschwinden, das ist alles. Aber er ließ mich nicht in Ruhe, und niemand war da, um mir zu helfen. Also bin ich auf den Vorschlag meiner Mutter eingegangen.«

»Den Giftanschlag auf Ihre Mutter vorzutäuschen und Schwind zu beschuldigen, damit er hinter Gitter kommt?«

Cornelia Schwind nickte. »Eigentlich ein schwachsinniger Plan. Wie wollte sie verhindern, dass Max ein Alibi hat? Aber ich sah plötzlich einen Ausweg. Plötzlich tat sich die Tür auf, dem Teufelskreis zu entfliehen. Eine einzige Spritze nur, und ich würde frei sein. Von meiner Mutter und von Max befreit.«

Wieder rieb sie sich mit den Handflächen die Schläfen, bevor sie fortfuhr: »Meine Mutter hat genau ausgerechnet, in welcher Dosis das Spinnengift für sie ungefährlich sein würde. Ich habe die Lösung verändert, habe ihr eine tödliche Dosis gespritzt – aber so, dass sie noch einige Minuten zu leben hatte, um die Geschichte vom Überfall herumzuerzählen. Es war ihr eigener Plan. Ich habe nur genau das getan, was sie immer von mir erwartet hat: einen Fehler gemacht.«

Sie schwieg. Auch Stiller sagte nichts. Er lauschte auf die ersten Geräusche des erwachenden Hauses. Das Piepen eines Weckers erklang in einer Nachbarwohnung. Im Bad über ihnen lief eine Dusche. Schritte hallten im Treppenhaus.

»Sonst lief alles nach Plan. Max und mein Vater hatten die gleiche Schuhgröße. Ich benutzte Vaters alte Stiefel, die noch im Gartenhaus standen, um im Vorgarten die Spuren zu legen. Dann spritzte ich ihr das Gift, und sie lief zur Bushaltestelle. Ich nahm den Wagen, fuhr zu Max, öffnete mit dem Nachschlüssel die Wohnung und steckte die Spritze in die Tasche des nächstbesten Mantels. Auf dem Rückweg hielt ich unter der Adenauer-Brücke und warf die Stiefel in den Main. Die hätten alles verraten, Max kannte sie aus dem Gartenhaus. Es war später natürlich ein Knackpunkt, dass die Stiefel fehlten, ich weiß.«

»Hatten Sie keine Angst, er würde Sie in der Wohnung bemerken? Oder es könnte sich sonst jemand aus dem Haus an Sie erinnern?«

»An diesem Punkt habe ich über so etwas nicht mehr nachgedacht. Ein Zurück gab es nicht mehr. Außerdem war ich ziemlich sicher, dass er um diese Uhrzeit noch schläft. Von der Frau in seinem Bett ahnte ich nichts.« Sie wies auf die Flasche. »Schenken Sie uns noch einmal nach?«

Stiller fühlte sich übernächtigt, sein Kopf schmerzte, seine Hüfte pochte. Dennoch füllte er die beiden Gläser, schob ihr das eine über den Tisch und nippte an seinem. In der Wohnung über ihnen pfiff ein Wasserkessel.

Sie trank ebenfalls und sprach dann weiter: »Meine Mutter hatte auch den Giftanschlag auf den Witwer geplant. Für den Fall, dass später irgendetwas Max entlastet. Es musste so aussehen, als habe Max einen Zeugen ausschalten wollen. Ich sollte daher verbreiten, der Alte hätte am Morgen des Überfalls etwas gesehen, was meinen Ex-Mann verdächtig macht, und ihm dann das Gift spritzen. Eine tödliche Dosis, damit er nichts mehr sagen konnte.«

Wieder schwieg sie. Immer häufiger hallten Schritte im Treppenhaus, rauschten Toilettenspülungen. In der Wohnung unter ihnen war das dumpfe Murmeln von Stimmen zu hören. Stiller betrachtete Cornelia Schwind, drängte sie aber nicht, zu sprechen. Endlich bewegte sie sich. Sie zog den Ärmel ihres Mantels etwas zurück, sah auf die Uhr und trank den Grappa aus. Sie stand auf. »Genug erzählt. Kommen Sie, wir müssen gehen, bevor ich es mir anders überlege.« Sie knöpfte den Mantel zu.

Stiller erhob sich. »Wohin gehen wir?

Da spielte wieder der spöttische Zug um ihre Mundwinkel. »Zur Polizei. Wenn Sie mich begleiten.«

Sie liefen durch den Hibiskusweg in Richtung Polizeidienststelle. Der Himmel war bedeckt, die Luft noch immer eisig. Stiller schloss den Reißverschluss seiner Winterjacke. Hinter zahlreichen Fenstern der Wohnblöcke brannte Licht, bewegten sich Schatten von Menschen, aber die Straße war leer. Auch von der Großostheimer Straße hallte noch nicht das Rauschen der Autokonvois herüber, das tagsüber eine ständige Geräuschkulisse für Nilkheim abgab. Der Berufsverkehr hatte noch nicht eingesetzt. Zum ersten Mal sah auch Stiller auf seine Uhr. Es war kurz vor fünf.

An der Einmündung des Hibiskuswegs in den Ahornweg schob sie ihre Hand unter seinen rechten Arm. Er war überrascht. Es erschien ihm, als unternehme sie einen linkischen Versuch, sich bei ihm einzuhaken. Doch im selben Moment spürte er, wie etwas Spitzes seinen Bizeps berührte. Eine Nadel.

»Tun Sie jetzt nichts Unüberlegtes, Herr Stiller«, zischte Cornelia Schwind. »Ich glaube, ich muss Ihnen nicht sagen, was Sie da fühlen, oder? Wenn ich zusteche, haben Sie nur noch ein paar Sekunden, um darüber nachzudenken.«

Stiller blieb vorsichtig stehen. »Was soll das?« Plötzlich wurde ihm heiß, er hätte die Winterjacke gerne wieder geöffnet.

»Gehen Sie weiter«, befahl sie. »Haben Sie ernsthaft gedacht, dass ich nach allem, was ich getan habe, jetzt einfach mit Ihnen zur Polizei laufe? Ich bin so weit gekommen, nun bringe ich es zu Ende. Aussteigen geht jetzt nicht mehr.«

»Was haben Sie vor?« Er vermied rasche Bewegungen, wandte ihr sachte den Kopf zu. Wieder hatte sie sich verändert. Im milchigen Licht der Straßenlaternen wirkten ihre Wangen eingefallen, ihre Augen dunkel in den Höhlen. Sie atmete schwer.

Sie antwortete nicht. Erst als sie die Bushaltestelle an der Ecke zum Ahornweg erreichten, sagte sie: »Bleiben Sie stehen. Um vier nach fünf kommt der Frühbus der Linie 6. Den nehmen wir.« Ihr Mund verzerrte sich, sie keuchte. »Sie steigen schön vor mir ein und bezahlen für uns beide. Sie sagen kein Wort und machen keine Dummheiten.«

Der Bus war bereits im Ahornweg, Paul Stiller sah ihn von der Stadt her kommen. »Der fährt ins Nilkheimer Industriegebiet«, sagte er. »Und was dann?«

»Er bringt uns erst einmal aus dem Dunstkreis der Polizei. Was ich mit Ihnen mache, überlege ich mir später in Ruhe. Wir steigen an der Kilianskapelle aus. Im Park Schönbusch ist jetzt kein Mensch, da sind wir ungestört.«

Der Bus hielt an der Haltestelle Lorbeerweg, direkt an der Polizeidienststelle, keine dreihundert Meter von ihnen entfernt. Ein einzelner Mann stieg aus, überquerte den Ahornweg und verschwand in der Bäckerei Burger. Der Bus legte vom Bordstein ab.

»Der Fahrer wird sich an uns erinnern. Geben Sie auf. Lassen Sie uns zusammen zur Dienststelle gehen, es sind nur ein paar Schritte.«

»Ich kann mich nicht stellen, das wissen Sie doch. Ich hoffe gar nicht erst auf Verständnis oder Milde. Ich will kein neues Gefängnis. Zum ersten Mal in meinem Leben bin ich frei. Zum ersten Mal gibt es einen Menschen, der mich achtet und begehrt, vielleicht sogar liebt. Können Sie sich vorstellen, was das für mich bedeutet?«

Im Scheinwerferlicht des Busses sah Stiller ihre Augen, aus

denen Verzweiflung und Entschlossenheit zugleich sprachen. »Ich will Ihnen nichts tun, Herr Stiller, aber ich tue alles, um diese Freiheit, diese Zukunft nicht mehr zu verlieren. Steigen Sie einfach in den Bus, lächeln Sie nett. Aber sagen Sie kein Wort. Glauben Sie mir, das ist kein schöner Tod mit diesem Gift. Hier, zahlen Sie damit.« Sie schob ihm einen Fünfeuroschein in die Hand.

Die Tür schwang auf. Der Fahrgastraum war völlig leer. Stiller dachte an die Steuergelder, die jeden Morgen in solche Geisterbusse gesteckt wurden. Zugleich wunderte er sich, wie er an so etwas denken konnte, während er die Nadel der Spritze an seinem Arm spürte. Wenn er auf Hilfe gehofft hatte, würde er sie in diesem leeren Bus jedenfalls nicht finden. Vorsichtig stieg er ein. Als er den Fahrer sah, stutzte er, schloss rasch die Augen und kniff den Mund zusammen. Dann legte er den Geldschein auf die Kasse. »Zweimal bis zur Kilianskapelle.«

Der Fahrer musterte ihn eindringlich. Er runzelte die Brauen, ließ den Blick von Stiller zu Cornelia Schwind wandern und wieder zurück.

»Bitte!«, setzte Stiller nach. »Wir haben es eilig. Es geht um Leben und …« Sofort fühlte er, wie sich die Nadel fast in seine Haut bohrte.

»Das ist die Haltestelle Nilkheimer Hof«, brummte der Fahrer und tippte auf die Tasten, bis der Kassenautomat zwei Fahrscheine ausspuckte. Er zog sie ab und reichte sie Stiller. »Macht zwo achtzig. Passend haben Sie es nicht?« Er nahm verdrossen den Schein auf, legte ihn in die Kassenlade und gab drei Münzen zurück.

Ungesehen steckte Stiller das Geld und die Fahrscheine in die Tasche. Cornelia Schwind schob ihn weiter.

Noch während sie den Gang nach hinten liefen, fuhr der Bus schaukelnd an. Stiller schwankte und fühlte, wie ihm der Schweiß auf die Stirn trat. »Vorsicht!«, zischte er. »Ich will mich setzen. Sonst stolpere ich Ihnen noch in die Spritze.«

Der Fahrer gab weiter Gas. Ohne Rücksicht auf die zahlreichen Einmündungen von rechts heizte er den Bus durch den lang gestreckten Ahornweg.

Als Stiller die Plattform am Ausstieg erreicht hatte, wies Cornelia Schwind auf den Einzelsitz unmittelbar davor. »Das war der Stammplatz meiner Mutter. Setzen Sie sich da hin.«

»Und Sie?«

»Ich bleibe stehen. Sicher ist sicher.«

Der Druck der Nadel auf seiner Haut ließ nicht nach, während er sich langsam auf den Sitz schob. Als er endlich saß, beugte sich Cornelia Schwind leicht über ihn.

Im selben Augenblick fühlte Stiller, wie sein Körper nach vorne geworfen wurde. Sein Kopf prallte an die Lehne des Vordersitzes, er hörte es knirschen, als seine Nase hart gegen die Plastikschale schlug. Schmerz durchzuckte ihn, Lichtblitze explodierten vor seinen Augen. Benommen blickte er zur Seite und sah, wie der Schwung Cornelia Schwind verschwinden ließ. Die Sekunden schienen sich zu dehnen. Der Länge nach, ohne einzuknicken, stürzte sie zu Boden. Den Kopf voran rutschte sie durch den Gang nach vorne, bis sie mit einem harten Rums die Radiokonsole rammte. Reglos blieb sie liegen. Der Bus stand. Einen Moment herrschte Stille, hörte Stiller nur das Rauschen in seinen Ohren. Dann erklang Musik. Die Schürzenjäger sangen »Wenn die Zeit vorüber ist«.

Das brachte ihn zur Besinnung. Die Erinnerung an die Spritze ließ ihn hektisch werden. Er betastete seinen Oberarm, der offensichtlich unverletzt war. Trotz der schmerzenden Nase atmete er auf. Blut rann ihm in den Mund. Er zog sich vom Sitz hoch, stolperte hastig zur vorderen Plattform. Conny Schwind lag noch immer am Boden und stöhnte. Die Hand war geöffnet, die Spritze ein wenig von ihr weggerollt. Stiller klaubte sie auf und ließ sie in seiner Umhängetasche verschwinden. »Ich helfe Ihnen gleich«, sagte er zu ihr, bemühte sich um einen beruhigenden Ton. »Geben Sie mir nur eine Minute.« Erschöpft und zitternd sank er auf den Sitz gleich beim Einstieg.

»Das Radio geht wieder!«, murmelte der Busfahrer. »Meine Güte.«

Stiller sah ihn an und rieb sich den Schädel. »Ich bin Ihnen äußerst dankbar, das gebe ich ehrlich zu. Aber wenn Sie Ihre Lizenz behalten wollen, dürfen Sie die Nummer mit der Vollbremsung nicht überstrapazieren!«

Der Fahrer wandte sich ihm zu. »Ist sie …«

»Tot?«, ergänzte Stiller. »Nein, Herr Schreck. Sie sind nicht der Typ, der einen Fahrgast ins Jenseits befördert.«

# Epilog

»Hätten Sie nicht bis Redaktionsschluss warten können?« Rex Bausback saß in der Morgenkonferenz und reckte die Arme flehend in Richtung Decke. »Der Lokalsender bringt jede halbe Stunde neue Nachrichten über die Aufklärung des Mordfalls Kunkel. Die gesamte private TV-Meute belagert die Polizeidienststelle. Die Story kommt mindestens ab Mittag auf allen Kanälen – und uns sind drucktechnisch bis morgen die Hände gebunden!«

Demonstrativ legte der Chefredakteur die Hände auf seine Stirn und verschränkte die Finger. »Das ist doch auflagenrelevant, Herr Stiller! Wenn Sie schon den Helden spielen müssen, könnten Sie wenigstens einen günstigen Zeitpunkt wählen. Herr im Himmel, denkt denn hier niemand mehr mit?«

Den Helden spielen! Stiller weinte in sich hinein. Längst hatte er seinen Gedanken erlaubt, die Konferenz zu verlassen und umherzuschweifen. Er kam sich an diesem Freitagmorgen alles andere als heldenhaft vor. Er war hundemüde, die Schnittwunde am Fuß hatte sich entzündet, die Hüfte schmerzte. Zu allem Überfluss hatte der Arzt seine gebrochene Nase unter einer bläulichen Plastikschiene verborgen. An Radfahren war nicht zu denken.

Er hatte sich von Ruth überhaupt nur deshalb in die Redaktion bringen lassen, weil er seinen Erfolg ein wenig auskosten wollte. Doch Ruth war die Einzige, die ihm Bewunderung zollte. Vielleicht lag es auch am Mitleid. Als er vom Arzt nach Hause kam, das verkrustete Blut noch im Gesicht, verzieh sie ihm spontan, dass er sie am Vorabend hatte sitzen lassen.

Schon Strobel hatte sich wenig beeindruckt gezeigt. Er war am Schauplatz erschienen, hatte sich einen Überblick über die Lage verschafft und Stiller dann kurz und knapp in die Notaufnahme des Klinikums bringen lassen.

Um sieben war Stiller schon wieder zu Hause bei Ruth. Nach dem Frühstück bot sie ihm von sich aus an, ihn in die Redaktion zu fahren.

Kaum war er am Verlagshaus ausgestiegen, brauste ein schwarzer BMW Z4 an ihm vorbei, bremste scharf und hielt unmittelbar vor dem Eingang. Der Fahrer, Typ jung – sportlich – erfolgreich, sprang elegant aus dem Wagen, umrundete ihn, strich sich die schwarzen, schulterlangen Haare zurück und hielt seiner Beifahrerin den Schlag auf. Fenia Saalbach stieg aus. Die beiden küssten sich leidenschaftlich, er legte seine Hände auf ihren Po und zog sie fest an sich. In aller Öffentlichkeit! Während ihr Lover einstieg und losfuhr, lächelte sie flüchtig zu Stiller herüber und verschwand durch die Drehtür im Verlagshaus, ohne auf ihn zu warten.

Im Redaktionsflur begegnete ihm der Leiter der Landkreis-Redaktion. Er grinste, als er den Kollegen sah, deutete auf die Plastikschiene und rief: »Na, wohl wieder ›undercover‹ unterwegs?« Es war mehr ein Brüllen. Sofort streckten mehrere Kollegen die Köpfe aus den Bürotüren. »Verdeckte Recherche, was?« Er wieherte. Stiller verschwand wortlos in seinem Zimmer.

In der Morgenkonferenz erwartete ihn statt des Schaulaufens ein Spießrutenlauf. Wie es der Zufall wollte, saß er neben Peter Kleinschnitz, der noch immer ein Pflaster auf der Stirn trug. »Jetzt seid ihr ja beide verbandelt«, witzelte der Politikchef, und die Kulturredakteurin ließ hören, sie komme sich vor wie in der Notfallstraße im Klinikum.

Rex Bausback eröffnete die Konferenz mit der »dringenden Bitte« an Paul Stiller, sich künftig mehr um die Schreibtischarbeit zu kümmern, die sei »redaktionsleiterrelevant«. Er habe es nicht mehr nötig, sich draußen »die Hörner abzustoßen«.

Der Chefredakteur lehnte sich auf den Tisch und gab den Fürsorglichen: »Lieber Herr Stiller, Sie sind nun mal keine dreißig mehr. Unterlassen Sie in Zukunft derartige Alleingänge, das ist eine Dienstanweisung!«

Immerhin rang er sich ein Lob ab: »Wir haben letztlich doch einen konstruktiven Beitrag zur Lösung des Falls geleistet. Dummerweise ist da der ärgerliche Zeitfaktor. Wir können den Vorsprung der elektronischen Medien nicht wettmachen. Daran hätten Sie denken müssen.« Scharf schob er nach: »Herr Stiller!«

In diesem Augenblick öffnete sich die Tür. Sonja Wagner kam in den Konferenzraum. Alle Köpfe wandten sich ihr zu, auch Stiller beeilte sich, seine Gedanken zu sammeln. Wieder hatte sie die wichtige Miene aufgesetzt, hatte ihr die Aufregung rote Flecken ins runde Gesicht getupft. Ihrem Auftreten nach gab es entweder einen neuen Mord, oder es musste mindestens das Schloss brennen, das vierhundert Jahre alte Wahrzeichen der Stadt. Endlich hatte die Sekretärin das Oval des Besprechungstischs umrundet. Sie überreichte dem Chefredakteur einen Notizzettel, den er stumm las, während sie Stiller ansah und ein Auge zukniff.

Bausback sah verdutzt auf: »Es handelt sich wohl um eine verschlüsselte Nachricht«, sagte er in die Runde und heftete seinen Blick auf Stiller. »Sie sollen sich im ›SSC‹ der Stadtwerke melden. Man hat den ›TB‹ Ihres ›S‹ gefunden.«

Stiller spürte, wie der Schmerz von ihm abfiel. »Das kann ich leider nicht aufschieben«, sagte er mit Bedauern in der Stimme. »Ich darf mich entschuldigen?« Er erhob sich.

Neben ihm raffte sich Peter Kleinschnitz auf. »Keine Alleingänge mehr! Das ist eine Dienstanweisung. Ich komme mit.«

»Du wirst dich doch in deinem Zustand nicht hinters Steuer setzen«, wandte sich Fenia Saalbach entrüstet an Kleinschnitz. »Gib mir den Schlüssel. Ich fahr schon mal den Wagen vor.«

# Dank


Zwanzig Jahre lang habe ich die Unterlagen für diesen Roman in Schubladen vergilben lassen. Letztlich war es kein Fehler, den Krimi den beiden anderen Ks, Karriere und Kindern, nachzuordnen. Damals hatte ich weder die Lebenserfahrung noch die Freunde, die eine gute Geschichte verlangt.

Gudrun ist die Einzige, die damals wie heute an meiner Seite war. Ohne ihr Verständnis, ihre Unterstützung, ihren Ideenreichtum und ihren Verzicht auf schöne gemeinsame Abende, Wochenenden und sogar Reisen wäre das Buch gestorben – schon nach dem ersten Kapitel, da ich für das zweite ohne sie keinen Einstieg gefunden hätte.

Dankbar bin ich meinen Kindern David, Lea und Jakob für ihre Inspirationen bis hin zu einzelnen Figuren (Johannes Strobel).

Viele Freunde waren mit Anregungen und Kritik für mich da, wenn ich sie um Hilfe gebeten habe. Erwähnen möchte ich

Norbert Meidhof, der mich spontan und dauerhaft unterstützt hat,

Harald Schreiber, der die Gabe hat, Texte als Film zu sehen,

Wolfi Marx, den Krimi-Experten,

Klaus Gast, der mich nicht nur bei der Verlagssuche weitergebracht hat,

Inghild Ersfeld, die selbst so einfühlsam schreibt und das hoffentlich bald wieder tut.

Fachlichen Rat fand ich bei den Freunden und Helfern der Aschaffenburger Polizei, die ungenannt bleiben möchten, bei Robert Schmitt vom Polizeipräsidium Frankfurt, Norbert Reuter und Roberto Kappen von den städtischen Verkehrsbetrieben und Stefanie Rahnfeld vom Emons Verlag.

Dann gibt es viele Freunde und Bekannte, die mich geduldig ertragen haben, vom fast kompletten Pfirsichweg über die halbe Rupert-Mayer-Straße (Danke, Michael und Barbara, für das tolle Starter-Paket!), die verschiedenen Wander- und Skigruppen bis zum Weidenwegkreis.

Abbitte leisten möchte ich beim Personal und den Stammgästen der Gaststätte »Zur Hoffnung«. Anders als in meinem Roman ist das kein trostloser Ort, sondern eine gepflegte Eckkneipe und vor allem sonntags ein beliebtes Speiselokal.

Jetzt ist wirklich alles beisammen.

*Peter Freudenberger, Aschaffenburg, im Februar.*